लालबत्ती की अमृतकन्याएँ

उपन्यास

लालबत्ती की अमृतकन्याएँ

कुसुम खेमानी

राजकमल प्रकाशन

ISBN : 978-93-88933-21-6

मूल्य : ₹495

पहला संस्करण : 2019

प्रकाशक : राजकमल प्रकाशन प्रा. लि.
1-बी, नेताजी सुभाष मार्ग, दरियागंज
नई दिल्ली-110 002

शाखाएँ : अशोक राजपथ, साइंस कॉलेज के सामने, पटना-800 006
पहली मंज़िल, दरबारी बिल्डिंग, महात्मा गांधी मार्ग, इलाहाबाद-211 001
36 ए, शेक्सपियर सरणी, कोलकाता-700 017

वेबसाइट : www.rajkamalprakashan.com
ई-मेल : info@rajkamalprakashan.com

मुद्रक : बी.के. ऑफसेट
नवीन शाहदरा, दिल्ली-110 032

LAALBATTI KI AMRITKANYAAYEN
Novel by Kusum Khemani

मंटो को सादर...

लालबत्ती की अमृतकन्याएँ अन्त:सलिला की मानिन्द समाज के अन्त:करण में बहकर उसका परिष्करण और परिमार्जन करती हैं, और बदले में उससे मिले विष का नीलकंठ शिव की तरह पान कर उसे वे अमृत-दान करती हैं...

सारी रात ज़ोरों का पानी बरसने के कारण 'सोनागाछी गली' आज कुछ साफ़-सुथरी थी। मौसम अभी भी झिमिया रहा था और बीच-बीच में फुहारें भी पड़ रही थीं। सूरज अभी कच्चा-कच्चा ऊग रहा था और उसकी लालिमापूर्ण उजास में फूलों की डाल सी लचकती-महकती एक कोमलांगी प्रेममद से मतवाले अपने छोटे-छोटे पैरों को आँड़े-बाँड़े धरती पर रखती हुई दीन दुनिया से बेख़बर कुछ गुनगुनाती हुई चली जा रही थी। उस गली में सबकी 'गार्जियन' राधिका चायवाले की बेंच पर बैठी उसे पुकारने ही वाली थी कि उसे सामने से जमुना आती दिखाई दे गई। जमुना का काम ज़्यादा ज़रूरी है सोचकर राधिका ने उसे पुकार कर कहा, ''अरी जमुनिया! कल 'अधिया' बता रही थी कि तेरा पैसा चुकता हो गया है और अब तुझे उसे आधा 'कमीशन' नहीं देना पड़ेगा। देख बहिनी, अब दो-चार पैसे जोड़ने की जुगत कर! तभी न तेरा और तेरे बच्चों का भविष्य सुधरेगा?'' बी.ए. पास राधिका ने जमुना को समझाते हुए कहा।

राधिका का शरीर ही नहीं, मन भी बहुत दबंग था। वह हरेक के दुःख-सुख का साझा पूरे मन से करती थी और जहाँ तक बन पड़ता, सबके काम भी आती थी। इस चक्कर में उसे कई बार धमकियाँ और मार तक खानी पड़ती थी, पर वह बन्दी! ऐसा 'चिकना घड़ा' थी कि उसने अपनी चाल ज़रा भी नहीं बदली और सबको उसी तरह उनके भले की धुआँधार सलाह देती रही। आश्चर्यजनक बात यह है कि इससे उसके पेशे पर ज़रा भी असर नहीं पड़ता था। चाहे कोई स्वयंसेवी संस्था का साक्षात्कार लेता हुआ कार्यकर्ता हो! या कोई पत्रकार, वह एकदम सहजता से कहती, ''आप ज़रा बैठिए, मैं एक ग्राहक निपटा कर आती हूँ'' गोया यह काम भी वैसा ही इज़्ज़त-बख़्श है, जैसे समाज की भलाई का कोई काम करना।

राधिका ने जब अपनी राय से जमुना का मुँह उतरा हुआ देखा तो उससे कहा, ''बहिनी! मैंने कुछ ग़लत कह दिया क्या? अरे, तुमको नहीं जँचे तो जैसा मन हो वैसा करो।''

पर यह क्या! उसके यह कहते ही जमुना ने शुरू में तो सुबकियाँ भर कर और बाद में बुक्का फाड़ कर रोते हुए कहा, ''दीदी, 'अधिया' ने पिंकू को 'हुकुम' दिया है कि अब वह हमारा 'रेट' गिरा कर आधा कर दे। दीदी! अब आप ही बताइए, मेरे दोनों बच्चों को आपने रामकृष्ण मिशन स्कूल में भर्ती करवा दिया है उनका ख़र्चा! कोठरी और खाने-पीने का हमरा खरचा! ऐसे में हम क्या तो अपने बच्चों के लिए और क्या अपने बुढ़ापे के लिए जोड़ लेंगे? वैसे भी दीदी, आप तो जानती ही हैं कि हम लोग सिर्फ़ सत्रह से सत्ताईस साल की उम्र तक ही कमा पाती हैं, उसके बाद तो ग्राहक कहने लगता है, 'ऐ पिंकू! कोई कम उम्र की लड़की नहीं है क्या, जो इसे हमारे गले डाल रहे हो'?''

जमुना की मर्मभेदी बातें सुनते ही राधिका धधकते अंगारे-सी उठी और उसने एक हाथ जमुना का पकड़ा और एक हाथ मोड़ पर खड़े पिंकू का, और उसे धकियाती हुई सीधी झूलेदार पलंग पर बैठ कर पान चबाती अधिया के अड्डे पर जा पहुँची। अधिया पहले तो उस चंडी स्वरूपिणी राधिका और साथ में जमुना और पिंकू को देख कर थोड़ा घबराई, फिर बनावटी हँसी हँस कर बोली, ''अरे आओ, राधिका! बैठो, पानी-वानी पियो।''

''मासी! पानी-वानी छोड़ो, हमें सीधे-सीधे यह बताओ कि तुमने क्या सचमुच पिंकू से जमुना का 'रेट' गिराने को कहा है?''

अधिया! हकलाती-सी कभी हाँ, कभी ना के झूले में झूल ही रही थी कि हृष्ट-पुष्ट राधिका ने उसके झूले की पींग को इतनी ज़ोर का धक्का दिया कि 'अधिया' धड़ाम से ज़मीन पर गिर ही जाती कि सतर्क राधिका ने अपनी कसी मांसपेशियों वाली बाँह से उसे थाम लिया और बोली, ''देख मासी! तुम सारी नई लड़कियों की कमाई का आधा पैसा रखती हो, रखो! यह हमने स्वीकार कर लिया है, पर तुम जो ये शैतानपने पर उतर कर इन करमजलियों से दुश्मनी निकाल रही हो, यह हम बरदाश्त नहीं करेंगे। आज तो हम तुमको गिरने से बचा लिए हैं, पर अगली बार, हम ख़ुद ही तुम्हें इस बरामदे से धक्का दे देंगे और जाने रहो कि कोई माई का लाल तुम्हारी लाश तक को हाथ नहीं

लगाएगा, समझी।'' कह कर वह जिस तूफ़ानी गति से वहाँ आई थी उसी से वापस चल दी।

राधिका ने लौटकर चायवाले के पास एकत्रित लड़कियों को सम्बोधित करते हुए कहा, ''बहनो! इस बात को ध्यान से सुनकर मन में उतार लो कि हमारे बीच की एकता ही हमारी ढाल है। आज हम सबको, इसी क्षण यह कसम खानी चाहिए कि हम मरने को मर जाएँगे, पर न तो किसी के पेट पर लात मारेंगे और न ही किसी के साथ ग़द्दारी करेंगे।''

राधिका की इन बातों ने 'सोनागाछी' और 'दाल गली' की यौनकर्मियों में विशेष कर नई आई लड़कियों में अद्भुत साहस का संचार कर दिया।

इतने में ही राधिका के कान में दूसरी ओर के चबूतरे पर मचे कोहराम की आवाज़ आई, ''अरी ओ ज़मींदारी बहू, ज़्यादा नाटक मत कर। तुझे अपने ख़ानदान का बड़ा घमंड़ है ना! अरे करमजली, तुझे क्या तेरे जमींदार पति ने जागीर बख़्श दी है; जो तू इन भोली-भाली मणिपुरी लड़कियों पर रौब झाड़ रही है? मत भूल कि तेरा फ़साना भी सीधी लकीर-सा नहीं है, वह भी हमारी कहानियों की तरह ही उलझा हुआ है। सबको पता है कि पहले तो रात-रात भर तेरे पति ने तेरे कमरे में अपने ढेरों यारों को भेजा और फिर ख़ुद आ कर तुझे 'अधिया' को बेच गया।''

बरेलीवाली शकुना के लम्बे-चौड़े लांछन सुन कर भट्टाचारजी राजबाड़ी की सुमिता! माथे पर हाथ मारती हुई ज़ोरों से रोने लगी। ''लीजिए साब! शुरू हो गया इस लाडली का भें-भें करके रोना। सच कहें, तो इन नौटंकीबाज़ बंगालनों के तो रोने में भी ऐसी लय और दर्द होता है कि अब राधिका समेत यहाँ की सारी लड़कियाँ इसे पुचकार कर अपने गले लगा लेंगी और लगेंगी हमारी लानत-मलानत करने। अरी ओ सुमिता बहना! तुम्हारे आगे हाथ जोड़ते हैं, दया करके अपना ये नाटक और आडम्बर बटोर लो, नहीं तो ख़ामख़्वाह यहाँ 'कुरुक्षेत्र' छिड़ जाएगा।'' कह कर शकुना ने पिच्च से नाले पर पान की पीक थूक दी।

''आडोम्बर! माँ गो. एई शकुना बाई! मेरे को 'नाटोक,' 'आडोम्बर' बोलती है? थोड़ा कोई पूछो इशे! कि इसको कोन बोला था हमारे और मणिपुर की 'कोंनछुंग' के बीच में नाक गोलाने को?'' सुमिता भट्टाचार्य ने ओठों को बाएँ-दाएँ मचका कर कहा।

"अच्छा! तो आप रानी साहिबा, इन भोली-भाली लड़कियों को अपनी प्रजा समझती हैं, और इन पर मनचाहा हुक्म चलाना चाहती हैं? ऐ सुमिता की बच्ची! कान खोल कर सुन ले, मेरे रहते तू इन लड़कियों को अनाथ मत समझना। अरी करमफूटी!" इस सम्बोधन के बाद अचानक ही शकुना की आवाज़ में एक बदलाव आया और उसने कर्कश स्वर में चिल्लाने की जगह धीमे सुर में कहा, "सच कहा जाए तो यहाँ हम सभी करमफूटी हैं! पर बहना, अपने को अपनी ही तरह दूसरों के दर्द को भी समझना चाहिए।" कहते-कहते पता नहीं क्यों आज पहली बार उस कड़क स्वभाव वाली शकुना का गला रुँध गया और उसकी आँखें आँसुओं से भर गईं। अपने आँसुओं को छिपाती हुई, शकुना ने गरदन को झटक कर मुँह घुमा लिया और वहाँ से उठ कर जाने लगी।

करुणामयी राधिका ने बिना एक क्षण गँवाए शकुना को अपने आलिंगन में भर कर उसकी आँखें, मुँह और पूरा चेहरा अपने दुपट्टे के किनारे से पोंछ कर उससे कहा, "देख शकुना, यों तो हम सभी दुःखों की मारी हुई हैं, पर सिर्फ़ इसलिए हर वक़्त हँसती रहती हैं कि दुनिया दुःखों की नहीं, सुख की साझीदार होती है। यह तुम्हारा सौभाग्य है कि तुम आज भी अपने अन्दर की सरस्वती को जागृत रख पाई हो, और शायद इसीलिए संवेदना से भरा तुम्हारा यह दिल! दूसरों के दुःख से इतना अधिक संतप्त हो जाता है।"

कुछ ही देर बाद, अपनी चोटियों के फूलों से खेलती हुई और मुँह से सीटी बजाती हुई प्रतिमा दास वहाँ आई और अचरज से राधिका से पूछने लगी, "दीदी! क्या बात है, सब लोगों के माथे पर इतनी लाइनें क्यों पड़ी हुई हैं? दीदी! देखिए ना, सूरज डूब रहा है, नत्थू पनवाड़ी ने अपने पानों को बर्फ़ पर सजा लिया है, 'झूलन' और 'चुमका' कान में बड़े-बड़े बुंदे पहन कर गली के नुक्कड़ पर जाकर खड़ी हो गई हैं। राधिका दीदी! सब कुछ तो रोज़ जैसा ही है! फिर इस जगह के लोगों के चेहरों पर यह उदासी क्यों छाई हुई है?"

प्रतिमा की बात ख़त्म होने पर राधिका ने उसका हाथ पकड़ा और कुछ दूर के चबूतरे पर बैठ कर उससे मिठास से बोली, "प्रतिमा! क्या बात है, आज बड़ा गाना-वाना गुनगुना रही थी, क्या 'भरतार' ने कोई ख़ास चीज़ ला दी? या वह तुझे कोई बड़ी रक़म दे गया है? आख़िर कल रात उसने तुझ पर

ऐसी कौन सी मेहरबानी कर दी है, जो तू इतना चहक रही थी? ज़रा हम भी तो सुनें!"

"दीदी! क्या आप ये बातें मोहन के बारे में पूछ रही हैं? तो दीदी, हम दोनों के प्रेम में लेन-देन का तो कोई सवाल ही नहीं उठता है। आप शायद जानती नहीं हैं कि मोहन मेरे लिए 'फ्लैट' खरीदने वाला है। राधिका दी! कल शरद पूर्णिमा की रात को मोहन मुझे यहाँ से दो गली बाद, जो गंगा का किनारा है ना! वहाँ ले गया था। उसने गंगा के जल को हाथ में लेकर कहा, 'मैं गंगा की साक्षी में कहता हूँ कि तुम्हारे साथ घर बसाऊँगा।' बस इसीलिए आज सुबह से ही मैं बहुत ज़्यादा ख़ुश हूँ।"—सोलह वर्षीया प्रतिमा ने प्रफुल्लित स्वर में कहा।

उसके प्रेम-पगे उद्गारों को परे खिसकाते हुए अनुभवसिद्ध राधिका ने उससे पूछा, "अरी ओ पागल! आजकल तेरे घर से नाच-गाने की बहुत अधिक आवाज़ें आती रहती हैं, पर बेटा! तुझे तो डॉ. साहब ने थोड़े दिनों तक पैरों को आराम देने को कहा था! तो फिर जान के एवज़ में पैसों का इतना लालच क्यों?"

"दीदी! आप तो जानती ही हैं कि घर बनाने में बहुत पैसा लगता है, इसीलिए मोहन ने मुझसे कहा है, 'ये डॉक्टर-वॉक्टर तो ऐसे ही बकते हैं। जब तुमको एक नाच पर दस-पन्द्रह हज़ार तक मिल जाते हैं, तब तो तुम्हें अधिक से अधिक ग्राहकों के लिए नाचना चाहिए, क्योंकि तुम्हारे शरीर के लिए तो कोई भी ग्राहक तीन हज़ार से ऊपर देता नहीं है! और यदि हम इसी धीमी रफ़्तार से रुपया जोड़ेंगे, तो ज़रा सोचो! मकान कब तक बनेगा?'"

"क्या मतलब? क्या मोहन वह मकान तुम्हारी कमाई से बनाएगा? अच्छा, पहले यह बताओ कि जब बिना नाच-गाना किए ही तुमसे बड़ी उम्र की यौन-कर्मी औरतें महीने के अढ़ाई-तीन लाख रुपये कमा लेती हैं, तो तुम्हारी उम्र! माँग और नाच-गाना मिलाकर, तुम क्या कमा लेती हो? और मोहन, तुम्हें क्या देता है?"

राधिका के इस प्रश्न का जो जवाब प्रतिमा दास ने दिया वैसा जवाब आज तक इस गली की किसी भी धंधेवाली ने नहीं दिया होगा। उसने शर्म से लाल होकर अपने दुपट्टे का कोना मरोड़ते हुए आँखें झुका कर कहा, "राधिका दी! आप कैसी बातें करती हैं? मोहन मुझे पैसे क्यों देगा? वह मेरा

ग्राहक थोड़े ही है, भरतार है भरतार, पति है मेरा। मैं उसके लिए ही तो इतना कमाती हूँ।''

''क्या? क्या कहा तुमने? तुम उसके लिए कमाती हो? अरे मेरी माँ! यदि तुम अपनी लाखों की कमाई बैंक या पोस्ट ऑफिस में जमा नहीं कर रही हो, तो ज़रा बताओ कि तुम्हारी कमाई के सारे रुपए किसके पास हैं? और कितने हैं?''

राधिका के इस धीर-गम्भीर प्रश्न को प्रतिमा ने इस तरह लिया मानो कोई मूर्ख बच्चा उससे एक निहायत ही बचकाना प्रश्न पूछ रहा है। उसने खिल्ली उड़ाने के लहज़े में कहा, ''ऐ मेरी दिदिया! जब मेरा भरतार मोहन है, तो पैसा किसी और के पास कैसे होगा? मोहन रोज़ रात को सारे पैसे, एकदम अच्छी तरह गिन कर ले जाता है। दीदी रानी! इसीलिए तो मैंने अपना नाचना बढ़ा दिया है!'' अब तक राधिका और प्रतिमा दास की बातचीत में गली की और लड़कियाँ भी घुस आई थीं। उन सभी ने लगभग चीख़ते स्वर में प्रतिमा से कहा, ''क्या? क्या? मोहन रोज़ रात को सारा पैसा ले जाता है? पर क्यों? तुम उसे ले जाने क्यों देती हो?''

''सुमना! तुम फालतू बातें मत करो। उसी का पैसा है, सो वह ले जाता है। उसे रोकने वाली मैं कौन होती हूँ? बल्कि मैं तो सारे रुपए सहेज कर उसकी राह तकती रहती हूँ कि कब वह आएगा और कब चाय पीते वक़्त रुपए गिन कर ख़ुशी से उफनता हुआ, मुझे गोद में उठा कर नाचेगा और फिर मेरे शरीर की प्यास बुझा कर अपना मन मेरे पास छोड़ कर यहाँ से रोता-कलपता हुआ जाएगा।''

सारी लड़कियाँ उस प्रेम-दीवानी का यह प्रलाप अपनी आश्चर्य से विस्फारित आँखों से सुन रही थीं, क्योंकि आज इस लालबत्ती इलाक़े में ऐसा इतिहास रचा जा रहा था, जो 'न भूतो न भविष्यति' था। वह सारा दृश्य वहीं का वहीं फ़्रीज़ हो गया था, बेहरक़त और गूँगा। उन हक्की-बक्की और अवाक् लड़कियों के होश में आने की प्रतीक्षा किए बिना ही वहाँ राधिका की आवाज़ गूँजी, ''चलो बहनियों! अपना-अपना धंधा सम्हालें। कल 'शहाना दी' के साथ अपनी मीटिंग भी है, उनसे भी सलाह करेंगे और सोच-विचार कर इस बारे में भी बात करेंगे। प्रतिमा, ठीक है ना?''

''दीदी! मेरे बारे में क्या बात करेंगी? ज़रा यह भी तो देखिए कि आज मैं जितनी ख़ुश हूँ उतनी अपने पूरे जीवन में कभी नहीं रही। दीदी, बचपन से

आज तक मैंने सिवा भूख और मार के कुछ भी नहीं जाना था, भला हो मेरे उस कमीने बाप का! जो मुझे यहाँ बेच गया। यहाँ आए मुझे केवल दो साल हुए हैं और देखिए, मेरा शरीर कितना भर गया है, और ऊपर से यहाँ मुझे मेरी कहानियों का राजकुमार मोहन मिल गया है, जो मुझे मेरे सपनों का घर बनाकर देगा।

"राधिका दी! आप मेरी चिन्ता मत कीजिए। जैसे मुझे अपना राजकुमार मिल गया है, वैसे ही मुझे मेरे सपनों का घर भी मिल जाएगा।" इतना कह कर वह ऊँचे सुर में 'जीवन की बगिया महकेगी/ लहकेगी/ ख़ुशियों की कलियाँ झूमेंगी/झूमेंगी' गाना गाने लगी और गाना ख़त्म करके बोली, "दीदी! ज़रा सोचिए कि जिस मोहन ने हमारे घर के लिए इतनी सुन्दर कविता लिखी है। क्या वह जल्दी से जल्दी हमारा घर नहीं बसाएगा?" आश्चर्यजनक ढंग से किसी भी लड़की ने उससे यह नहीं कहा कि 'अरे बेवक़ूफ़! यह कविता नहीं, फ़िल्मी गाना है,' क्योंकि शायद उनमें से कोई भी उसको मना के मर्म पर इतनी सख़्त चोट नहीं करना चाहती थी।

अन्त में वे सब धीरे-धीरे वहाँ से चली गईं और सबको 'बाय-बाय, टाटा' करती हुई मस्त प्रतिमा रानी भी अपने ताजमहल में जाकर अपने मनमोहना के लिए श्रृंगार करने में व्यस्त हो गई।

घंटे भर तक बालों में पत्तियाँ बैठाकर! हाथ-पैरों में महावर सजाकर! 'अनारकली-स्टाइल' की चुन्नटदार साड़ी बाँधकर प्रतिमा! दर्पण में अपनी बिन्दी में चाँद बना ही रही थी कि उसे शीशे में मोहन का प्रतिबिम्ब दिखा। अभिसार के लिए उतावली मुग्धा नायिका की तरह प्रतिमा! आधा चाँद छोड़ कर जब मोहन के गले लगने को लपकी, तो मोहन ने प्यार भरी चतुराई से उसे अपने हाथों से गज़ भर की दूरी पर रोक लिया और जानलेवा मुस्कुराहट से बोला, "अरे मेरी प्यारी! मेरी जान! तुम बिन्दी तो पूरी कर लो, आधी बिन्दी को अपने यहाँ अपशकुन मानते हैं।"

हक़ीक़त में वह अपनी ऑफिस की झकाझक सफ़ेद कमीज़ पर वह लाल रंग कैसे लगने देता! जो उसकी पत्नी वाले रंग जैसा नहीं था? और वह चतुर-सुजान 'एक तीर से दो शिकार' करने में पूरी तरह सफल भी रहा! क्योंकि दूसरे ही क्षण प्रेम-मदमाती प्रतिमा! वह ऐसी इठलाती हुई चली कि 'वात्स्यायन-कामसूत्र' की 'प्रगल्भा-नायिका' तक उसके सामने पानी भरे।

एक नम्बर का चालबाज़ और नाटकीय मोहन, उसके प्रत्येक डग पर प्रशंसा के पुल बाँधता हुआ उससे बोला, ''बेगम जानी! जब तक तुम सजो-सँवरोगी, लाओ तब तक मैं अपने रुपये गिन लेता हूँ'' और मदहोश-सी प्रतिमा ने दौड़कर अपने मनहरवा देवता मोहन को आज की सारी कमाई का 'गुल्लक' पकड़ा दिया। रुपये देखकर मोहन के माथे पर भृकुटियाँ तन गईं और उसने कड़क कर पूछा, ''आज रुपये इतने कम कैसे हैं? क्या किसी यार को दे दिए हैं, या छिपा कर रखना सीख गई हो?''

उसके इतने कठोर स्वर को सुन कर बेचारी प्रतिमा की तो बोलती ही बन्द हो गई। उसने सूखे गले से किसी तरह कहा, ''मोहन, तुम क्या कह रहे हो मेरी समझ में नहीं आया?'' तब तक मोहन को होश आ गया था कि 'अरे! सोने की मुर्गी तो गई हाथ से!' इसलिए तत्क्षण ही अपनी भूल सुधारने की गरज से वह मिश्री घुले स्वर में बोला, ''मेरी जान! कम रुपये देख कर मैंने सोचा कि शायद किसी ने रुपये चोरी कर लिए हैं।''

मोहन के इन कपटी शब्दों ने भयभीत प्रतिमा के हृदय पर चंदन-सा शीतल लेप लगा दिया और वह वापस स्व-स्वभाव में आकर चिहुँकती हुई बोली, ''मोहन, तुम्हारी नज़र कितनी अच्छी है। तुमने तुरन्त पकड़ लिया कि रुपये कम हैं। कमाल हो तुम।''

''अरे मेरी मल्लिका! यदि मैं इतना होशियार नहीं होता तो कैसे इतना बड़ा ऑफिसर होता, और कैसे अपना मकान बनाने की सोचता? प्रतिमा बेगम! आप बहुत ही भोली हैं।'' बेचारी प्रतिमा! मोहन की रसभरी बातों में ऐसी लटपटाई कि कान पकड़ने के प्रतीक स्वरूप अपने कानों की 'लौ' को हाथ लगाकर बोली, ''मोहन, असल में आज मैं थोड़ी देर दूसरी लड़कियों की पंचायती सुनने में लग गई थी, और राधिका दी के याद दिलाने पर मुझे याद आ गया कि मुझे इतना नाचना नहीं चाहिए, इसीलिए यह ग़लती हो गई, माफ़ कर दो।''

हालाँकि मोहन को ग़ुस्सा तो ऐसा आया कि वह असम की इस परले दर्जे की भोंदू लड़की का गला दबा दे, पर शातिर आदमी के शैतानी दिमाग़ के पैर पाताल में और सिर आकाश में होता है, इसलिए उसने ग़ुस्से की आग पर स्वार्थ के हिमालय की बर्फ़ डाली और एकदम सहजता से बोला, ''बेबी! कोई ख़ास बात नहीं है, मैं तो बस इतना ही सोच रहा था कि तुम्हारा मन जल्दी

से जल्दी घर बनाने का है, इसलिए हम लोगों को ज़्यादा से ज़्यादा मेहनत करके रुपयें जोड़ने चाहिए।''

''मोहन, मैं जानती हूँ कि तुम्हारी 'एक बंगला बने न्यारा' कविता की तरह ही तुम घर बनाने को कितने बेचैन हो। मैं वादा करती हूँ कि अब मैं ज़रा सी भी गड़बड़ नहीं करूँगी। अरे! पैरों का क्या है? दो दिन में ठीक हो जाएँगे। मोहन, तुम चिन्ता मत करो, देखना तुम्हें कल इतना बड़ा 'गुल्लक' मिलेगा कि तुम रुपये गिनते-गिनते थक जाओगे।''

अभी मोहन और प्रतिमा की अठखेलियाँ चल ही रही थीं कि नीचे से ज़ोरों के शोरगुल की आवाज़ें आईं। प्रतिमा ने ऐसी आवाज़ें पहले कभी नहीं सुनी थीं, इसलिए वह मोहन के मना करने पर भी उसके सामने हाथ जोड़कर दौड़ती हुई नीचे पहुँच गई।

नीचे का दृश्य अत्यधिक मर्मांतक था। प्रतिमा की ख़ास मित्र शम्पा! जो अपने एक ख़ास ग्राहक से गर्भवती हुई थी, हर क्षण बच्चे के पिता 'यादव' का गुणगान करती रहती थी। हालाँकि गर्भ धारण करने के बाद भी उसने एक दिन के लिए भी अपना धंधा बन्द नहीं किया था, क्योंकि उसे अपने बच्चे के लिए एक सुन्दर-सा पालना, और सिर पर एक छत चाहिए थी। इसी लक्ष्य के लिए वह रात-दिन अपना शरीर बेच-बेच कर काफ़ी कमज़ोर हो गई थी। उसकी प्रसूति में दस-बारह दिन ही बाक़ी थे कि उस दिन दोपहर में आकर यादव ने उसके जमा किए हुए पैसे माँगे। शम्पा के यह कहने पर कि 'ये पैसे तो बच्चे के लिए हैं' यादव ने 'बच्चे का पैसा है' को एक नारे की तरह उछालते हुए शम्पा पर लात-घूँसों की बारिश शुरू कर दी और चिल्ला-चिल्ला कर कहना शुरू किया, ''हुँह... तेवर देखो ज़रा इस छिनाल के! ले हरामज़ादी, बच्चे का पालना! ले कुतिया रंडी तेरा घर! ज़रा नखरे तो देखो इस बदज़ात के! माँ बन कर लोरी गाएगी? अरे! आज तक कभी किसी वेश्या को माँ बन कर घर बसाते सुना भी है? या तू ही अनोखी पैदा हुई है जो माँ बनकर लोरी गाएगी?'' इन व्यंग्य बाणों के साथ ही उसकी मार का ज़ोर बढ़ता जा रहा था और शम्पा एक मिट्टी की 'लोथ' की तरह अचेत-सी मार खाए जा रही थी।

उसने लात-घूँसों की ऐसी मूसलाधार बारिश की कि शम्पा की कोठरी छोटी पड़ गई, तो वह राक्षस उसे घसीटता हुआ, बाहर गली में ले आया और

खुली जगह पा कर उसकी और भी ज़ोरों से कुटाई करने लगा। पेट से पूरे नौ महीने की गर्भवती शम्पा के गली में आते ही वहाँ हंगामा मच गया। गली की कई लड़कियाँ अपने ग्राहकों को विदा कर वहाँ आ गईं और उसे घेर कर खड़ी हो गईं। इतने में ही शम्पा के मुँह से एक दर्दनाक चीख़ निकली और ख़ून के 'थक्कों' में लिपटा एक गुलाबी रंग का बच्चा ज़मीन पर आ गिरा। बच्चे का ज़मीन पर गिरना था कि 'यादव' उस गुल-गपाड़े का लाभ उठाकर चोरों की तरह दबे पाँव वहाँ से खिसक गया।

प्रतिमा ने जब ख़ून के तालाब में पड़ी अपनी मित्र शम्पा को देखा तो वह बेहोश-सी होने लगी। तब तक राधिका भी वहाँ आ गई थी। उसने पहले तो प्रतिमा का हाथ लक्ष्मी को थमाया और फिर बच्चे को उठा कर मुहल्ले की उम्रदराज़ दाई को देकर कहा, "माँ, आप इस बच्चे को बचाइए, हम लोग शम्पा को सँभालते हैं। राधिका ने दिन में नर्स और रात को यहाँ धंधा करने वाली बांग्लादेशी पायल को जब शम्पा की नब्ज़ देखने को कहा, तो वह बोली, "दीदी! क्या देखेगा? हमको तो लगता है कि इसमें जान नहीं है।"

राधिका ने उसकी पीठ पर सांत्वना का हाथ रखकर उससे कहा, "पायल प्लीज़! अपनी ज़िम्मेदारी निबाहो।" जैसा कि अनुमानित था, नर्स पायल ने निराशा में गर्दन हिला दी। राधिका ने बिना घबराए स्थिर चित्त से पहले तो शम्पा के आसपास की गन्दगी को धुलवाया और बाद में अपने यहाँ से एक बड़ी चादर लाकर, शम्पा को ऊपर से नीचे तक ढक दिया।

तभी वहाँ 'जगत-माँ' सपना दे आ गई। उसने उस गली के इसी तरह के और भी तीन-चार बच्चों को दत्तक लेकर पाला था। उसे देखते ही राधिका बोली, "सपना, क्या तू एक बच्चा और ले पाएगी?" "अरे दीदी! तुमि क्या बोलता है? जोरूर-जोरूर। भोगवान का माया देखो—मेरे पास का शोब बच्चा बोड़ा हो गया है, इस्कूल जाता है, तो हमारा मोन लगाने के लिए, उस ऊपर वाले ने इसे भेज दिया है।" कहते हुए उसने दाई माँ से वह बच्चा लेकर, अपने से यों चिपका लिया, मानों उसने ही उसे पैदा किया हो।

इस गली की चित्र-विचित्र दुनिया! और उसके ये हश्र देखकर कोमलमना प्रतिमा उलझनों के संजाल में फँसी हुई मरती-पड़ती-सी किसी तरह अपनी कोठरी तक गई और तकिए में मुँह घुसाकर रोने लगी। वह समझ नहीं पा रही थी कि वह इतनी उद्वेलित क्यों है? क्या यादव और शम्पा के प्रेम की यह

परिणति देख कर वह अपने और मोहन के प्रेम पर प्रश्न चिन्ह लगा रही है? या कोई और ही दुःख है जो उसे साल रहा है? पर एक बात निश्चित थी कि अचानक उसे अपना भरा-पूरा जीवन ख़ाली-ख़ाली और बेस्वाद लग रहा था।

सुबह उठते ही वह सीधी नीचे गई और यह देखकर दंग रह गई कि न तो शम्पा का 'शरीर' वहाँ है और न ही कल की दुर्घटना की कोई रेख। दरियाफ़्त करने पर उसे पता चला कि यहाँ की लड़कियों पर कहीं 'पुलिस-केस' न हो जाए, इसलिए राधिका दी ने रात के गहन सन्नाटे में उसे गली के बाहर दूसरी ओर के फुटपाथ पर लिटवा दिया था और सुबह टहलने आए लोगों ने उसे फुटपाथ के किसी भिखारी की लाश समझकर दाह-संस्कार के लिए पुलिस की 'सत्कार गाड़ी' से उठवा दिया था।

'दालगली' और 'सोनागाछी' में चारों ओर उदासी की धुंध छाई हुई थी कि गली के बाहर एक बड़ी-सी गाड़ी आकर रुकी। गाड़ी के रुकते ही एक वर्दीधारी ड्राइवर और एक सिपाही जैसे दरवान ने गाड़ी का पीछे का दरवाज़ा खोला और गहनों से लदी एक स्थूलकाय महिला ने गाड़ी से उतर कर गली के अन्दर प्रवेश किया। गाड़ी से उतरते ही उसने ऊँचे स्वर में चिल्लाते हुए पूछा, "कहाँ है वह विषकन्या लिपिका? उसे तुरन्त यहाँ बुलाओ।"

एक तो कल की घटना से यों ही सबके मन-मिजाज़ ख़राब थे, ऊपर से इस महिला का कर्णभेदी चीत्कार करना राधिका के लिए एकदम असह्य हो गया। उसने तुरन्त आगे आकर कहा, "सेठानी जी! 'विषकन्या' हम नहीं हैं। सच तो यह है कि हम लोग कामुकता के विष से आपके परिवारों को बचाने वाली 'अमृत कन्याएँ' हैं। अगर हम नहीं होतीं, तो आप लोगों के घर-परिवार सड़ने लगते। दरअसल आपको तो हमारा शुक्रगुज़ार होना चाहिए कि हम आप लोगों की पारिवारिक गन्दगी ख़ुद झेलकर, आपके घरों को सुरक्षित कर देती हैं। वरना परिवारों के भीतर ही भीतर क्या घटता रहता है इसकी ख़बर तो आजकल अख़बार भी सबको देते ही रहते हैं इसलिए आपसे विनती है कि बेकार में यहाँ वक़्त ज़ाया मत कीजिए, जाकर अपने घर को सँभालिए।"

उस धनवान और रौबीली महिला ने सपने में भी नहीं सोचा था कि उस 'गन्दी गली' की एक लड़की की ऐसी जुर्रत भी हो सकती है कि वह उसके मुँह पर इतनी खरी-खरी बातें कह दे। हालाँकि राधिका की बातों में कोई भी बात ग़लत नहीं थी। पर वह ठहरी प्रसिद्ध 'कोलूटोला राजबाड़ी' की गृहलक्ष्मी! जिसके यहाँ के 'तीन-तलिया' बेल्जियम 'झूमरों' और नायाब गहनों की चर्चा अभिजात्य-वर्ग की महिला गोष्ठियों में अक्सर होती रहती थी। ऐसे में उसके राजसी अहं को चोट लगनी तो स्वाभाविक ही थी। वह कल्पना भी नहीं कर सकती थी कि उसके कहे शब्द 'विषकन्या' का जवाब उसे 'अमृतकन्या' जैसे सशक्त शब्द से दिया जाएगा, जो एक विष-बुझे तीर की तरह सीधे उसके मर्मस्थल में जा चुभेगा। उसने अपने पैर ज़ोरों से पटक कर यथा-शक्ति गला फाड़ कर चीख़ते हुए कहा, "ओ हो! दैखो तो जरा, बड़ा आया 'अमृतकन्या' कोहीं का। हुँह! टका-टका में बिकने वाला ई 'पतुरिया' सब! इनको तुम 'अमृतकन्या' कोन मुख से बोलता है रे? 'अमृतकन्याऽऽऽ' ओरे! लोज्जा नहीं आता तुमको, जो तुम अपना पापी जीभ से इतना पोबित्र भाषा बोला? ऐ! तुम जो इतना बोड़ा-बोड़ा बात बोल रहा है, तुमको थोड़ा होश भी है कि तुम किसका सामने खड़ा है?"

उस गली की एक ख़ासियत ऐसी अनूठी है कि शायद इस पूरी दुनिया में उसका कोई जोड़ नहीं है और वह यह है कि यदि इसके मुहाने पर भी किसी बात की फुसफुसाहट होती है, तो वह पलक झपकते ही विद्युत-तरंग की तरह, तुरन्त गली के दूसरे छोर तक पहुँच जाती है। इसलिए तत्क्षण ही घनी केश-राशि की मालकिन! कालिदास की 'शकुंतला'-सी रूपवती लिपिका, वहाँ आकर राधिका के पास खड़ी हो गई। वह ग्रेजुएट थी, और प्रयास करती थी

कि शुद्ध भाषा में बातचीत करे। उसने आते ही अत्यन्त विनम्रता से उस महिला से कहा, "मैं लिपिका हूँ, कहिए, मैं आपकी क्या सेवा कर सकती हूँ?"

लिपिका का वह सहज स्वभाव भी राजबाड़ी की उस गृहलक्ष्मी को बहुत ही फ़रेबी और नक़ली लगा, इसलिए उसने कुढ़ कर कहा, "शेबा! हुँह! शेबा! ओरे, तुम क्या शेबा कोरेगा? तुम तो मेरा पति और मेरा घर को पूरा का पूरा खा गया है। ऐ छोकरी! ये 'शेबा-बेबा' जैसा बड़ा-बड़ा बात को कूड़ा में डालो और कान खुला रख कर सुन लो कि आगे से मेरा पति को मीठा-मीठा बात का विष पिला कर प्रेमांध करने का चेष्टा छोड़ दो और जोदि तुम मेरा बात नेही सुना, तो जान कर रहो कि हम तुमरा जान भी ले सकता है।"

"मेमसाब! अभी आपका दिमाग़ ग़र्म है, इसलिए आप घर जाकर आराम कीजिए। मैं आपसे वादा करती हूँ कि आपके पति को यहाँ आने से मना कर दूँगी, पर यदि वे नहीं माने, तो फिर अपना भाग्य" : लिपिका ने विनम्रता से कहा।

"ओरे! मीठा छुरी लिपिका! तुम क्या मेरे को 'गाधा' समझता है, जो इतना डायलॉगबाज़ी कर रहा है और हमको भाग्य का दोहाई देता है? अरे ऐ लिपिका रंडी! मैं आज तेरे को 'वार्निंग' देता है कि अपना सांभाल राखो, नहीं तो कोई दिन मारा जाएगा।"

इसके पहले कि बातों का यह वितंडावाद और बढ़ता, राधिका ने अपने दोनों हाथ कुहनियों तक जोड़ कर उससे कहा, "बहन जी! यदि हमसे कोई बदतमीज़ी हो गई हो तो क्षमा करें। विश्वास रखिए कि हम सब मिल कर यह कोशिश करेंगे कि किसी भी तरह आपके पति का यहाँ आना बन्द हो जाए! कृपया अब आप जाइए। नमस्कार।"

दुर्भाग्य से वे भारी-भरकम महिला जिस काठ की कुर्सी पर फैल कर बैठी हुई थीं, देर तक उस पर ठँस कर बैठने के कारण वे उसमें फँस गईं। बेचारी को अपने बड़बोलेपन को ताक़ पर रख कर वहीं की दो लड़कियों को मिन्नत कर अपने शरीर को किसी तरह खींच-तान कर कुर्सी से बाहर निकालना पड़ा। मारे संकोच के वे अपने शरीर को सिकोड़ कर छोटा दिखाने की कोशिश करती हुई सिर झुकाए हुए अपनी गाड़ी की ओर बढ़ गई।

उनके जाते ही लिपिका बोली, "राधिका दी, सच कहती हूँ कि मुझे इनकी गालियाँ सुन कर ज़रा भी ग़ुस्सा नहीं आया, बल्कि मुझे तो ये बहुत ही

दयनीय लगी। दीदी! मैं इनकी पीड़ा को समझ सकती हूँ, क्योंकि जिस असुरक्षा की भावना ने मुझे इस पेशे में उतारा है एक तरह से ये भी उसी चिन्ता से भयभीत हैं। दीदी ज़रा सोच कर देखिए! इनके पास इसके सिवा चारा भी क्या है कि ये अपनी विवशता को ग़ुस्से का रूप देकर हम पर चिल्ला लें। वैसे भी दीदी! इन्हें इस बात का अन्दाज़ थोड़े ही है कि हम सब यह काम ऐशो-आराम के लिए नहीं, पेट भरने के लिए करती हैं।

"राधिका दी! मेरी थोड़ी-बहुत कहानी तो आप भी जानती हैं कि मैंने बांग्लादेश में मकानों की चिनाई और रँगाई तक का काम किया था, पर इज़्ज़त की उस कमाई से अपने दो बच्चों का, और अपना आधा पेट भी नहीं भर पाती थी। पति मर चुका था, और सास नाम मात्र का चावल-दाल देती थी, और ऊपर से देवर-जेठों के बलात्कारों ने मुझे शारीरिक और मानसिक रूप से इतना तोड़ दिया था कि मैं ज़िन्दा होते हुए भी मरी जैसी हो गई थी। दीदी! क्या आप कल्पना भी कर सकती हैं कि एक दिन मेरे छोटे बेटे ने भूख से व्याकुल होकर मेरे सूखे स्तन को दूध पीने के लिए इतना जोर लगाकर चूसा कि उसमें से खून निकल आया। बस, उसी रात! मैं एक बेटे को कंधे पर और दूसरे को पीठ पर बाँध कर, वहाँ से ऐसी भागी कि भारत की सीमा के एक गाँव में घुस कर ही दम लिया।

"यहाँ आकर मैंने कॉलेज स्ट्रीट के एक गेस्ट-हाउस में खाना बनाने वाली की नौकरी पकड़ ली। पर हाय रे भाग्य! मुझे वहाँ भी प्रतिदिन कई ग्राहकों के साथ सोना पड़ता था और कमाई के नाम पर वही ढाक के तीन पात! सिवा पेट भर रोटी के, हाथ में एक पैसा तक नहीं। मेरे बेटे वहाँ के ढेरों बर्तन माँजते थे! पूरा घर साफ़ करते थे! कपड़े धोते थे! मैं पूरे दिन खाना बनाती थी और ऊपर से रात-भर ग्राहकों की हवस मिटाती थी! पर इन सबके बदले में हम तीनों को क्या मिलता था? बस दो 'टाइम' थोड़ा सा भात। दीदी! सच्चाई यही है कि मुझे किसी और ने यहाँ नहीं बेचा! बल्कि बहुत सोच-विचार कर मैंने ही यह निर्णय लिया, और पास के फ्लैट की एक महरी से यहाँ का पता लेकर मैं ख़ुद ही धंधा करने यहाँ आ गई। दीदी! अब मैं बहुत ही सुखी हूँ। मेरे दोनों बच्चे बोर्डिंग में पढ़ते हैं, और मैंने हारी-बीमारी के लिए भी थोड़ा-बहुत पैसा जोड़ लिया है।"

सुबह-सुबह सेठानी द्वारा रचे गए कौतुक को देखने वहाँ कई नई

लड़कियाँ भी आ गई थीं। उन्हीं में से एक राजस्थानी लड़की ने लिपिका की विस्तृत आपबीती सुन कर पूछा, "लिपिका बाई सा! क्या अब आप उस सेठ को यहाँ आने से 'बरज' देंगी?"

लिपिका संकोचवश जवाब देने से कतरा रही थी, इसलिए राधिका ने उस प्रश्न का एक तटस्थ-सा जवाब देते हुए कहा, "भावती बहन! कल किसने देखा है? और इस गली में तो हम सब भविष्य की फ़िक्र किए बिना केवल आज में ही जीते हैं।" इतना कह कर उसने दोनों हाथों से सबको उठने का इशारा करते हुए कहा, "चलो बहनों! गप्पों की इस गोष्ठी को यहीं ख़त्म कर, हम सब अपने-अपने काम में लगें।" तभी उसकी नज़र कुछ दूरी पर खड़ी प्रतिमा पर पड़ी, जो फटी आँखों से कभी लतिका को, तो कभी उस ओर देख रही थी, जहाँ से अभी-अभी वह ज़मींदारिन गई थी। प्रतिमा को देखकर ऐसा लगता था जैसे उसकी आँखें सब कुछ देखते हुए भी कुछ भी नहीं देख रही हैं! और शरीर यहाँ होते हुए भी उसके होशो-हवास कहीं और ही हैं।

उसकी भाव-भंगिमा से चिन्तित होकर जब राधिका ने उसे प्यार से पुकारा, तो उस पर उस आवाज़ का कोई असर ही नहीं हुआ। अतः उसने दुबारा ज़ोर से कहा, "प्रतिमा! क्या बात है? तुम्हारी तबीयत तो ठीक है ना?" तो इसका उत्तर भी प्रतिमा ने किसी दूसरे लोक से आए एक अजनबी प्राणी की तरह गर्दन हिलाकर 'हाँ' में दे दिया। उसकी ऐसी बेध्यानी राधिका के लिए नई थी, इसलिए उसने उसे हल्के से हिला कर प्यार से पूछा, "बच्चा! क्या बात है? कहाँ खोई हो?"

उत्तर में प्रतिमा ने पलटकर उसे जिन आँखों से देखा, वे इस धरती की नहीं, कहीं और की ही लग रही थीं। कुछ क्षणों के बाद धीरे-धीरे जब उन आँखों में परिचय और कृतज्ञता का प्रकाश आया तो प्रतिमा राधिका से लिपट कर ज़ोरों से रो पड़ी।

अवसर की नज़ाकत देखते हुए राधिका उसे अपने कमरे में ले गई और वहाँ जी भर कर रो लेने के बाद, प्रतिमा ने टूटे-फूटे शब्दों में जो कुछ कहा उसके मूल में था, "भय अपने सम्बन्ध का! भय अपने प्रेम का! भय अपने मरने का!" क्योंकि शम्पा की मृत्यु और आज की घटना ने उसे भीतर तक दहला दिया था, पर उसका क्षोभ मोहन के प्रति न हो कर, स्वयं के प्रति था। उसने राधिका से कहा, "दीदी! मुझे मोहन पर अपने से भी ज़्यादा विश्वास

है और अपने मन के इन 'भयों' को जान कर मुझे स्वयं से नफ़रत हो रही है। सोच रही हूँ कि मैं कितनी कृतघ्न! लालची और गई-गुज़री हूँ कि औरों के साथ घटी हुई घटनाओं को ख़ुद से जोड़कर डर रही हूँ?

"दीदी! जानती हैं! कल रात ही मोहन ने मुझे बेला के फूलों की 'वेणी' लाकर दी! सोचिए ज़रा कितनी ऊँची पसंद है उसकी! जो उसने मेरे लिए फूलों की 'वेणी' चुनी और आप जानती हैं! उसने ऐसा क्यों किया? उसने मुझसे कहा, 'मैं तुम्हारे लिए सोने के गहने इसलिए नहीं लाता हूँ, क्योंकि तुम्हारी इस पतली त्वचा में वे गड़ जाएँगे, नहीं तो! मैं आज ही तुम्हें ऊपर से नीचे तक तरह-तरह के गहनों से लाद सकता हूँ, कहो तो लाऊँ?' कहते ही वह उसी वक़्त उठ कर जाने लगा तो मैंने उसका हाथ थामकर रोक लिया। दीदी! आश्चर्यजनक बात है कि उसने हाथों-हाथ इस घटना पर एक कविता बना कर मुझे सुना दी, 'न जाओ सैंया छुड़ा के बँइयाँ, कसम तुम्हारी मैं रो पड़ूँगी।' राधिका दी! अब आप ही बताइए कि यदि ऐसे प्रेमी पति के लिए मन में कोई दुर्भावना आए, तो क्या मन ग्लानि से नहीं भर जाएगा?"

राधिका ऐसा दिखावा कर रही थी जैसे वह उसकी बातों में पूरी तरह डूब कर उसका समर्थन कर रही है, ताकि वह अपने मन की सारी बातें कह सके और हुआ भी यही। बातों-बातों में प्रतिमा ने राधिका से कहा, "राधिका दी! अब मैं आपके सामने अपने घरवाले की क्या बड़ाई करूँ? पर मोहन है ही ऐसा अनोखा कि उसे लोभ और लालच तो छू तक नहीं गया है। वह तो सिर्फ़ प्रेम का ही दीवाना है, और उसके हृदय में चौबीसों घंटे प्रेम का ही सागर लहराता रहता है। आप ही सोचिए, जब मैंने उसे अपनी माँ के भारी ज़ेवर दिखाए तब उसके मुँह से उनकी ढेरों प्रशंसा सुन कर, मैंने वे ज़ेवर उसे देने चाहे! तो उसने उन्हें हाथ तक नहीं लगाया और कहा, 'माय डार्लिंग! मैं तो इन्हें छुऊँगा तक नहीं। हाँ! तुम कहोगी तो मैं तुम्हारे रुपयों के साथ इन्हें भी बैंक के 'लॉकर' में रख दूँगा, ताकि कोई चुरा न सके'।" अन्तिम वाक्य कान में पड़ते ही अन्यमनस्क राधिका ने सजग होकर पूछा, "तो क्या मोहन ने वे गहने तुमसे लेकर बैंक में रख दिए?"

"अरे हाँ दीदी! क्या वह कभी भी मेरा कहा टाल सकता है? इसलिए उसने तुरन्त ही गहने का डिब्बा उठाया और उसे ले जाकर बैंक में रख दिया।"

"क्या तुम साथ गई थी?" प्रश्न राधिका का।

“दीदी! वह डिब्बा इतना भारी थोड़े ही था कि उसे उठाने में दो आदमी लगते? ऊपर से मोहन की हृष्ट-पुष्ट कद-काठी तो आपने देखी ही है! उसने फूल की तरह डिब्बे को उठाया और ले गया” : उत्तर प्रतिमा का।

राधिका की इच्छा तो यह कहने की हुई, दरअसल वह डिब्बा ‘फूल’-सा नहीं था, बल्कि सही अर्थों में तुम ही अंग्रेज़ी की बहुत बड़ी ‘फ़ूल’ हो, पर राधिका उसे किसी भी मूल्य पर छिटकने नहीं देना चाहती थी, इसलिए हँस कर बोली, “हाँ! हाँ! सो तो ठीक ही है, पर बेटा! तुम्हें भी अपनी चीज़ का पता तो होना चाहिए कि वह कहाँ रखी है? और उस लॉकर को खोलने के काग़ज़-पत्तरों की भी तुम्हें जानकारी होनी चाहिए बेटा! कल किसने देखा है?” सुनते ही प्रतिमा के चेहरे पर जो भाव आए उन्हें देख-समझ कर अनुभवसिद्ध राधिका अन्दर तक सहम गई और उसे प्रतिमा के भविष्य की चिन्ता होने लगी। उस सरलमना प्रतिमा की सच्चाई और अच्छाई ने उसे इतना मोह लिया था कि वह उसे मोहन के नागपाश से मुक्त कराने की युक्ति ढूँढ़ने लगी।

तभी राधिका को लिपिका की पुकार सुनाई पड़ी, “शहाना दी आ गई हैं और ‘स्वयंसिद्धा’ के दफ़्तर में आपका इन्तज़ार कर रही हैं।”

रोजमर्रा की रिपोर्ट देख लेने के बाद राधिका ने शहाना दी को लिपिका वाली घटना बताई और प्रतिमा का आख्यान सुनाकर राय माँगी। सारी बातें सुनकर शहाना दी ने गम्भीर स्वर में जवाब दिया, “लिपिका को न तो अपने ग्राहक को आने से रोकना चाहिए और न ही उसे आज की घटना बतानी चाहिए। यदि वह कोई ज़िक्र करे तो भी उसे बातों की भूलभुलैया में उलझा कर टाल देना चाहिए। रही बात प्रतिमा की, तो उसे सही समय देख कर जगाना तो पड़ेगा! पर अभी वह अपने प्रेम में इतनी मतवाली हो रही है कि कुछ भी कहने-सुनने से और भी बौरा जाएगी। अभी वह कम से कम तुम्हें अपने मन की बातें बता तो रही है! पर टोकने से तो वह एकदम चुप्पी साध लेगी और हम अँधेरी गलियों में भटकते रह जाएँगे। इसलिए थोड़ा समय बीतने दो, हो सकता है जैसे उस पर शम्पा वाली घटना का असर हुआ है वैसे ही किसी और बात का भी असर हो जाए। भविष्य के गर्भ में क्या छिपा है, हम यह जान तो नहीं सकते, पर सचेत ज़रूर हो सकते हैं।”

शहाना दी का वाक्य अभी ख़त्म भी नहीं हुआ था कि गली से आती चीख़-पुकार से सबका ध्यान भंग हो गया। अक्सर शान्त रहने वाली ‘सोनागाछी’

की वह गली! लोगों की भाग-दौड़ से ज़ोरों से स्पंदित हो रही थी और सबके मुँह से 'पुलिस! पुलिस!' का सम्बोधन सुन कर राधिका ने आगे आ कर भावती से पूछा, "भावती बहन! माजरा क्या है? क्या कोई ख़ास बात हो गई है, जो सब पुलिस-पुलिस चिल्ला रहे हैं?"

भावती ने अपने फूले हुए दम से अटक-अटक कर जो कहा वह यह था, "बाई सा! वो तेईस नम्बर वाली 'दुर्गाबाई' थी ना! कहते हैं उसके एक ग्राहक ने उसका गला काट कर हत्या कर दी है, और उसके कटे हुए गले में गमछा ठूँस दिया है।"

"क्या? क्या?" कहती हुई राधिका जब लिपिका और प्रतिमा के साथ गली के दूसरे छोर के मकान के एक तल्ले पर पहुँची, तो उस वीभत्स दृश्य को देख कर सबका 'जी' ऐसा घबराया कि राधिका और लिपिका तक को बेतहाशा उल्टियाँ होने लगीं और कुछ दूर खड़ी प्रतिमा दास अचेत होकर फ़र्श पर ऐसी गिरी कि उसका मुँह और माथा दोनों फूट गए। पर जब वहाँ मृत्यु का ऐसा हाहाकार मचा हो, तो उसकी इन चोटों पर किसका ध्यान जाता, उसे कौन सँभालता? इसलिए प्रतिमा बहुत देर तक वैसी ही बेहोश पड़ी रही।

यह घटना इस मायने में अत्यधिक भयंकर थी कि हत्यारे ने ही गुप्त नाम से अपने मोबाइल से पुलिस को ख़बर दी थी। शायद वह इस बात से आश्वस्त था कि प्रथमत: तो वह पकड़ा ही नहीं जाएगा और पकड़ा भी गया, तो वह पुलिस की मज़बूत पकड़ को ढीला करने के गुर जानता है।

लेकिन आश्चर्यजनक है यह तथ्य कि जैसे ही पुलिस की गाड़ी दुर्गा के शव को पोस्टमार्टम के लिए ले गई, मिनटों में ही वह गली गुलज़ार होकर वापस अपने रोज़मर्रा के काम में लग गई। वैसे दो-एक नई लड़कियाँ माथे पर हाथ धरे यही सोचे जा रही थीं कि, 'क्या पेट की मज़बूरी ने हम सबको इतना संवेदनहीन बना दिया है कि हम ऐसी भयानक मृत्यु से भी आंदोलित नहीं होते?' लेकिन राधिका ने तत्क्षण ही सबको यह कह कर दिलासा दी कि "बहिनियों, साधारण भाषा में इसे श्मशान-वैराग्य कहते हैं। मुर्दे को जलते देख कर हम सबको पूरा संसार बेकार लगता है, पर क्या आज तक इस दुनिया में कभी भी! एक क्षण के लिए भी! कहीं भी! कुछ भी! रुका है? यहाँ तक कि पतिव्रता जवान विधवा भी स्वयं को धैर्य बँधा कर, दूसरे दिन से ही घर-गृहस्थी के काम-काज और बच्चों को सम्हालने में लग जाती है! तो फिर

हमारी क्या बिसात है? हम सब तो हैं ही 'पेशेवालियाँ'! जिनका किसी से कोई नाता ही नहीं होता है और यदि कोई एकाध लड़की! भावुक होकर रिश्ता बनाने की भूल कर बैठती है तो वह इसी तरह बिना मौत मारी जाती है," कहकर उसने उनकी पीठ पर सांत्वना का हाथ फेर कर कहा, "भावती! लिपिका! सुमिता! चलो बेटा, सब उठो! मुँह-हाथ धोकर चाय पियो और अपनी 'ड्यूटी' में लग जाओ, नहीं तो बेटे की फ़ीस! कोठरी का भाड़ा! और खाने का ख़र्चा कहाँ से आएगा? जब आज नहीं तो कल, अपने को काम में लगना ही है, फिर अभी ही क्यों नहीं?"

आधी रात को थप-थप-थप के बाद लगातार ज़ोरों से कुंडा खटखटाने की आवाज़ ने गहरी नींद में सोई हुई राधिका को बेहद डरा दिया। जब उसने अपने काँपते हाथों से 'अलार्म घड़ी' पकड़ कर उसमें समय देखा, तो दोनों काँटों को बारह पर टिका देखकर उसे पक्का विश्वास हो गया कि हो न हो उसके मकान में आग लग गई है, वरना इन पन्द्रह-बीस वर्षों में ऐसा कभी नहीं घटा कि उसके दरवाज़े पर किसी ने आधी रात तो दूर झुकती रात में भी दस्तक़ देने की जुर्रत की हो, क्योंकि सबको पता था कि राधिका दस बजे के बाद न तो ग्राहक लेती है और न ही किसी से बात करती है। राधिका ने घबरा कर झटके से दरवाज़ा खोला, और जब उसे बाहर कोई कोहराम मचा हुआ नहीं दिखा तो उसे बेइंतिहाँ ग़ुस्सा आया। उसकी झल्लाहट आकाश छू रही थी और जब उसने इसी तेवर से दरवाज़ा खटखटाने वाले की ओर देखा, तो रोने से सूज़ी हुई आँखों और बिखरे घुँघराले बालों वाली प्रतिमा दास सहम कर ऐसे पीछे हटी कि मुँडेर से टकरा कर पीठ के बल नीचे गिरने को हो गई। 'परदुःख कातर' राधिका अपना ग़ुस्सा भूल कर इतनी तेज़ी से उसे बचाने के लिए लपकी कि ख़ुद भी उस नीची मुँडेर से गिरते-गिरते बची। कोई और होता तो राधिका अपने सारे ग़ुस्से को इकट्ठा कर उस व्यक्ति को कस कर चाँटा मारती, पर वह ठहरी प्रतिमा दास! राधिका के मर्म का नर्म कोना!! इसलिए राधिका का ग़ुस्सा बिजली की गति से आकाश से सीधा पाताल में चला गया और उसने उसे एक बच्चे की तरह ख़ुद से चिपका कर उसके चेहरे पर आए बालों को कोमलता से पीछे हटाते हुए कहा, "बच्चा, क्या बात है? आधी रात को तुम! यहाँ इस तरह? क्या मोहन ने कुछ कह दिया है? या वह किसी बात पर नाराज़ होकर चला गया है? बेटा! आख़िर बात क्या है, जो तुम इतना डरी हुई हो?"

मोहन का नाम आते ही उसने अपनी गर्दन और दोनों हाथ 'ना' में हिलाने शुरू कर दिए थे। उसके चेहरे को अपनी दोनों हथेलियों के बीच पकड़ कर राधिका ने उसकी पीठ सहला कर उसे पुचकारते हुए पूछा, "तो फिर क्या बात है?"

इस पर अपना मुँह राधिका की छाती से सटा कर प्रतिमा ने टूटते हुए शब्दों में कहा, "दीदी! अभी-अभी मैंने देखा कि मेरी कोठरी के खिड़की वाले कोने में हमारी आराध्या कामाख्यादेवी माँ काली जैसा रूप धरे अपने बाएँ हाथ में, एक ताजा कटे हुए 'मुंड' को उसके केशों से पकड़े हुए हैं, और उस मुंड से लगातार ख़ून टपक रहा है। माँ ने दाएँ हाथ में ख़ून से भरा हुआ 'दाँव' पकड़ रखा है, और वे अपनी लम्बी लाल जीभ बाहर निकाले हुए मुझे बड़ी-बड़ी आँखों से घूर रही हैं। राधिका दी! इतना ही नहीं, ध्यान से देखने पर पता चला कि उनके हाथ का 'मुंड' मेरा ही है। दीदी! डर से थर-थर काँपते हुए मैंने माथे और मुँह का पसीना पोंछा, और कोठरी के सन्नाटे से घबरा कर गिरती-पड़ती हुई किसी तरह आपके पास आई। दीदी! इस नीच ने इतनी रात गए आपको तकलीफ़ दी, इसके लिए माफ़ी दे दीजिए।" कहती हुई वह कमनीय बाला, राधिका के पैरों पर अपना माथा रगड़ने लगी।

राधिका ने उसे उठा कर उसके हाथ-मुँह धुलवाए और उससे सांत्वना भरे स्वर में इस ऊल-जलूल सपने को खारिज़ करने को कहा। घंटे भर तक कई एक उदाहरणों से उसे समझाने के बाद, जब राधिका को उसकी सुबकियाँ सुननी बन्द हो गई, तो वह समझ गई कि भोली बालिका प्रतिमा सो गई है। उसने उसके सिर को थपथपाना तो बन्द कर दिया पर वह स्वयं इस संशय में फँस गई कि क्या यह स्वप्न किसी दुर्घटना का पूर्वाभास है?

व्यावहारिक राधिका ने अपने इस विचार को परे सरका कर उसे उसकी नियति के खाते में डाल दिया और आँखें मूँद कर सोने का प्रयास करने लगी। पर कभी-कभार किसी 'सीझी' हुई लड़की के मन में भी ऐसा उद्वेलन होता है कि उसकी बुद्धि और विवेक मिल कर भी उसे शान्त नहीं कर पाते। राधिका काफ़ी देर तक करवटें बदल कर सोने की चेष्टा करती रही, पर दिमाग़ में चलते कुविचारों के झंझावात ने उसे सोने नहीं दिया। उनसे बचने के लिए वह उठ गई और सुबह के चार बजते न बजते नहा-धोकर गली में निकल आई।

वहाँ सबसे पहले उसकी मुलाक़ात मधुमिता से हुई। राम-रमी और आपसी हालचाल पूछने के बाद राधिका ने उससे पूछा, "मीता! आजकल रोज़ क्या कमाई हो जाती है? भई! मानना पड़ेगा कि तुमने काम तो बहुत ही अक्लमंदी का किया है, जो अपनी माँ से मिले लम्बे-चौड़े मकान को 'कोठों' का होटल बना लिया है। सुना है तुम उसे घंटे के हिसाब से क़िराए पर देती हो? वाह! न कोई झगड़ा न झंझट और बैठे बिठाए रुपयों की वर्षा। मधुमिता! तुम तो बहुत ही नसीब वाली हो, क्योंकि इस व्यापार में न तो शरीर की छिजाई है, और न ही मन का कोई झंझट! बस, एक सफल 'बिजनेस-मैन' की तरह एकदम बेफ़िक्री का आलम है!"

आमतौर पर कभी किसी पर व्यंग्य न करने वाली राधिका! मधुमिता की बड़ाई कर रही है या परोक्ष में बुराई, यह बात मधुमिता को ठीक से समझ में नहीं आ रही थी। हक़ीक़त तो यह है कि राधिका स्वयं भी यह समझ नहीं पा रही थी कि दरअसल उसकी मंशा क्या है? वैसे यह बात तो सोलह आना सच थी कि राधिका के अन्तर में यह बात कसकती रहती थी कि सर्वसम्पन्न होते हुए भी मधुमिता ने वेश्यागिरी को इतना बढ़ावा क्यों दिया? यदि वह चाहती तो क्या जबरन बेची गई लड़कियों के उद्धार के लिए कुछ नहीं कर सकती थी? चलो, उतना न भी सही, पर कम से कम वह 'स्वयंसिद्धा' संस्था की स्वयंसेविका तो बन ही सकती थी? शायद आज मधुमिता का दुर्दिन था, जो उसने पलट कर राधिका से पूछ लिया, "राधिका दी! सच बताइए आपको मेरा काम पसंद नहीं है ना?"

राधिका ने पहले तो उसे ऊपर से नीचे तक देखा और फिर स्पष्ट शब्दों में कहा, "मधु! तुमने ठीक प्रश्न पूछा है। पसंद की बात तो छोड़ो मुझे तो यह जानकर ही बहुत कष्ट हुआ था कि तुमने भी प्रत्यक्ष में न सही पर परोक्ष में तो एक पेशेवाली का ही धंधा चुन लिया है। अरे! तुम्हारी माँ बेचारी तो अपने ज़मींदार बाप की मर्ज़ी के ख़िलाफ़ उस बदमाश मैरीन इंजीनियर से विवाह कर बर्बाद हो गई थी, जिसने उसे इस 'इमामबख़्श गली' वाले मकान में धंधा करने को बैठा दिया था। मधु, यह तो करम है उस 'ऊपरवाले' का कि तुम्हारी माँ में उसके ख़ानदानी-तत्त्व बाक़ी थे इसलिए उन्होंने तुम्हें ख़ूब पढ़ाना चाहा, पर ढेरों उपाय करने पर भी तुम्हारा मन पढ़ने में नहीं लगा और तुम किसी भी तरह नहीं पढ़ी।"

"अच्छा राधिका दी, जब मेरी माँ इतनी ही भली थी, तो उसने मेरा विवाह एक अपढ़ बढ़ई से क्यों कर दिया? क्या यह मेरे जीवन की तबाही का पहला क़दम नहीं था?" मधुमिता ने आक्रोश भरे स्वर में कहा।

राधिका ने उसकी पीठ पर हाथ रख कर कहा, "मधु! बुरा मत मानना! यह मनुष्य मात्र का सहज स्वभाव है कि वह हमेशा अपनी ग़लती का ज़िम्मेदार किसी और को ही मानता है। देखो बहिनी! यह बात तो पक्की है कि तुम्हारा मन पढ़ाई में बिलकुल भी नहीं लगा, और साथ ही तुम्हें इस गली की रंगरलियाँ भी ख़ूब लुभाने लगी थीं। मधु! अब तो तुम यह जान ही गई हो कि इस गली की लड़की का अच्छे घर में विवाह होना कितना कठिन है, ऐसे में हो सकता है उस जवान बढ़ई ने उन्हें तुम्हारे अच्छे भविष्य के सब्ज़-बाग़ दिखाए हों? मधु! इसे तुम अपनी तबाही का आगाज़ मत मानो, और याद रखो कि बढ़ई की मार-पीट से तंग आकर जब तुम लौट आई तो माँ ने तुम्हें पूरे सम्मान और प्यार से आश्रय दिया। पर तुम्हारे वापिस आने से उन्हें जो सदमा लगा उससे वे भीतर-ही-भीतर इतना छीज गईं कि अन्ततोगत्वा उनकी मृत्यु हो गई। इसके बावजूद वे तुम्हारे हक़ में अपनी वसीयत बनाना नहीं भूलीं और अपनी सारी सम्पत्ति तुम्हें दे गईं। मधु! तुम्हारा बढ़ई से विवाह करना और यह मकान तुम्हें देना, इस बात के परिचायक हैं कि वे तुम्हें एक स्वस्थ-जीवन जीते देखना चाहती थीं। पर तुम आज जो जीवन जी रही हो क्या वह सही है? आख़िर, तुम क्या करोगी इतने पैसों का? मधु! क्या तुम कुछ और नहीं कर सकती थी?"

राधिका के सारे आरोपों के उत्तर में मधुमिता ने बिना सकपकाए, एकदम सहजता से राधिका से कहा, "दीदी! मैं आपकी बातें काट नहीं रही हूँ, पर मेरे भी कुछ प्रतिप्रश्न हैं : पहला यह है कि क्या गली के इस घर को कोई प्रतिष्ठित व्यक्ति इतना पैसा देकर ख़रीदता कि उसके ब्याज़ से मेरा गुज़ारा हो जाता?

"दूसरा प्रश्न : क्या कोई भी ख़रीदार! इसका वही उपयोग नहीं करता जो मैं कर रही हूँ?

"तीसरा प्रश्न : राधिका दी! मैं पढ़ी-लिखी तो थी नहीं, ऐसे में कोई बड़ी नौकरी तो मुझे मिलती नहीं! और अच्छी नौकरी के लिए मेरी सिफ़ारिश भी कौन करता? और चौथा प्रश्न :" तभी राधिका बीच में बोल पड़ी,

"मधुमिता! होने को तो तुम्हारे पास ढेरों दलीलें होंगी, पर अपने दिल पर हाथ रख कर पूछो : क्या सचमुच तुम कुछ और नहीं कर सकती थी? क्या तुम 'स्वयंसिद्धा' और 'दुर्वार महिला समिति' जैसी किसी संस्था की स्वयंसेविका नहीं बन् सकती थी?"

"राधिका दी! इन संस्थाओं में काम करने से पहले पेट में रोटी, शरीर पर कपड़े और सिर पर छत चाहिए, वे कहाँ से आते? और आपकी जानकारी के लिए बता दूँ कि मैं अपनी कमाई का दस प्रतिशत पूरी ईमानदारी से 'दुर्वार महिला समिति' को और दस प्रतिशत 'स्वयंसिद्धा' को देती हूँ। पुलिस, मस्तानों और मोहल्ले के दादाओं को खिलाने-पिलाने के बाद मेरे पास इतना ही बचता हैं कि मैं ढंग से खा-पी लेती हूँ और थोड़ा-बहुत बुढ़ापे के लिए जोड़ लेती हूँ। आप ख़ुद चल कर मेरा कमरा देख लीजिए, यदि आपको उसमें न्यूनतम ज़रूरी चीज़ों के अलावा कुछ और मिल जाए, तो मेरे कानों सहित मेरे दोनों गाल आपके! आप जितना मार सकें मार लीजिएगा, मैं चूँ तक नहीं करूँगी।"

मधुमिता की स्पष्टबयानी से राधिका स्तब्ध रह गई। उसे लगा कि आज भगवान ने उसे सिक्के के दोनों पहलुओं को समझने का बहुत बड़ा पाठ पढ़ाया है। स्वभावत: सबका भला चाहने की अपनी आदत के कारण आज उसने मधुमिता को व्यर्थ में ही ढेरों बातें सुना दी थीं और आश्चर्यजनक ढंग से इस भली लड़की ने उसके सारे लांछन चुपचाप सह भी लिए थे। 'हे प्रभु! मुझसे कितना बड़ा पाप हो गया! अब मैं क्या करूँ? इससे कैसे माफ़ी माँगूँ?' आदि बातें सोच-सोच कर राधिका ग्लानिबोध से मरी जा रही थी कि तभी उस गली की सबसे तेज़-तर्रार लड़की 'खेया' हाँफती हुई वहाँ आई और राधिका और मधुमिता दोनों के हाथ पकड़ कर उन्हें बिना कुछ बताए खींचती-सी इमामबख़्श लेन की ओर ले जाने लगी।

मधुमिता ने आज अपना एक फ्लैट पूरी रात के लिए बम्बई की एक बड़ी पार्टी को मोटे रुपयों के एवज़ में दिया था।

खेया ने आदतन अपनी जान-पहचान की कई लड़कियों को भी इमामबख़्श लेन में घुसने से पहले रास्ते से पुकार कर बुला लिया था। कुछ ही मिनटों में जब वह जत्था मधुमिता के मकान के उस फ्लैट में पहुँचा तो उनकी चीख़ों और चीत्कारों से इमामबख़्श लेन ही नहीं, दालगली, बाबू की

गली और रामबगान तक एक मर्मभेदी हाहाकार से गूँज उठे। तमाशबीनों के हुजूम को चीरकर जब मधुमिता, राधिका और केया ने उस कमरे में झाँका जिसमें मुद्रा का ख़ून से लथपथ शरीर गले से एकदम नीचे तक बीचोंबीच चिरा हुआ ज़मीन पर पड़ा था तो उसे देखते ही उन तीनों को ऐसा लगा जैसे किसी भूत ने उन्हें दबोच लिया है और उनके प्राण कंठ में अटक गए हैं। कुछ होश आने पर मधुमिता ने फटी आँखों से चारों ओर देखा और अपने माथे पर दोहत्थड़ मार कर फूट-फूट कर रोती हुई कलपने लगी, "हाय! मैं क्या करूँ? हे भगवान! ऐसी भयानक मुसीबत का कहर मुझ करमजली पर ही क्यों?" वह पागलों की तरह 'अब मैं क्या करूँ, हाय मैं क्या करूँ?' का राग अलापती हुई कभी अपना सिर बाईं, तो कभी दाईं दीवार पर मारती हुई राधिका को बोली, "दीदी! यहाँ आप सबसे ज़्यादा समझदार और दूसरों का भला चाहने वाली हैं, दया करके मुझे बताइए कि मुझे क्या करना चाहिए?" कहकर वह फिर से "हे मेरी माँ! हे सबकी पीड़ा हरने वाले ठाकुर! मेरी रक्षा कीजिए!" कहती हुई अपना माथा ज़मीन पर पटकने लगी। उसका ऐसा दारुण विलाप सुन कर उस वीभत्स दृश्य से सहमी हुई बाक़ी की सारी लड़कियाँ भी जोरों से उसके साथ रोने लगीं। क्षण मात्र में ही वहाँ एक ऐसा दृश्य निर्मित हो गया, जैसा उस गली के इतिहास में पहले कभी नहीं हुआ था।

मनुष्य का सहज स्वभाव है कि वह दीर्घ समय तक सुखी तो रह सकता है, पर दुःखी नहीं; इसलिए जब सब रोते-रोते थक गए तब राधिका ने प्यार से मधुमिता को उठाया और उसके कान में अत्यन्त धीमे स्वर में कहा, "मधुमिता! मेरा अनुमान है कि तुम्हारी जान-पहचान के बड़े लोगों में एकाध सत्ताधारी व्यक्ति भी हैं, क्योंकि मैंने सरकारी छाप की एक बड़ी गाड़ी को कभी-कभी तुम्हारे मकान के नीचे खड़े देखा है। मीता, तुम क्षण मात्र गँवाए बिना उन्हें फ़ोन करो, और उनसे बात करते समय दहाड़ें मार कर ऐसी रोओ कि उनका सख़्त जान होना धरा रह जाए और वे तुम्हारे दुःख की नदी में बहने लगें।"

ज़माना देखी हुई राधिका की युक्ति निरर्थक तो जा ही नहीं सकती थी। अतः आनन-फ़ानन में ही वहाँ सायरन बजाती हुई एक एम्बुलेंस आ कर खड़ी हो गई। तभी इस बावले के बीच सबकी नज़र जीन्स पहने एक फैशनेबल 'जर्नलिस्ट' लड़की पर पड़ी, जो सारे कामों के बीचों-बीच अड़ी खड़ी थी।

वह इस क़दर बेवकूफ़ थी कि उसे सिवा अपनी कप्तानी और घिसे-पिटे प्रश्नों के कुछ और सूझ ही नहीं रहा था। यहाँ तक कि उसने न तो उस एम्बुलेंस का कोई 'नोटिस' लिया और न ही उस मातमी माहौल में सबकी सूज़ी आँखों और बिखरे बालों पर कोई ध्यान दिया, वह तो बस अपनी ख़ूबसूरती और बुद्धिमत्ता के घमंड में ही मरी जा रही थी। उसके हेकड़ी भरे व्यवहार में उस गली के बाशिन्दों के प्रति उसकी वितृष्णा साफ़ दिखाई दे रही थी। उसने आधिकारिक लहजे में लगभग चीख़ते हुए स्वर में पूछा, "आप लोगों का 'लीडर' कौन है?" सबकी आँखों के इशारे को समझ कर उसने अपने काग़ज़ से पढ़ कर राधिका से पूछा, "ज़रा यह बताइए, अभी यहाँ गाने-बजाने के साथ 'मुजरा' कहाँ हो रहा है? क्या आप मुजरा करती हैं? यदि हाँ! तो आपको 'न्यौछावरी' में कितने हज़ार रुपये मिल जाते हैं? क्या आप कत्थक की ड्रेस पहनकर 'मुजरा' करती हैं? क्या आपने तवायफ़ों की 'अदायगी-कला' लखनऊ से सीखी है? अभी आपके साज़ और साज़िन्दे कहाँ हैं? आप कितनी देर बाद तैयार होकर नाचना शुरू करेंगी? क्या मैं आपका मुजरा देख सकती हूँ?"

उसकी इन सिरफिरी बातों से राधिका के ज़ब्र और सब्र दोनों का बाँध टूट गया और उसने उसका हाथ पकड़कर इतनी ज़ोर से खींचा कि उसे लगा कि यदि वह आगे नहीं बढ़ी तो राधिका उसे घसीटती हुई वहाँ से ले जाएगी। राधिका ने जब अपने दुःख भरे क्रोध से उसे मधुमिता के 'उस' एक तल्ले वाले कमरे में धकेला तो उस भयानक दृश्य को देखकर वह डर गई। उसका शरीर थर-थर काँपने लगा और उसने अपने हाथों से अपने मुँह को ज़ोरों से पकड़ लिया, लेकिन बहुत कोशिश करने पर भी, वह ख़ुद को रोक नहीं पाई और उसने उसी बरामदे में दमा-दम उल्टियाँ करनी शुरू कर दीं। उसने शर्ट-पैन्ट सहित, गले में झूलते अपने कैमरे और हाथ के पैड आदि को भी उस गन्दगी से बिगाड़ लिया।

थोड़ी देर बाद जब वह हाथ-मुँह धो कर नीचे गली में आई तो गली की एक लड़की ने उस पर तंज़ कसते हुए कहा, "देख लिया आपने हमारा मुजरा? हे देवी! आप लोग ये सारे ढकोसले बम्बइया पिक्चरों में देखकर उन्हें सही मान लेती हैं। जबकि हक़ीक़त यह है कि हमने न तो आज तक सिनेमा जैसा नाच-गाना यहाँ देखा है और न ही सुना है। न ही हमारी माँओं ने हमसे

कभी ऐसी चर्चा की है। मेम साब! आमतौर पर तो हमारे ग्राहक हमारा शरीर ख़रीदने ही यहाँ आते हैं। हाँ, उन्हीं में से कभी कोई बिगड़े दिल का रईसज़ादा फरमाइश कर देता है कि 'नाच दिखाओगी तो यह सौ के नोटों की गड्डी तुम्हारी'। तो बहन जी! हम एक मिनट में ही अपना 'अनारकली-कट' का लहँगा पहन लेती हैं, और सी.डी. बजाकर नाचने लगती हैं। नशे में धुत उस ग्राहक को हम परी जैसी दिखती हैं, और हमारी अदायगी पर न्यौछावर होकर, वह हमें कभी-कभार एकाध 'गड्डी' और भी पकड़ा देता है। मेमसाब! यदि अब आपको हमारी बात समझ में आ गई हो, तो दया करके यहाँ से पधारिए, ताकि हम लोग भी अपने धर्म-कर्म में लगें।''

'आधी-फिरंगी आधी-हिन्दुस्तानी' उस 'रटंत-तोते' का मन तो बहुत चला कि वह झट से इस प्रसंग के और भी ढेरों प्रश्न पूछ ले, पर वातावरण के भारीपन ने उसे थोड़ी-सी अक़्ल दे दी थी, इसलिए वहाँ से जाते वक़्त उसने सबके सामने हाथ जोड़कर कहा, ''आप सबको धन्यवाद कि आप लोगों ने मेरा ज्ञान बढ़ाया। आप सबका शुक्रिया! ख़ुदा हाफ़िज़।'' उस अक्लबन्द के जाते ही उस समाज की पुरोधा राधिका वापस मधुमिता के जंजाल को समेटने में उसकी मदद करने लगी।

मधुमिता को उन पदाधिकारी महोदय ने हिदायत दी थी कि 'वह न तो शव के घावों को और न ही उस शरीर के किसी भी अंग को छूए। एक सफ़ेद चादर उसके ऊपर डालने के बाद वह एम्बुलेंस के कर्मचारियों को स्ट्रेचर लाने का इशारा कर दे। चूँकि वे लोग इन कामों में बहुत निपुण होते हैं, इसलिए वे ख़ूब सावधानी से शव को ले जाएँगे। मधुमिता न तो अपने मुँह से यह घटना किसी को बताए और न ही उस गली के सिपाहियों और दादाओं के किसी प्रश्न का जवाब दे।' उनके निर्देशानुसार सारा कार्यक्रम सलटाने के बाद जब मधुमिता फिर से बिसूरने लगी, तो केया और राधिका ने उसे उसकी मजबूरियों का हवाला देकर शान्त किया और मधुमिता को खाना खिलाने के बाद जब वे दोनों अपने-अपने कोठे की ओर जाने लगीं तो मधुमिता ने राधिका से गिड़गिड़ा कर कहा, ''दीदी! क्या आज मैं आपके साथ सो सकती हूँ?''

दहली हुई मधुमिता एक सहमी हुई बच्ची-सी दिख रही थी। राधिका ने उसकी ओर देखा और उसकी अंकवारी कर कहा, ''ज़रूर मेरी बच्ची, ज़रूर।''

दूसरे दिन सुबह राधिका और केया के समझाने से मधुमिता भी उनके साथ मुद्रा के कमरे में जाने को राज़ी हो गई। राधिका उन दोनों के साथ मकान मालिक पिंकू के पास गई और एकदम सहज अधिकार से बोली, ''पिंकू दा! मुद्रा के कमरे की चाबी दीजिए।'' यदि कोई और होता तो पिंकू मरे ही चाबी न देता! पर उस गली में राधिका का रुतबा और रुआब किसी मिनिस्टर से कम नहीं थे, इसलिए ज़रा भी चूँ-चपड़ किए बिना पिंकू ने एक चाबी राधिका की ओर बढ़ा दी। शब्दों में इतनी अधिक नक़ली मिठास भर कर कि सामने वाला उसके पीछे छिपे कड़वे सच को समझ ले, राधिका ने कहा, ''पिंकू जी! इसके लिए धन्यवाद, पर अब कृपा करके उसकी आलमारी की चाबी भी दे दीजिए।'' पिंकू को एक मोटी-मुर्गी की हाथ आई लक्ष्मी का यूँ खीसे से खिसक जाना बुरा तो बहुत लग रहा था पर चूँकि 'बालि' की तरह ही राधिका के सामने खड़े व्यक्ति का बल भी आधा हो जाता है, इसलिए उसने मन मार कर एक गोदरेज आलमारी की चाबी निकाली और केया ने उसे देखते ही तुरन्त झपट लिया। दूसरे हाथ से सबको चलने का इशारा करती हुई वह गली के नुक्कड़ वाले मकान में जा पहुँची। जब वे तीनों मुद्रा के फ्लैट के अन्दर पहुँचीं तो वहाँ की साज-सज्जा देख कर दंग रह गईं। उसके फ्लैट का आकार मधुमिता के फ्लैट से चौगुना था। ऐसा लगता था जैसे मुद्रा ने पिंकू से एक पूरा तल्ला किराए पर लेकर उसे किसी बढ़िया 'इंटीरियर डिज़ायनर' से अभिकल्पित करवा कर सजाया था। वह फ्लैट किसी भी दृष्टि से अभिजात्य वर्ग के धनाढ्यों के फ्लैटों की तुलना में कमज़ोर नहीं ठहरता था। केया भौंचक-सी एक-एक चीज़ उठा कर वाह! वाह! किए जा रही थी कि राधिका ने कड़ाई से कहा, ''खेया! यदि तुमने अजायबघर की मूर्तियों को देख-परख लिया हो, तो अपने जिस काम के लिए यहाँ आए हैं वह भी निबटा लें?'' केया झेंपकर रुआँसे स्वर में बोली, ''दीदी सॉरी! ग़लती हो गई।''

राधिका ने बात को आई-गई करते हुए कहा, ''बड़े अचरज की बात है कि इतना बड़ा फ्लैट है और कहीं कोई आलमारी नज़र नहीं आ रही है।'' इतने में नहानघर से केया की आवाज़ आई, ''दीदी! यहाँ आइए, आलमारी यहाँ है।'' नहानघर की दीवार जैसे ही रंग में रंगी हुई एक काठ की आलमारी के भीतर उन्हें गोदरेज की एक 'सेफ़ आलमारी' मिल गई। वह पूरी आलमारी इतनी नफ़ासत से सजी हुई थी कि किसी पक्की गृहस्थिन की आलमारी भी

क्या होगी ? वे तीनों मुद्रा के प्रति प्रशंसनीय भाव से भर कर परस्पर एक-दूसरे को देखती हुईं यही सोच रही थीं कि मुद्रा केवल दिखावे के लिए नहीं! बल्कि सचमुच में ही रईस थी। वहाँ का ज़र्रा-ज़र्रा उसकी नफ़ासत और सुरुचि सम्पन्नता की कथा कह रहा था और ये सारी बातें मुद्रा के लिए उनके मन के दु:ख को और भी गहरा कर रही थीं। दरअसल दर्द का रिश्ता एक ऐसा दुतरफ़ा पुल बुन देता है, जिसका रास्ता केवल दूसरे के ही नहीं आपके दिल तक भी जाता है, इसी वजह से उनके अजाने ही मुद्रा की दर्दनाक मृत्यु ने उन्हें भी उनके जीवन की सच्चाई का दर्पण दिखा दिया था। मुद्रा के काग़ज़-पत्तर देखते वक़्त केया के काँपते हाथों को देख कर राधिका को उसकी ख़ौफ़ज़दा मन:स्थिति का अन्दाज़ हो गया इसलिए उसने सबको दिलासा देने के लिए ज़ोरों से कहा, ''बहिनी, यह सही है कि हम सब इस घटना से भीतर तक दहल गए हैं, पर यदि हम डर को अपने ऊपर 'हावी' होने देंगे तो कल की जगह आज ही मारे जाएँगे। मेरी समझ से हमें इस घटना से यह शिक्षा लेनी चाहिए कि हम ज़्यादा और ज़्यादा का लालच त्याग कर थोड़े में संतोष कर लें, और एकजुट होकर सतर्कता और सजगता से कैसे कमाई करनी है इस पर विचार करें। इस विषय पर हमलोग शहाना दी से भी सलाह करेंगे, पर फ़िलहाल तो हमें मुद्रा की आत्मा की शान्ति का इंतज़ाम करना है।''

आलमारी में उन्हें ढेरों फ़ोटो के साथ एक डायरी मिली, जिसमें मुद्रा के कई फुटनोट्स थे। उनमें उसके परिचय के अलावा, छोटी बच्ची के कारण इस लाइन में आने की उसकी मजबूरी भी व्यक्त थी। बम्बई के एक महँगे इलाक़े के अपने फ्लैट में वह दो-चार नियमित ग्राहकों का मन बहला कर ही उस मायानगरी में इतना कमा लेती थी कि अपनी बेटी को एक नामी गिरामी बोर्डिंग में पढ़ा सके और आराम से ख़ुद का ख़र्च चला सके। सब ठीक चल रहा था कि एक दिन उसके नियमित ग्राहक का भेजा हुआ एक करोड़पति गुजराती बन्दा उसके यहाँ आया और मुद्रा पर ऐसा रिझा कि उस पर अपना पूरा घर-बार लुटाने लगा। तभी अचानक एक दिन एक मोटी सेठानी पुलिस के साथ वहाँ आई और गुजराती सेठ के साथ उसे भी पकड़ कर ले गई। भगवान जाने, पुलिस नक़ली थी या असली! क्योंकि कुछ दूर जाकर उन्होंने सेठ को वैन से उतार दिया और थाने पहुँच कर मुद्रा को भी बिना किसी कार्रवाई के छोड़ दिया। दरअसल भोंदू-सी दिखती उस सेठानी ने सेठ के पीछे

एक जासूस लगा रखा था, जिसने उन दोनों की अश्लील तस्वीरें और मुद्रा का अता-पता उन्हें दे दिया था। उस सेठानी ने अपने ज़मीनी-चातुर्य से सेठ को यह समझा दिया कि ये फ़ोटो दिखाकर मुद्रा उसे 'ब्लैकमेल' कर रही थी, इसलिए उसने तंग आकर यह क़दम उठाया था।

मुद्रा ने सेठ को बहुत तरह से समझाना चाहा, पर सेठजी के हिसाब से उनकी भोली-भाली पत्नी तो ब्लैकमेल आदि बातें सपने में भी नहीं सोच सकती थी। इस घटना के बाद वह सेठ मुद्रा के इस क़दर पीछे पड़ गया कि उस बेचारी का जीना मुहाल हो गया। अन्त में एक दिन अपने एक भले ग्राहक की मदद से वह रातों-रात वहाँ से भाग गई और सुरक्षा की दृष्टि से उस बदनाम गली में आकर रहने लगी। पर उस बदमाश के लम्बे हाथों ने उसे खोज निकाला और एक दलाल की मारफ़त उससे मिलने आया।

उन फ़ुटनोट्स की अन्तिम लाइन यही थी और इसके बाद उस डायरी में कुछ नहीं लिखा था, सिर्फ़ एक सफ़ेद सन्नाटा छाया हुआ था।

तभी उस डायरी से मुद्रा का एक 'हथलिखा' पन्ना गिरा। एक तरह से यह पन्ना 'मुद्रा' की वसीयत या उसकी अन्तिम इच्छा का 'रुक्का' था, जो एक चिट्ठी की शक्ल में यों लिखा हुआ था :

''प्रिय बन्धु,

आप अवश्य ही एक पुण्यात्मा हैं जो मुझ जैसी औरत की सहायता कर रहे हैं। आपके सूचनार्थ इस पत्र के साथ जो काग़ज़ संलग्न है, उसमें लिखा है कि मैंने मेरी बच्ची के स्वामित्व के सारे अधिकार 'सिस्टर एगनस' को प्रदान कर दिए हैं। इसमें कोई कानूनी अड़चन न आए, इसे मद्‌देनज़र रखते हुए मैंने इसे एक नामी गिरामी वक़ील से कहकर 'रजिस्टर्ड' भी करवा लिया है। आपसे करबद्ध विनती है कि आप ये सारे काग़ज़ किसी तरह 'सिस्टर एगनस,' लॉरेटो कॉन्वेंट, दार्जिलिंग को पहुँचा दें। सिस्टर एगनस एक बहुत ही भली महिला हैं, और मेरा अनुमान है कि वे मेरी सहायता ज़रूर करेंगी।

''आपको आश्चर्य हो रहा होगा कि 'क्या मुझे अपनी मृत्यु का पूर्वाभास हो गया था, जो मैंने ये काग़ज़-पत्तर बनवा लिए थे?' सच मानिए, ऐसा कुछ भी नहीं हुआ था, पर जैसा असुरक्षित जीवन मैं जी रही हूँ, उसमें कुछ भी घट

सकता है, इसीलिए अपनी बेटी के भविष्य की चिन्ता के कारण ही मैंने यह एहतियात बरती है।

"मैं आपको धन्यवाद देकर आपका सम्मान कम नहीं करूँगी, क्योंकि धन्यवाद शब्द अति छोटा है और आपका यह कृत्य बहुत महान है। हाँ, सिर्फ़ इतना कह सकती हूँ कि इस दुखियारी माँ की सहायता करने का प्रतिफल आपको ईश्वर ज़रूर देंगे। अनेकानेक प्रणामों के साथ आपकी ही मुद्रा।"

पत्र की समाप्ति पर वहाँ एकदम ख़ामोशी छा गई। कुछ देर बाद राधिका ने केया और मधुमिता से सलाह कर यह तय किया कि उसके गहने और क़ीमती कपड़ों को बेच कर उनसे जो भी धन मिले, उसे बाक़ी के रुपये-पैसे, चेकबुक, पासबुक आदि के साथ मुद्रा की बच्ची के लिए सिस्टर एगनस के पास भेज दिया जाए। भेजने वाले का नाम-पता ग़लत लिखा जाए, ताक़ि उस लड़की को अपनी माँ के चरित्र के बारे में पता नहीं चले। ये सारे निर्णय करते ही उन तीनों के चेहरे पर संतोष की ऐसी चमक आई गोया उन लोगों ने मानसरोवर समेत चारों धामों की यात्रा कर ली हो।

इस अनायास प्राप्त अनोखे सुख ने मधुमिता को विचारों के संजाल में फँसा दिया। वह लगातार सोचे जा रही थी कि यदि दूसरे के लिए किया हुआ एक बारीक कण जितना काम भी! इतने बड़े तृप्ति-बोध से भर सकता है, तो वह! यह पशुवत जीवन क्यों जी रही है? इन्हीं तर्क, प्रतितर्क और वितर्कों में उलझी वह आँखें खोले अपनी खिड़की के सामने बैठी रही और सुबह होने पर नहा-धोकर राधिका को खोजती हुई नीचे गली में आ गई।

"यू बिच, हरामी रांड! वाह! तेरे शरीर में तो बड़ा ज़ोर आ गया है, जो तू मुझे रोकने की जुर्रत कर रही है? अरे ओ नाली का कीड़ा सुस्मिता! क्या तू अपने आपको किसी बड़े घराने की राजरानी समझने लगी है, जो इतना मिज़ाज दिखा रही है?" इंजीनियर जयव्रत ने दहाड़ते हुए कहा और साथ ही उसके बालों को, जो उसने अपनी मुट्ठी में 'बलेटा' मार कर लपेट रखे थे, इतनी ज़ोरों से झटका कि सुस्मिता का सिर एकदम पीछे की ओर खिंच गया और उसे लगा कि यदि ये बाल तुरन्त नहीं छूटे तो उसका पूरा सिर गंजा हो जाएगा। डर के मारे धप्प सफ़ेद पड़ी सुस्मिता! एक हाथ से अपने बाल पकड़े मिमियाती हुई बस एक ही बात : 'माफ़ कर दीजिए, माफ़ कर दीजिए!' ऐसे बोले जा रही थी मानों ग्रामोफ़ोन के रिकार्ड की सुई उसी जगह पर अटक गई हो। उस राक्षस ने अपने बाएँ हाथ में एक छुरानुमा हथियार पकड़ रखा था, जिसे वह चाबी वाले जापानी खिलौने की तरह कभी उसकी गर्दन पर रख देता था, तो कभी उसकी आँखों के सामने से सीने तक ले जाकर ऊँचा उठा लेता था। उसकी यह हरकत कुछ-कुछ ऐसी ही थी जैसे कोई ज़िबह करने से पहले अपने शिकार का ख़ून बूँद-बूँद टपका कर उसे सता रहा हो?

अचानक उसने पूरी ताक़त से सुस्मिता को पीछे से सामने की ओर धक्का दिया! इस आकस्मिक वार से सुस्मिता इतनी ज़ोर से मुँह के बल ज़मीन पर गिरी कि उसकी भौंहें, नाक, ओंठ, गाल सब कट-फट गए और केवल उसका 'चित्रवत चेहरा' ही नहीं, बल्कि उसकी साड़ी, ब्लाउज आदि भी ख़ून और कीचड़ में पूरी तरह लिथड़ गए। तभी जयव्रत उसकी पीठ पर चढ़ बैठा और ज़ोरों से चिल्लाकर बोला, "हुँह, मेरे ही दिए हुए एयर कंडीशनरों, वाशिंग मशीन, फ्रीज़, गहनों और ढेरों ऐशो-आराम के सामानात

पर तुझे इतना गुमान हो गया कि तूने मुझे! जो दिखने में कार्तिकेय! और धन में कुबेर हैं उस आई.आई.टी. टॉपर जयव्रत को मात्र नब्बे हज़ार रुपए देने से इनकार कर दिया? ऐ रंडी! क्या तू जानती नहीं कि मैं एक मिनट में नब्बे हज़ार का एक पान खा कर, उसकी पीक तुझ जैसी छिनाल पर थूक सकता हूँ? हुँह! इस गन्दी गली की गन्दी औरतों ने यह कह-कह कर कि तू इतनी ज़्यादा सुन्दर है कि आराम से 'मिस इंडिया' चुनी जा सकती है तेरे भेजे में ढेर सारा कचरा भर दिया है। ऐ बेवक़ूफ़ औरत! तू आकाश से नीचे उतर और ज़मीन पर पैर रख कर देख कि यह दुनिया एक वेश्या की क्या गत बनाती है? ऐ पुतरिया की बच्ची! जब तू इतनी ही पतिव्रता है कि मेरे सिवा किसी और मर्द को छूती तक नहीं! तो फिर मेरे ही दिए हुए रुपयों के लिए ना कह कर तूने मेरी इज़्ज़त क्यों ख़राब की? अब इसका ख़ामियाज़ा तो तुझे भरना ही होगा।'' कह कर उसने अपना छुरे वाला हाथ यथासाध्य ऊपर उठाया ताकि उसे पूरी शक्ति से सुस्मिता की छाती में घोंप सके! पर तभी वहाँ एक महाशक्ति का आविर्भाव हुआ और उसने बिजली की गति से उस महिषासुर को पूरी ताक़त से सुस्मिता की बायीं ओर की ज़मीन पर गिरा दिया। इस अप्रत्याशित हमले से जयव्रत ऊकचूक हो गया और बेतहाशा शराब में डूबे उसके दिमाग़ ने भी उसका साथ देने से इनकार कर दिया। ऐसे में न जाने उसने इस आक्रमण को कोई दैवी आपदा समझा या भूत-पिशाच का ग़ुस्सा! वह डर से काँपता हुआ किसी तरह उठा और बिना पीछे देखे ही गिरता-पड़ता हुआ गली की मोड़ पर खड़ी अपनी बड़ी गाड़ी में बैठ कर वहाँ से अदृश्य हो गया।

राधिका की प्रतीक्षा में चबूतरे पर बैठी मधुमिता लरज़ती-सी उठी और राधिका से चिपक गई। हालाँकि उसके बोल कंठ में अटक रहे थे, फिर भी उसने किसी तरह मरी हुई आवाज़ में कहा, ''दीदी! आपने इतनी देर कैसे लगा दी? यदि वह नराधम उसे जान से मार देता तो?'' राधिका ने शान्त भाव से हाथ उठाकर उसे थोड़ा धैर्य रखने का इशारा किया और ज़मीन पर पड़ी सुस्मिता को उठा कर, स्वप्ना और पायल से कहा, ''बहिनी! तुम लोग इसे इसके घर ले जाओ और कपड़े बदलवाकर कुछ खिला-पिला कर सुला दो। सुबह का समय होने के कारण गली में अभी ग्राहकों का ताना-पेटा शुरू नहीं हुआ है, इसलिए तुम लोग शान्ति से यह काम कर

लोगी। इस बीच यदि तुम लोगों का कोई ग्राहक आ गया तो मैं तुम्हें फ़ोन से ख़बर कर दूँगी।''

''दीदी! आप चिन्ता मत करिए। हमलोग आपकी पक्की शिष्याएँ हैं, इसलिए कोई गफ़लत नहीं होगी।'' राधिका ने शाबाशी में दोनों की पीठ थपथपा कर उन्हें आशीर्वाद दिया, ''सुखी रहो।''

चम्पा जमादारिन को बुलाकर उस जगह को साफ़ करने का अनुरोध करने के बाद, राधिका ने शून्य आँखों से सारी घटना का जायज़ा लेती मधुमिता का हाथ पकड़ कर कहा, ''आओ बहन! चाय पीते हैं।'' चौरसिया की चाय के दो बड़े कुल्हड़ हाथ में लिए राधिका ने मधुमिता को एक ऊँचे चबूतरे पर चढ़ने का इशारा किया। उसके बैठने के बाद उसके हाथ में कुल्हड़ पकड़ा कर वह भी उसकी बग़ल में बैठ कर चाय पीते हुए उससे बोली, बेटा, तुम्हारे पहले प्रश्न का जवाब सुनो, ''इस नज़ारे को दूर से देखकर पहले तो मैं भी बहुत घबरा गई थी, पर यदि उस नशे में धुत चांडाल को दूर से धमकाया या डराया जाता तो वह तुरन्त ही उस छुरे को सुस्मिता के सीने में उतार देता, सोचकर मैंने धैर्य से काम करना उचित समझा और पायल, मिताली और माला को साथ लेकर उन्हें सारी स्थिति अच्छी तरह समझा दी। हम चारों पूरी तैयारी करके यहाँ आए और यहाँ आकर हमने जयव्रत की शारीरिक भंगिमा को दृष्टिगत रखते हुए उसे दाहिनी से बायीं ओर धक्का देकर ज़मीन पर गिराना निश्चित किया।

''हमने यह निर्णय इसलिए लिया कि हाथ में धारदार छुरा लिए नशे में धुत एक पुरुष! काफ़ी ख़तरनाक सिद्ध हो सकता है। वैसे भी यह सर्वविदित तथ्य है कि एक उन्मादित व्यक्ति में दस लोगों जितनी शक्ति आ जाती है इसलिए हमने एक साथ मिलकर उसे ज़मीन पर पटकने की योजना बनाई और यह भी सोच लिया कि यदि वह आँडा-बाँडा गिर कर छुरा हाथ में उठाने की कोशिश करेगा तो हम चारों उससे 'चिपट' जाएँगे और उसे अपने क़ाबू में कर लेंगे। मधु, वैसे भी देर इतनी नहीं हुई थी जितनी तुम्हें डर के मारे लगी। मेरी समझ से तो सारा काम अत्यन्त शीघ्रता से किया गया था और हमें इसी वजह से सफलता भी मिली।''

मधुमिता अपने कान-आँख राधिका पर गड़ाए उसकी बातें इतनी तन्मयता से सुन रही थी, मानो वह उनमें से जीवन को सही ढंग से जीने की सीख

बटोर रही हो। राधिका ने इसे एक शुभ लक्षण माना और यह कहती हुई कि 'चलो बन्दा! काम में लगो' उठ खड़ी हुई। उसने अपने दोनों हाथों को ऐसे ऊपर उठाया जैसे कठिन कार्य का अवसान हो जाने पर अपने शरीर को ढीला कर रही हो, पर दरअसल उसने उस ऊपर बैठे अलक्षित परमपिता को अपना 'धन्यवादी-प्रणाम' प्रेषित किया था।

थोड़ी ही देर में उस सदाबहार गली में पान वालों, फूल वालों, चाय वालों और मिठाई वालों की दुकानों से 'मेरा मन डोले, मेरा तन डोले'; 'आजा सनम मधुर चाँदनी में हम तुम मिले,' 'महबूबा ओ महबूबा' आदि गाने ऊँची ध्वनि में बजने लगे। घिरती शाम के साथ ही बंगाली बाबू! मद्रासी बाबू! बिहारी बाबू! अर्थात सारी जातियों के बाबू जो वहाँ आकर केवल 'रसपानातुर' जाति के हो जाया करते थे, एक-एक करके उस गली की शोभा बढ़ाने लगे। वे सब इत्र की ख़ुशबू से महकते, पाँवों में हल्की सी थिरकन लिए और मुँह में पान की गिलौरी डाले जब कोठों की तरफ़ बढ़ते तब उनकी आँखें शिकार की टोह में बैठे ललचाए भेड़ियों सरीखी लगती थीं।

आज तक मधुमिता चूँकि अपनी 'हथदंती मीनार' में रहती आई थी इसलिए वह ये सारे क्रिया-कलाप देख कर काफ़ी विचलित हो रही थी, जबकि राधिका पर इनका कोई असर नहीं हो रहा था। अन्त में मधुमिता ने पूछ ही लिया, "राधिका दी! यह गली तो बड़ी ही अजीब है, अभी कुल पंद्रह मिनट पहले, यहाँ इतना हंगामा बरपा हुआ था और अब यहाँ उसका कोई हल्का सा गुबार भी नहीं है?" राधिका ने मधुमिता को ऊपर से नीचे तक घूर कर कहा, "बहिनी! क्या यह घटना मुद्रा की घटना से बड़ी थी?" यह बात सुनते ही मधुमिता को अपनी ग़लती समझ में आ गई और उसने अपने दोनों हाथ तुरन्त माफ़ी की मुद्रा में जोड़ दिए।

दूसरे दिन सुबह की चाय के समय पड़पड़ाए होंठ और जटाजूट बिखरे बालों के साथ सुस्मिता दौड़ती-सी आई और राधिका के पैर पकड़ कर कहने लगी, "दीदी! आप मुझ पगली को चाहे जितनी सज़ा दे दीजिए, पर मुझे जयव्रत से मिलने को मना मत कीजिए। दीदी, वह चाहे जैसा भी है, पर दीदी! मैं उससे सच्चा प्यार करती हूँ और उसके बिना रह नहीं सकती। दीदी! मैं क्या करूँ? मेरा अपने मन पर बिलकुल भी वश नहीं है।" कह कर वह राधिका के पैरों पर अपना सिर पटक-पटक कर इस तरह रोने लगी कि कोई

जवान विधवा भी क्या रोएगी? अब बेचारी राधिका की गति तो साँप-छछूँदर-सी हो गई। उससे न 'हाँ' कहते बनता था, न ही 'ना' क्योंकि वह जिस जगह खड़ी थी वहाँ से उसे अपने अगल-बग़ल के सारे कुएँ और खाइयाँ साफ़ नज़र आ रही थीं, लेकिन यदि एक नादान बच्चा! चाँद को पकड़ने की ज़िद पर अड़ ही जाए, तो बेचारी माँ को तो उसके लिए थाली के पानी में चाँद उतारना ही पड़ेगा? इसलिए अन्त में तंग आकर राधिका ने कहा, "ठीक है, उसे बुला लो, पर ख़ूब सावधान रहना और उसके साथ भूल से भी कुछ खाना-पीना मत।" सुस्मिता ने अपनी गर्दन को इतने ज़ोरों से हामी में हिलाया, गोया वह मरने को मर जाएगी पर अपने वादे पर अटल रहेगी। राधिका की इस छूट ने उसमें ऐसी ग़ज़ब की प्राण-शक्ति भर दी थी कि वह झटके से उठी और धन्यवाद दीदी! धन्यवाद! के साथ सबको बाय-बाय, टाटा करती हुई अपने कोठे की ओर जाने लगी। राधिका ने उसको पीछे से पुकार कर कहा, "सुस्मिता, आज दोपहर दो बजे 'अपने आप' की ऑफिस में आ जाना, तुम लोगों से कई बातें करनी हैं। सोमवार होने के कारण वैसे भी दोपहर में कम ग्राहक ही आते हैं, इसलिए ज़रूर आ जाना।"

तभी इमामबख़्श लेन से, जो सोनागाछी गली की दूसरी ओर पड़ती है, प्रतिमा दास, अपनी चोटी के रिबन के फूलों को नचाती हुई और ख़ुद भी किसी गाने पर नाचती-सी, इस गली में आई। उसके आनन्द से भरे प्रफुल्लित चेहरे और शरीर की आह्लादमयी थिरकन को देख कर राधिका को सुख तो मिला, पर दूसरे ही क्षण उसके मोह ने उसे सहमा भी दिया। राधिका, जहाँ एक ओर प्रतिमा की पवित्रता और सच्चाई पर मुग्ध थी, वहीं दूसरी ओर उसे मोहन के सारे व्यवहार में सिवा बेईमानी और चालबाजी के और कुछ नज़र नहीं आता था। वह एक धूर्त सियार की तरह जिस तरह बिना गर्दन उठाए कनखियों से रास्ता देखते हुए बेआवाज़ क़दमों से उस गली में आता था, वैसा तो कोई घटिया से घटिया चवन्नी मार्का ग्राहक भी नहीं करता था। ऐसे में राधिका का उसे नापसंद करना लाज़िमी था।

राधिका इन्हीं विचारों के भँवर में फँसी हुई ही थी कि मटक-मटक कर चलती हुई प्रतिमा उसके पास रुके बिना ही आगे बढ़ गई। प्रतिमा के अंग-प्रत्यंग से ख़ुशी टपक रही थी और उसकी आँखें! प्रेम-मद से भरी हुई थीं। फिर भी उनमें राधिका का प्रतिबिम्ब न उभरे यह कैसे सम्भव था? राधिका

उसके हाव-भाव और भंगिमा से काफ़ी कुछ समझ गई थी, फिर भी उसने आवाज़ दी, "प्रतिमा बेटी! क्या बात है? आज तुम उस तरफ़ से कैसे आई? सब ठीक है ना?"

"अरे दीदी! आप यहाँ हैं? मैं आपके पास ही तो आई हूँ, क्योंकि इस गली में आपको छोड़ कर और भला कौन हीरों का पारखी है?" "हीरे? प्रतिमा बेटा! मैं समझी नहीं कौन से हीरे?" "दीदी! यही चमत्कारी बात तो मैं आपको बताना चाहती थी।" अपने गले को ख़ँखार कर साफ़ करने के बाद प्रतिमा ने कहा, "आज मोहन ने मुझे मोड़ के 'कम्पनी बगान' की बग़ल वाली गली में एक पुरानी राजबाड़ी में बुलाया था, जहाँ एक जादुई तालाब है, जिसमें मोहन ने एक चमत्कार किया। दीदी! जैसे ही वह उस पानी में हाथ डाल कर उसे हिलाता! वह तालाब हीरों से भर कर चमचमाने लगता और मोहन धीरे से एक हीरे को अपने पास खींच कर, मेरे शरीर पर चिपका देता। मैं आँखें बन्द किए हुए उस कोमल स्पर्शानुभूति से सिहर-सिहर जाती थी और मोहन! वह तो है ही विनम्रता का अवतार! वह तो यही कहता जा रहा था : 'अरे! इसमें क्या ख़ास बात है'? दीदी! मेरी आँखें तो अभी भी उन हीरों की चमक से चौंधिया रही हैं, इसीलिए मैं आपको देख नहीं पाई थी। दीदी! क्या मैं आपको रोज़ से हज़ार गुना ज़्यादा सुन्दर नहीं लग रही? दीदी! आपको मेरा पूरा बदन चमकता हुआ लग रहा है ना?"

प्रतिमा की इन उन्मादोक्तियों से राधिका जैसी अनुभवसिद्ध महिला भी घबरा गई। वह प्रतिमा के चेहरे को दोनों हाथों से पकड़ कर ध्यान से उसकी आँखें देखने लगी कि कहीं उसका दिमाग़ गड़बड़ा तो नहीं गया है? राधिका की विचलित मुख-मुद्रा देख कर प्रतिमा हँसती हुई बोली, "दीदी! मोहन ने मुझे पहले ही कह दिया था कि ये हीरे सिर्फ़ उन्हीं आँखों को दिखेंगे जो प्रेम रस में डूबी हुई हों, अन्य किसी को नहीं।"

उसका यह प्रलाप सुनकर राधिका ने अपने माथे पर दोहत्थड़ मारा और बोली, "प्रतिमा! मोहन एकदम ठीक कहता है, अब तुम जाकर आराम करो और आज दोपहर दो बजे 'अपने आप' की ऑफिस में आ जाना।"

जब प्रतिमा, सुस्मिता, मधुमिता, खेया, पायल और कुछेक नई लड़कियाँ ऑफिस में आ गईं तो राधिका ने अपनी बात का सिरा आज की घटना से उठाते हुए कहा, "दोस्तो! हमारे यहाँ अक्सर कोई न कोई दुर्घटना घटती रहती

है। हम अपने को बचाने की लाख कोशिश करती हैं पर हमारा लालच हमें किसी न किसी जाल में फँसा ही देता है। इसलिए मेरा मन है कि आज मैं तुम लोगों को कुछ ऐसी आँखों देखी घटनाएँ सुनाऊँ जिनसे सबको कुछ सीख मिले। मैं तुम्हें ये संस्मरण कहानियों की तरह सुनाऊँगी ताकि तुम लोग पूरे मन से इन्हें सुन सको! ठीक है?'' प्रश्न के उत्तर में तुरन्त सबका समवेत स्वर वहाँ गूँज उठा, ''हाँ दीदी! ठीक है।'' ''तो शुरू करते हैं'' कह कर राधिका ने वार्तालाप को रुचिकर बनाने के लिए अपना क़िस्सा यों शुरू किया :

''बहिनी पायल! क्या तुम्हें बात-बेबात खिलखिल करती रुमझुम, याद है?'' ''दीदी, हाँ, एक धुँधली-सी छवि मन में उभर तो रही है, लेकिन पूरी सी...'' ''चलो छोड़ो। हाँ तो, दोस्तों, जहाँ अभी प्रतिमा रहती है न, रुमझुम उसके बाजूवाले कमरे में रहती थी। वह कम उम्र की प्यारी-सी लड़की थी और हरवक़्त किताबों की दुनिया में खोई रहती थी। उसमें ज़रा सी भी धन-लिप्सा नहीं थी, इसलिए वह अपने एक बँधे हुए ग्राहक से पूरी संतुष्ट थी और उसे ही अपना भगवान मानती थी। उसके सारे रवैये में एक ऐसी बेफ़िक्री का आलम था, जैसे वह 'जिनको कुछ नहीं चाहिए वे हैं शाहनशाह' सूक्ति को यथार्थ में जीती हो। चूँकि उस कोठे में कभी कोई हलचल नहीं होती थी, इसलिए यहाँ की लड़कियों के बीच उसका अस्तित्व 'ना' के ही बराबर था। तभी एक दिन अचानक वह शाम की चाय के समय ऑफिस में आई।

''शहाना दी ने उसे देखते ही प्यार से कहा, 'रुमझुम आओ, चाय पियो।' 'ना-ना शहाना दी! आज चाय नहीं पी पाऊँगी। मैं तो आप सबको यह ख़ुशख़बरी देने आई हूँ कि मुझे मि.अधिकारी आठ दिनों के लिए पुरी ले जा रहे हैं। वहाँ हम उस आलीशान होटल में रहेंगे जिसकी तस्वीर उन्होंने मुझे अपने लैपटॉप पर दिखाई थी। दीदी! कैसे बताऊँ कि वह कितना सुन्दर होटल है? बस, ऐसा लगता है जैसे किसी नामी-गिरामी राजा का महल।'

''शहाना दी ने तुरन्त पूछा, 'रुमझुम, तुम अपने 'बॉडीगार्ड' टूलू को साथ ले जा रही हो ना?''

'दीदी! टूलू वहाँ क्या करेगा? यहाँ तो वह मस्तानों और दादाओं से मेरी रक्षा करता है, पर वहाँ तो ऐसा कोई ख़तरा है नहीं? फिर मेरी सुरक्षा के लिए तो मि.अधिकारी हैं ही।'

''शहाना दी ने दबे कंठ से दुबारा कहा, 'फिर भी, उसे साथ ले जाना ठीक रहता। वह तुम्हारे सामान आदि की ही सम्हाल रख लेता! ख़ैर! जैसी तुम्हारी मर्ज़ी।'

''दो-तीन दिन तक तो उस होटल की तारीफ़ों से भरे रुमझुम के फ़ोन! कभी पायल के, कभी मेरे, कभी लीना के पास आते रहे और फिर बन्द हुए तो ऐसे कि एकदम सन्नाटा ही छा गया। जब हम सबने उसे फ़ोन करने चाहे, तो ढेरों कोशिश करने पर भी हमें उसकी लाइन नहीं मिली। हम परेशान तो थे, पर करते तो क्या करते?

क़रीब चार-पाँच दिन बाद यहाँ पुलिस आई और रुमझुम के शव का फ़ोटो दिखा कर उसके बारे में तहक़ीक़ात करने लगी, पर यहाँ की लड़कियों का कोई नाम लेवा तो होता नहीं है, जो उसकी 'सूचनाएँ' रखता। इसलिए जैसा हमेशा होता आया है, उन लोगों ने झूठा-सच्चा फॉर्म भर लिया और जाने लगे। लेकिन मुझसे रहा नहीं गया, इसलिए जब मैंने हेड कांस्टेबल से इस बारे में बात की तो उसने बताया कि अमुक होटल के, उस कमरे से जिसके बाहर 'डोंट डिस्टर्ब' की तख़्ती टँगी हुई थी, जब तीख़ी दुर्गंध आई तो मैनेजर के दरवाज़ा खोलने पर वहाँ रुमझुम का सड़ा हुआ शव मिला। इत्तिफ़ाक़ से उसके सामान में हमें एक रसीद मिली, जिस पर यहाँ का पता लिखा हुआ था, इसलिए हम यहाँ आ गए। पोस्टमॉर्टम की रिपोर्ट में पता चला कि उसके पेट में इतनी अधिक मात्रा में ड्रग्स थीं! जितनी आमतौर पर कोई आदमी खा ही नहीं सकता।

''बहिनी! इसलिए यदि तुम सब अपनी सुरक्षा चाहती हो तो अपना पहला उसूल यह बना लो कि किसी पर भी विश्वास नहीं करना है। हम स्त्रियाँ स्वभाव से भावुक होती हैं, इसलिए सहज ही ग्राहकों की मीठी बातों में आकर उन्हें अपना मान बैठती हैं और उनसे प्रेम करने लगती हैं। पर हम यह नहीं सोचतीं कि यहाँ आने वाला हर व्यक्ति सिर्फ़ और सिर्फ़ हमारे शरीर के लिए आता है, प्रेम के लिए नहीं, इसलिए हमें अत्यधिक सावधानी बरतनी चाहिए और किसी भी मोह या लालच में नहीं फँसना चाहिए।''

इसके पहले कि राधिका कोई दूसरा संस्मरण सुनाती सुस्मिता की गला-फाड़ रोने की आवाज़! उस ऑफिस में ही नहीं, पूरी गली में सुनाई पड़ने लगी। कुछ ही मिनटों के बाद सुस्मिता एक पोटली और एक छोटा-

सा बैग लिए दफ़्तर के दरवाज़े पर नमूदार हुई और बोली, ''बहिनी लोग, मेरा कहा-सुना और भूल-चूक माफ़ करना। आप सबने तो मेरा बहुत साथ दिया, पर मेरे भाग्य में ही छेद था इसलिए उसमें से वे सारे सुख बह गए। शहाना दी! मैंने रामकृष्ण मिशन में बात कर ली है और वहाँ के प्रमुख महाराज जी ने मुझे अपनी बेटी को साथ ले जाने की अनुमति दे दी है। शायद इस जन्म में आप लोगों से फिर मिलना न हो, इसलिए आप सबको प्रणाम करती हूँ।'' कह कर वह तेज़ी से अन्दर घुसी और शहाना दी और राधिका को प्रणाम करने के बाद सबको नमस्ते करके तेज़ी से जाने लगी। तभी राधिका ने आवाज़ लगाई, ''सुस्मिता बेटा! ज़रा ठहरो! मैं गली की मोड़ तक तुम्हारे साथ जाऊँगी।''

राधिका ने लौटकर सुस्मिता के जाने के जो कारण बताए उनका सारांश यह था : 'जब सुस्मिता ने जयव्रत को फ़ोन करके बुला लिया, तो यहाँ आकर उसने सुस्मिता से प्यार का नाटक करते हुए उसे गोद में उठा लिया और दो-एक बार झूला-सा झुला कर उसे क्लोरोफ़ॉर्म सुंघा कर बेहोश कर दिया। सुस्मिता के पूरी तरह अचेत हो जाने के बाद, उसने अपने छिपे हुए मज़ूरों को वहाँ बुला कर पूरे घर में जो कुछ भी था सब झाड़-बुहार लिया, और यहाँ से गायब हो गया। होश आने पर जब सुस्मिता ने अपना 'उजड़ा-दयार' देखा तो उसका मन इस दीन-दुनिया से ऐसा फटा कि उसने आत्महत्या करने का निर्णय कर लिया। तभी उसकी आँखों के सामने अपनी बेटी का चेहरा तैर गया, और उसने आत्महत्या का विचार त्याग कर यहाँ से जाने का निर्णय ले लिया।'

सुस्मिता का क़िस्सा ख़त्म होते ही वहाँ बैठीं लड़कियाँ तरह-तरह के कयास लगाने लगीं, कोई कहे, 'देखना, सुस्मिता अपनी उस सौंदर्यमयी चौदह वर्ष की बेटी को कल से ही इस धंधे में डाल देगी!' किसी ने कहा, 'ना, ना, देखना वह उसका डी.एन.ए.टेस्ट करवा कर जयव्रत पर केस करेगी!' तो किसी का अनुमान था कि सुस्मिता कुछ दिनों तक ज़माने की ठोकरें खाकर वापस यहीं लौट आएगी।

राधिका गम्भीर चेहरे से सबके मतामत सुनती रही, और अन्त में बोली, ''बहिनी! कभी-कभार तो कोई शुभ बात भी सोच लिया करो। यह भी तो हो सकता है कि उसकी ख़ूबसूरत बेटी इबराना की बेटी की तरह,

किसी स्कूल में टीचर बन कर नाच, पेंटिंग या कुछ और सिखाने लगे। बहिनी! हम सब मजबूरी के मारे ही इस पाप-पंक में डूबे हुए हैं, पर शायद इस बदलते ज़माने का कोई विष्णु भगवान उसे इस दलदल से खींच कर बाहर निकाल ले, जैसे उन्होंने गज को ग्राह से बचाया था। बहिनी! हमें हमेशा सबके बारे में अच्छी बातें ही सोचनी चाहिए क्योंकि क्या पता! कब क्या सच हो जाए?''

''राधिका दी! इबराना की कहानी सुनाइए ना!'' घेरा डाली लड़कियों ने एक स्वर में राधिका की चिरौरी करते हुए कहा।

''बच्चों, हर चीज़ का समय होता है, इसलिए अभी तुम सब उठो और तैयार होकर अपने धंधे में लगो।''

''दीदी! वादा करिए, कल दोपहर आप हमें इबराना की कहानी ज़रूर सुनाएँगी।'' ''वादा! भई वादा!'' कह कर राधिका ने सबके सिर पर हल्की सी प्यार भरी चपत लगा कर हँसते हुए कहा, ''झट से उठो और भाग कर अपने काम में लगो।''

असली कहानी सुनने का लालच बहुत बड़ा होता है, और यदि उसका पात्र आपकी ही दुनिया का कोई जीव हो, तब तो उत्कंठा का कोई ओर-छोर ही नहीं रहता। राधिका इन्हें ये कहानियाँ इसलिए सुना रही थी कि इससे वे कुछ सीखें और उन घटनाओं को दोहराने से बचें। दूसरे दिन राधिका ने आते ही कहानी शुरू कर दी :

''इबराना इस गली का सिरमौर थी। वैसे तो यहाँ मुस्लिम, हिन्दू, ईसाई सब एक हैं, पर बतौर मज़हब इबराना मुस्लिम थी। इबराना यहूदी माँ और अरबी बाप की संतान थी। जैसा सब जानते हैं ये दोनों ही जातियाँ सुन्दरता का प्रतिमान मानी जाती हैं और जब इन दोनों के ख़ूनों के सम्मिश्रण से कोई बच्चा पैदा होता है तो उसका रूप तो बस! कयामत ही ढाता है। वैसे तो इबराना भी बेइन्तिहा सुन्दर थी पर अपनी बेटी सहरीका की ख़ूबसूरती के सामने वह पासंग भर भी नहीं थी।

''उसका रूप देख कर इबराना ने उसे एक दूर-दराज़ के बोर्डिंग में भर्ती करवा दिया था, और उसे यथासम्भव अपने पास नहीं बुलाती थी। इबराना बड़े घर की संस्कारी लड़की थी और उसकी कोठे पर बैठने की कहानी भी हमलोगों सरीखी ही दर्द भरी थी। इबराना ने शुरू से ही अपने

अकेले ग्राहक के साथ ऐसा पातिव्रत्य धर्म निभाया कि किसी और को अपनी अटारी पर पग तक नहीं धरने दिया। लेकिन होनी को कौन रोक सकता है? सहरीका जब चौदह वर्ष की हुई, तो एक बार 'स्कूल-ट्रिप' से लौटते वक़्त अपनी माँ के पास कुछ दिनों के लिए रुक गई। उसकी चढ़ती जवानी और उसके अपरूप रूप के कारण इबराना हर वक़्त उसकी पहरेदारी करती रहती थी और उसे खिड़की तक से नहीं झाँकने देती थी, पर वह यह भूल गई थी कि श्रीकृष्ण द्वारा रक्षित परीक्षित भी तक्षक सर्प के दंश से नहीं बच पाया था! तो हाड़-मांस के साधारण जीव इबराना की तो बिसात ही क्या थी?

"एक दिन सहरीका को छिपकर उल्टी करते देख इबराना चौंक गई, फिर उसे लगा हो न हो कुछ भारी खाने-पीने की वज़ह से सहरीका को उल्टी हो गई होगी, वरना उसकी सख़्त पहरेदारी में जहाँ कोई परिंदा तक पर नहीं मार सकता वहाँ कोई ग़लत घटना कैसे घट सकती है? पर जब थोड़ी देर बाद उसके कानों में फिर से उल्टियों की आवाज़ आई तो उसने सहरीका से पूछा, 'बेटा! सच बताओ! क्या बात है? क्या तुम स्कूल में किसी लड़के से प्रेम करती थी?' सहरीका के गर्दन झुकाकर 'ना' करने पर, उसने दुबारा पूछा, 'तो बच्चा! यह चक्कर क्या है? क्या तुम्हारी 'गन्दी' जगह को किसी ने छुआ था?' उसकी 'हाँ' में हिलती गर्दन देख कर ही इबराना अधमरी हो गई थी और सहरीका से नाम पता चलने पर तो वह पूरी ही मर गई, क्योंकि सहरीका ने धीमे से कह दिया था 'पापा'। काफ़ी देर तक तो सनाका खाई हुई इबराना ज़मीन से उठ ही नहीं पाई, फिर किसी तरह स्वयं को बटोर कर उठी और नीचे जाकर शहाना दी को सारी घटना सुना कर उनसे सहरीका का गर्भपात करवाने की बुकिंग करवा ली। हालाँकि सहरीका गर्भ को रखना चाहती थी, पर उसे समझा-बुझा और डरा-धमका कर उन लोगों ने उसका गर्भपात करवाने के बाद उसे वापस बोर्डिंग में भेज दिया।

"सहरीका को चित्रकला और नृत्यकला दोनों में ही महारत हासिल थी। नृत्य के समय उसका रूप, लय, लचक आदि मिल कर ऐसी सौंदर्य-सृष्टि कर देते थे कि उसे देखकर मदनजित शिव का आसन भी डोल जाता! फिर एक कार्यक्रम में इस अतुलनीय अपूर्व सुन्दरी सहरीका का नृत्य देख कर यदि एक बड़े घर का भद्र लड़का देवव्रत! उस पर मोहित होकर उसे पागलों की तरह चाहने लगा तो इसमें क्या बड़ी बात है?

''सहरीका ने उसे काफ़ी समझाया, और यहाँ तक कि गर्भ वाली बात के अलावा, अपना सारा इतिहास उस लड़के को बता दिया, पर फिर भी वह अपनी ज़िद पर अड़ा रहा और उससे विवाह करके ही माना। सहरीका के दिन पंख लगा कर उड़ने लगे। उसने विवाह के दो वर्ष बाद एक अति सुन्दर लड़के को जन्म दिया और पक्की गृहस्थन बन कर माँ और पत्नी की भूमिका में रम गई।

''अचानक विवाह के साढ़े तीन वर्ष बाद देवव्रत एक दिन एक कम उम्र की मुस्लिम लड़की को अपने साथ लाया और यह कह कर कि यह उसके दोस्त की बहन है और कुछ ही दिनों में अपने घर चली जाएगी, उसने उसे अपने घर में रख लिया। अच्छे मन की सहरीका ने उसकी बात पर सहज ही विश्वास कर लिया, लेकिन धीरे-धीरे देवव्रत और उस लड़की के रंग-ढंग देखकर सहरीका को कुछ खटका हुआ, पर उसे अपने मन का कलुष मान कर सहरीका ने उनसे कुछ नहीं कहा। देवव्रत ने सहरीका के भलेपन को उसकी मूर्खता समझा और अपने ही घर में उस लड़की के साथ खुलेआम रंगरलिया मनाने लगा। उसके तौर-तरीके देख कर जब सहरीका ने उससे प्रश्न किया, तो उसने उसे ज़ोरों का थप्पड़ मार कर कहा, 'ऐ सहरीका की बच्ची! जानती है जिस दिन से मैंने एक वेश्या की लड़की से शादी की है उसी दिन से मेरे भीतर का सब कुछ जल गया है। अब इसके आने से मेरे कलेजे में थोड़ी सी ठंडक पड़ी है, तो तू आपत्ति कर रही है! शर्म नहीं आती तुझे?'

''सहरीका ठहरी कोमलमना संवेदनशील कलाकार! उसने तुरन्त कहा, 'देवव्रत, मुझे तो पति समेत एक घर चाहिए था, जब वही नहीं रहा तो दया करके मुझे मुक्ति दे दो। मुझे तुमसे कुछ भी नहीं चाहिए और बच्चे को भी मैं अपने साथ ले जाऊँगी।'

''उसने उसी वक़्त वह घर छोड़ दिया और केवल तन पर पहने हुए कपड़े के सिवा वहाँ से फूटी कौड़ी तक नहीं ली। कुछ ही दिनों में उसे मुफ़्फ़सिल की एक स्कूल में नाच, चित्रकला आदि सिखाने की नौकरी मिल गई और उन लोगों ने उसकी प्रतिभा और समर्पण देख कर उसे न केवल 'परमानेन्ट टीचर' का दर्जा दिया, बल्कि रहने को क्वार्टर भी दे दिया। हाल ही में शहाना दी की उससे मुलाक़ात हुई थी। उन्होंने बताया कि सहरीका के चेहरे पर शान्ति का एक ऐसा अलौकिक नूर आ गया है जो अलभ्य है।

“बच्चो! इसलिए हमेशा अच्छी बातें सोचो और सपने में भी यह मत सोचो कि सुस्मिता अपनी बेटी से धंधा करवाएगी। अच्छा अब काफ़ी गप्पें हो गईं, चलो, सब उठो और अपने-अपने काम में लगो।”

राधिका यह देख कर दंग रह गई, आज की कहानी सुनकर उपस्थित लड़कियाँ किसी गहरी सोच में डूबी हुई लग रही थीं, मानों वे भी किसी सही दिशा का सन्धान कर रही हैं।

'सैयाँ दिल में आना रे, आके फिर न जाना रे/ छम छमा छम छम/ राजा बन के आना रे, मोहे ले के जाना रे/ छम छमा छम छम।' खुले गले से ऊँची आवाज़ में झूम-झूमकर यह गीत गाती हुई प्रतिमा! 'छम छमा छम छम' कहते ही दोनों पंजों पर गोल घूमती हुई अपनी बाँहों को आकाश में उड़ते पक्षी के डैनों की तरह फैला देती थी और वापस मद्धिम चाल में थिरकती हुई गली के बीचों-बीच मस्त हिरणी-सी यों चल रही थी, मानो सोनागाछी की वह गली किसी राजा का दरबार-ए-ख़ास हो, जिसके प्रांगण में उसे पूर्ण उन्मुक्तता से अपना नृत्य प्रस्तुत करने हेतु आमंत्रित किया गया हो। उसकी चाल-ढाल में एक लोकातीत मदहोशी थी और वह कभी बाएँ तो कभी दाएँ झूमती हुई मंथर गति से आगे बढ़ी जा रही थी। 'स्वयंसिद्धा' के दरवाज़े पर खड़ी राधिका ने जब उसे आवाज़ दी, तो उसे वह भी नहीं सुनाई दी और इसके पहले कि राधिका उसे दुबारा आवाज़ देती, 'अरे कोई बचाओ रे! ऐ मेरी माँ, बचा मुझे! हे दुर्गा माँ, तुम कहाँ हो? बचा लो मुझे! बचा लो रे कोई!' की मर्मभेदी पुकारें धरती-आकाश को एकाकार करती हुई उस पूरी गली में गूँजने लगी थीं।

सोनागाछी के तीन नंबर मकान से भीषण क्रंदन में गुँथी हुई, उलझे शब्दों की यह लड़ी! और उसके साथ आतीं दर्द-भरी चीत्कारें! सभी सुनने वालों के दिलों को बेधे डाल रही थीं। साथ ही पायल, केया, रुक्मी, झुमकी, सोनिया आदि के चीख़ने-चिल्लाने के स्वर ने उन आवाज़ों के साथ मिलकर वहाँ कोहराम-सा मचा रखा था। तभी अचानक समय ठहर गया और वे चीख़ें और चीत्कारें, एक गझिन सन्नाटे में बदल गईं। इस क्षणिक सन्नाटे का कारण लोगों की साँसों का उनके कंठों में अटक जाना था, जब धू-धू कर जलती हुईं दो मानव-आकृतियाँ उस छोटे बरामदे से उनके बीचोंबीच आ गिरी थीं। क्षण

मात्र में ही वहाँ का नज़ारा बदल गया था और वह सारी भीड़ ख़ुद को बचाने के चक्कर में लग गई।

बेबी की बहन मुनिया अपनी दो साथिनों के साथ दौड़कर मोड़ पर खड़े एक सिपाही के पास गई और उसकी चिरौरी कर उससे बेबी को अस्पताल पहुँचाने की मिन्नतें करने लगीं, लेकिन 'दया' शब्द के अर्थ से अपरिचित यह निकम्मी कौम! चूँकि मात्र पैसे की ही भाषा समझती है इसलिए वह बिना हिले-डुले, न केवल पान चबाता रहा, बल्कि अपने काले दाँतों को 'सींक' से कुरेदते हुए अपना पूरा जबड़ा खोलकर पास खड़े मस्तानों से उन लड़कियों से सम्बन्धित अश्लील बातें करके खी-खी ठीं-ठीं भी करता रहा। वे लड़कियाँ लगातार रिरियाती हुईं उससे सहायता की भीख माँग रही थीं, पर उस तोंदवाले चिकने घड़े पर इसका कोई भी असर नहीं हो रहा था। तभी पीछे से आकर एक ज़बरदस्त हाथ ने उस मस्तान सिपाही की वर्दी के कॉलर को कसकर पकड़ लिया और कड़कदार आवाज़ में कहा, "अबे ओ हरामी की औलाद! कभी तो मनुख-धर्म भी निभा लिया कर स्साले! उल्लू के पट्ठे! तुम अभी की अभी एम्बुलेंस का इन्तजाम करते हो या बुलाऊँ तुम्हारे ससुरों को?" यह कह कर उस हाथ ने उसके कॉलर को छोड़ कर उसके हाथ से डंडा छीन लिया और उस डंडे को ज़ोरों से लहराते हुए 'दक्काल' कर कहा, "जल्दी करते हो सिपहैया जी या?"

एक सेकेंड में ही वह सिपाही अपनी सारी हेकड़ी भूल गया और आवाज़ में मिश्री घोलकर बोला, "राधिका दीदी जी! हम अभी ही अम्बुलेंस का बुलाय देत हैं, आप काहे परेसान होत हैं।"

"रामसिंह, डायलॉगबाजी बन्द कर और तुरन्त एम्बुलेंस हाज़िर कर, समझे।" आश्चर्यजनक ढंग से बग़ल की गली में खड़ी एम्बुलेंस! पलक झपकते ही वहाँ आ गई और दोनों घायलों को उसमें लिटाने के बाद, राधिका और बेबी की चचेरी बहन मुनिया, उसी एम्बुलेंस में आगे की सीट पर बैठ कर अस्पताल के लिए रवाना हो गईं।

रास्ते में राधिका के पूछने पर मुनिया ने उसे बताया कि चूँकि उसकी और बेबी की कोठरी के बीच, काठ का एक पतला सा 'पार्टीशन' भर है, इसलिए उसे मंसाराम और बेबी के बीच की सारी बातें सुनाई दे रही थीं। उसने बताया, "इस झगड़े की शुरुआत मंसाराम के हज़ार रुपए माँगने से हुई थी

और बेबी के यह कहने पर कि वह तो उसके सिवा किसी और के साथ सोती नहीं है, तो फिर उसके पास इतने रुपये कहाँ से आएँगे (?) 'कहाँ से' सुनते ही मंसाराम ज़ोरों से चिल्लाकर बकने लगा, 'अरी ओ सती साबित्री! जादा चरित्तर मत बघार। ऐ हरामजादी! तू एक के साथ सो या सौ के साथ इससे मेरे को क्या फरक पड़ता है? मुझे तो बस नोट चाहिए नोट, इसके लिए चाहे तू अपनी हड्डियाँ बेच या अपना मांस! पर मुझे तो अभी के अभी हज़ार रुपए चाहिए। अरी ओ कुतिया, क्या तू मेरी बीवी है, जो मैं ही तुझे पैसा देता रहूँगा? अरी ओ रांड! बकबक बन्द कर और बता कि तू मुझे पैसा देती है या मैं तेरा कचूमर निकालूँ?'

''बेबी ने उसे बहुत समझाने की कोशिश की, हाथ-पैर जोड़े, अपना बक्सा भी खोलकर दिखाया, पर उस बन्दे के ग़ुस्से का पारा तो ऊपर की ओर चढ़ता ही गया। बेबी ने जब उसे दिखाने के लिए पलंग के नीचे से अपना बक्सा निकाला था, तो मंसाराम को रसोई के बर्तन-भांड़ों के साथ, किरासिन तेल का एक डिब्बा भी दिख गया था। अब क्या था, उस नीच ने उस डिब्बे का पूरा किरासिन तेल बेबी पर उलट दिया और पलक झपकते ही पॉकेट से माचिस निकाल कर बेबी को आग लगा दी। अचानक किए गए इस हमले से बेबी बहुत ज़्यादा डर गई और घबराकर मंसाराम से चिपक गई। मंसाराम ने आग की लपटों से घिरी बेबी को, अपने से दूर झटकने की बहुत कोशिश की, पर बेबी अपने दोनों हाथों को उसकी काँख के नीचे से घुसाकर उन्हें उसकी पीठ पर कसे, उससे चिपकी ही रही, नतीजतन मंसाराम भी उसके साथ अपनी ही लगाई हुई आग में जलने लगा।''

इतना कह कर मुनिया सुबक-सुबक कर रोने लगी। राधिका ने उसे अपने से चिपकाकर उसकी पीठ पर हाथ फेरते हुए उसे मुश्किल से चुप किया। अस्पताल पहुँचते ही वहाँ के इमरजेंसी विभाग के डॉक्टरों ने बेबी का 'चेकअप' किया और उसे मृत घोषित कर दिया। दुष्ट मंसाराम को अस्पताल में भरती तो कर लिया गया, पर वे सब जानते थे कि वह बचेगा नहीं। और दो दिन बाद ही उसके भी मरने की ख़बर गली में आ गई।

जिस दिन 'बेबी-कांड' हुआ था उस दिन केया अपने एक ग्राहक के साथ कलकत्ते के बाहर गई हुई थी। वापिस आते ही जब उसने गली के रखवाले सिपाही की बदसलूक़ी की कथा सुनी, तो उसका ख़ून खौल गया

और उसने उसे कड़ा सबक सिखाने की ठानी। इसके लिए केया ने एक 'फुलप्रूफ़ प्लान' बनाया, जिसमें उसकी कई सहेलियाँ भी शामिल थीं।

'प्लान' के शुरू में उसने उस सिपाही को अपनी अदाओं से रिझाया और उसे अपने कोठे पर आने का इशारा कर, धीमी चाल से मटकती हुई अपने ठाँव की ओर चल पड़ी। उसके पीछे मस्ती में चूर वह कामासक्त सिपाही भी उसके कोठे पर जा पहुँचा। कुछ ही देर बाद जब उस कोठे के बरामदे से कई लड़कियों के चिल्लाने की आवाज़ें सुनाई पड़ीं, तो सबको बहुत आश्चर्य हुआ, क्योंकि वहाँ बेवक़्त इस तरह का हो-हल्ला सुनने में नहीं आता था। ख़ास अचम्भे की बात यह थी कि जो सिपाही हर वक़्त हेकड़ी से अपना डंडा घुमाता हुआ गरदन ताने तिरछा-तिरछा चलता दिखता था, वही सिपाही आज एक अपराधी की तरह अपने पीछे आती अनेक लड़कियों की लानत-मलामत सह रहा था।

दरअसल केया ने मुनिया, पायल, लिपिका, बबली आदि लड़कियों से मशविरा कर बहुत ही होशियारी से पायल और लिपिका को सिपाही के आने के पहले ही अपने पलंग के नीचे छिपा दिया था। सिपाही के आने पर केया ने पहले तो अपनी अदाओं और नखरों से उसका ऐसा स्वागत किया, जैसे पुराने ज़माने में राजा-महाराजाओं का होता था और उसी कड़ी में दो मिनट फ़िल्मी गाने पर नाचने के बाद उसने उसे पलंग पर लिटा लिया। सिपाही तो इस घड़ी का बेसब्री से इन्तज़ार कर ही रहा था। उसने आव देखा न ताव झट से अपना पैन्ट उतार कर पलंग के एक कोने में रख दिया।

पलंग के नीचे छिपीं लड़कियों ने बिना कोई आवाज़ किए पैन्ट को आहिस्ता से नीचे खींच लिया और उसमें जो भी माल-मत्ता था, वह निकाल कर, पैंट को यथास्थान रख दिया। रति-क्रिया संपन्न कर लेने के बाद तृप्त सिपाही राम जी जब मस्ती में एक अश्लील धुन गुनगुनाते हुए, सज-सँवर कर जाने लगे, तो केया ने एक कनीज़ की मुद्रा में कोरनिश बजाते हुए कहा, "हुज़ूरे आलम! इस नाचीज़ की बख़्शिश?" नवाबों की ख़िदमत में कहे जाने वाले भारी-भरकम अल्फ़ाज़ सुनकर इतराए हुए सिपाही ने अपने ग़ुरूर में 'हाँ! हाँ! क्यों नहीं, ऐसी बख़्शीश दूँगा कि तुम भी क्या याद रखोगी,' कहते हुए सदा ही रिश्वत के रुपयों से ठसा-ठस भरा हुआ अपना बटुआ एक झटके से पैन्ट से खींचकर बाहर निकाला और उस बटुए को एकदम ख़ाली

देखकर उसके होशो-हवास उड़ गए और उसका माथा चकराने लगा। चोरों को पकड़ने में उस्ताद चोर! आज एक ऐसी विचित्र उलझन की गिरह में फँस गया था कि उसका कोई भी सिरा उसके हाथ में नहीं आ रहा था।

वह पत्थर की मूर्ति-सा 'सुन्न'! कुछ देर तो वहीं खड़ा रहा, फिर कोई चारा न देखकर दोनों हाथों से सिर पकड़े वहाँ से भाग निकला।

केया मन ही मन हँसती हुई 'मेरी बख़्शीश! मेरी बख़्शीश' कहती उसके पीछे भागती-सी चल रही थी और पलंग के नीचे की लड़कियों के साथ कोठरी के आसपास छिपी बाक़ी की लड़कियाँ भी केया के पीछे-पीछे 'मेरे सैंया भये कोतवाल,' पर पाकिट से है कंगाल' आदि जुमले सिपाही जी को सुनाती हुई ठेठ गली की नुक्कड़ पर सिपाही के अड्डे पर जा पहुँचीं और उन जुमलों के नारे बना कर उन्हें गाती हुई उस सिपाही के चारों ओर घूमने लगीं।

अपनी इज़्ज़त का सर्वनाश होता देखकर सिपाही ने हाथ जोड़कर केया को एक ओर बुलाया और गिड़गिड़ाते हुए कहा, "केया जी! ख़ैर मेरी इज़्ज़त ससुरी तो गई पानी लाने, पर आज तो मेरी समझ भी मेरा साथ नहीं दे रही है। आज मेरा बटुआ ऐसे ख़ाली हो गया, मानों वहाँ कोई भूत-परेत था। केया जी! हम आपको पइसा बाद में दे देंगे, दया करके आप अभी हमें माफ़ी दे देवें।" केया ने कहा, "सिपाही जी! पैसा तो हम लोगों के लिए हाथ का मैल होता है, पर जब आप लोग हम लोगों के साथ आवारा कुत्तों जैसा व्यवहार करते हैं तो हमें बहुत तक़लीफ़ होती है। जब बेबी आग से जल रही थी, तब आप लोगों का जो व्यवहार था वह माफ़ी के क़ाबिल तो नहीं है, पर हम लोग आप लोगों की तरह कमीने नहीं हैं, इसलिए इस चेतावनी के साथ आपको माफ़ी दे रहे हैं कि कल से यहाँ की हर औरत को आप अपने घर की माँ-बेटी समझेंगे, ठीक है?" अपने दोनों कानों को छूकर सिपाही बोला, "हाँ केया जी! क़सम काली माई की, हमारा वादा है कि हम आज से आप लोगों के भक्षक नहीं, रक्षक बनेंगे।"

केया के इशारे से जब वह जत्था लौटकर जाने लगा तो केया ने रास्ते में रुक कर राधिका को वह पूरा वाक़िआ सुनाया। उसकी बातें सुनकर राधिका गम्भीर हो गई और ठहरे स्वर में बोली, "केया! हमें हमेशा अपनी औक़ात देखकर ही किसी से झगड़ा मोल लेना चाहिए। यह मत भूलो कि इस गली में कोई भी अपना नहीं है और यहाँ की सारी यारी मतलब की है, इसलिए हमें अपना हर

क़दम सोच-समझ कर रखना चाहिए। ख़ैर, जो घट गया सो घट गया, पर अब तुम्हें ख़ूब सावधान और सतर्क रहना होगा, क्योंकि चोट खाया हुआ साँप कब और कैसे हमला कर देगा, इसका अन्दाज़ करना बहुत मुश्किल होता है।

"केया! दरअसल तुम मन की बहुत अच्छी हो, और जब भी तुम ऐसा कोई काम करती हो, तो मुझे तुम्हारी मुर्शिदाबाद की लड़की वाली बात याद आ जाती है। मुझे याद है कि कैसे तुमने रात के एक बजे मेरा दरवाज़ा खटखटाया था और मुझे बाध्य किया था कि मैं मुर्शिदाबाद से आई हुई, उस तेरह साल की लड़की का उद्धार करूँ। तुम्हारी ताक़ीद थी कि हम बिना समय गवाएँ उस लड़की को रातों-रात उसके घर पहुँचा दें, वरना जिस नीच ने उसे यहाँ भेजा है, वह उसे छोड़ेगा नहीं, इसलिए हम दोनों उसी वक़्त टैक्सी से उसके घर के लिए निकल पड़े थे और उसके माँ-बाप को समझा-बुझाकर उसे लौटा आए थे। केया, तुम चाहती तो उस लड़की को धंधे के लिए बेचकर लाखों कमा सकती थी, पर तुमने अपनी मनुष्यता और संवेदनशीलता के कारण इतने बड़े लोभ का संवरण कर लिया था। तुम्हारी ऐसी त्यागमयी-करनी देखकर मेरा मन तुम्हारे प्रति श्रद्धा से भर गया था और उसी दिन से तुमने मेरे दिल में एक ख़ास जगह बना ली है।

सोनागाछी की उस गली में आज जो दृश्य रचा गया था, वह वाक़ई क़ाबिले-तारीफ़ था। बिना किसी को चोट पहुँचाए, ऐसे निर्मल हास्य की सृष्टि हो जाना, वह भी वहाँ के माहौल में! सचमुच ही एक अनोखी घटना थी। इस वजह से आज सबके मनों में हल्कापन था। प्रफुल्लता की उसी रौ में राधिका ने नीचे से आवाज़ दी, "अरी ओ छम छमा छम प्रतिमा! कहाँ हो? आओ, आज उस दिन के अधूरे नाच और गाने को पूरा कर लो।" राधिका की पुकार के साथ ही प्रतिमा वहाँ ऐसे उग आई, मानो वहीं ज़मीन में गड़ी हुई थी। उसकी तत्परता से निहाल होकर राधिका बोली, "मेरी छम्मकछल्लो! अपने हाल-चाल सुनाओ। सच बताओ कि क्या मोहन अभी भी तुम्हारा ख़ूब ख़्याल रखता है या बस यों ही तुम्हें टरकाता रहता है?"

लाड़ से राधिका के गले में झूलकर प्रतिमा शरमाती हुई फुसफुसा कर राधिका के कानों में मोहन की नाटकीय मक्कारियों का रस भरा बयान करती रही और पूरे मन से उसे सुनने का अभिनय करती हुई राधिका प्रतिमा के लिए और भी अधिक चिन्तित हो गई।

राधिका को चिन्ताओं के आकाश में खोया देख कर केया ने उसे वापस धरती पर लाने के लिए कहा, "दीदी! जैसे आप उस दिन हमें इस गली के अपने अनुभव सुना रही थीं, वैसे ही एक-आध क़िस्सा आज भी सुनाइए ना।"

केया के आग्रह की गहराई को देख कर राधिका अभी दूसरों के उदाहरण देते हुए केया और प्रतिमा को वहाँ के जीवन की सच्चाइयों से रूबरू करवा ही रही थी कि सोदपुर के ब्राह्मण ख़ानदान की रत्ना ने वहाँ आ कर राधिका से मनुहार-भरे स्वर में कहा, "राधिका दी! एक मिनट के लिए मेरे कमरे में चलिए न, मैं आपको कुछ दिखाना चाहती हूँ। बस, यही तो रहा मेरा घर! चलिए न राधिका दी!" उसके प्रेम-भरे अनुरोध को टालना असम्भव था इसलिए जब राधिका, केया और प्रतिमा को साथ लेकर रत्ना के कोठे पर पहुँची तो वहाँ की शुचिता देखकर दंग रह गई।

रत्ना की वह छोटी-सी कोठरी! कोठा कम और 'लड्डू गोपाल की ठाकुरबाड़ी' ज़्यादा लग रही थी। कोठरी की अलगनी पर घटिया सिल्क की एक सफ़ेद साड़ी टँगी हुई थी, जो आम तौर पर शुद्ध आचार-व्यवहार पालन करने वाली विधवाएँ पूजा के समय पहना करती हैं। उसका सारा ढंग-ढाँचा देखकर राधिका अवाक रह गई और उसने रत्ना से कहा, "बहिनी! क्या तुम यहाँ साधुओं के साथ सत्संग करती हो, जो तुमने कोठे के ऐसे साज-बाज कर रखे हैं? मैं समझ नहीं पा रही हूँ कि तुम कैसे तो अपने ग्राहकों को पटाती होगी और कैसे वे रंजते होंगे?"

राधिका की चिन्ता देखकर रत्ना ने बिना संकोच के कहा, "दीदी! मेरे लिए आपका यह ममता-भरा प्रेम बहुत ही क़ीमती है, क्योंकि बचपन से आज तक किसी ने मेरी हारी-बीमारी तक में ऐसी चिन्ता नहीं की, जैसी आज आप कर रही हैं।" कहते न कहते उसने अपने ठाकुर को साष्टांग प्रणाम कर राधिका के पैर छुए और कहा, "दीदी! आशीष दीजिए कि मैं सदा 'सत्पथ' पर रहूँ।"

राधिका ने आज अनेक वर्षों बाद ऐसे उद्‌गार सुने थे और इस गली में आने के बाद पहली बार उसका सामना एक ऐसी औरत से हुआ था जो रुपये-पैसे की नहीं, बल्कि 'सत्पथ' पर चलने की कामना कर रही थी। राधिका की दुनिया देखी हुई आँखों में हल्का-सा पानी तिर गया और वह पलकें झपकाना भूल कर उसे एकटक देखती ही रह गई।

भावों की इन ऊँचाइयों को केया समझ नहीं पा रही थी, इसलिए ऊबी हुई मुद्रा में बोली, ''रत्ना दी! आप यह तो बताइए कि आपने राधिका दी को यहाँ क्यों बुलाया है?''

केया का उलाहना सुनकर रत्ना ने 'सॉरी,' 'सॉरी' करते हुए अपना एक संदूकनुमा बक्सा, पलंग के नीचे से बाहर निकाला और उसमें रखी हुई चीज़ों को पलंग पर सजाने लगी। सबसे पहले उसने महँगे दामों की लाल पाड़ वाली दो 'गरद' सिल्क की साड़ियाँ निकाल कर कहा, ''राधिका दी! दुर्गा पूजा आने वाली है और आप तो जानती ही हैं कि हम बंगाली लोग इस त्योहार पर परिवार के सभी छोटों-बड़ों को उपहार देते हैं। मेरी कई दिनों से साध थी कि मैं दादी, माँ, बाबू जी और दादा जी के लिए कपड़े बनवाऊँ, पर यहाँ कई घरों में बर्तन माँजने और झाड़ू-पोंछा करने के बाद भी मैं कुछ ख़ास बचा नहीं पाई, इसलिए मुझे यह सामान इकट्ठा करने में दो-तीन साल लग गए। दीदी! ध्यान से देखिए, मैंने एक-एक चीज़ छाँट कर ख़रीदी है, आख़िर मेरे मायके के लोग पैसे वाले जो ठहरे। दीदी! मैं आज ही सोदपुर जाऊँगी और सबको प्रणाम करके यह सामान उन्हें दे आऊँगी।'' यह बात कहते हुए रत्ना का चेहरा आनन्द से चमचमा रहा था। ऐसा लग रहा था मानो उसके शैशव, कैशोर्य और युवावस्था तीनों ने उसे अपने 'प्रेम-रसायन' से ऊपर से नीचे तक नहला दिया है।

उसके प्रेम के ज्वार को देखकर राधिका ने बतौर एहतियात उससे कहा, ''रत्ना, मुझे याद है कि जब तुम्हारा पति तुम्हें यहाँ बेच गया था, तो तुम यहाँ से भाग कर अपने पिता के पास गई थी और उन लोगों ने तुम्हें देखकर न केवल अपने दरवाज़े पर ताला लटकवा दिया था, बल्कि दरवान को हिदायत दे दी थी कि तुम्हें अन्दर न घुसने दे।''

''दीदी! वह तो पुरानी बात है और तब तो मैं वहाँ आश्रय माँगने गई थी, पर आज तो मैं केवल उन्हें प्रणाम करने और उपहार देने जा रही हूँ, फिर वे मुझे क्यों रोकेंगे?''

''ख़ैर, तुम्हारा इतना ही मन है तो चली जाओ, पर जाने से पहले उन्हें फ़ोन ज़रूर कर लेना।''

जब रत्ना ने राधिका की इस बात के उत्तर में 'हाँ' या 'ना' कुछ भी नहीं कहा तो राधिका को खटका भी हुआ कि रत्ना शायद उसकी बात को तवज्जुह

नहीं देगी, पर इसे अपने मन का वहम मान कर वह यह कहते हुए उठ गई कि "रत्ना, तुम्हारी सारी चीज़ें बहुत सुन्दर हैं, भगवान तुम्हारीं इच्छा पूरी करे।"

रत्ना ने जाती हुई राधिका को रोक कर उसे फिर से प्रणाम किया और भविष्य के गर्भ में छिपी 'होनी' से अनजान राधिका ने उसे बेसाख़्ता आशीर्वाद दे दिया, "सुखी रहो!"

राधिका ने शाम की चाय पी कर कुल्हड़ एक ओर फेंका और रत्ना की कोठरी की ओर चल पड़ी। स्त्री चाहे जितनी परिपक्व हो, पर मायके के नाम से उसके हृदय में एक ऐसा आलोड़न होता है, जिसे समझना पुरुष के क्या! स्वयं स्त्री के बूते में नहीं होता। राधिका के मन में उठती यह उत्कंठा कि रत्ना का मायका जाना कैसा रहा (?) इतनी प्रबल थी कि वह बरबस ही रत्ना की कोठरी के सामने जा खड़ी हुई।

रोज जिस कोठरी से सरे-साँझ ही 'शंखघोष' और पूजा के 'धूनों' की ख़ुशबू बाहर उड़कर राह चलते का मन हरा कर देती थी; वहाँ आज एक अबूझ-सी निस्तब्धता छाई हुई थी। सन्नाटा! नीरवता! आदि शब्द एक अर्थ के होते हुए भी अक्सर अलग-अलग भाव व्यक्त करते हैं। जैसे कई बार हमें हमारे मनों में इन शब्दों के साथ 'मृत्यु' शब्द भी जुड़ा दिखने लगता है, और वह मृत्युगंध हमें अनायास ही अपनी ओर खींच लेती है। रत्ना की कोठरी का दरवाज़ा बन्द देख कर राधिका सहम गई और उसने पहले हल्के से फिर ज़ोरों से उस बन्द दरवाज़े को खटखटाया। कोई जवाब न आने पर किसी बुरी घटना की आशंका से वह दहल गई, तभी उसे खोजती हुई मधुमिता और केया भी वहाँ आ गई। राधिका की काष्ठवत हालत देखकर केया ने तुरन्त पिंकू और सिपाही को बुलाकर रत्ना के दरवाज़े को तुड़वा दिया। दरवाज़े के ठीक सामने ही उन्हें पंखे से लटकती हुई रत्ना दिखाई पड़ी, जिसकी खुली हुई बड़ी-बड़ी आँखें ऐसी लग रही थीं मानो वे इस दुनिया से पूछ रही हों, "आख़िर मेरा क़सूर क्या है? क्या मेरा क़सूर यह है कि मैंने एक पढ़े-लिखे ग़रीब आदमी से विवाह किया और प्राणपण से अपना प्रेमव्रत निभाया? या यह है कि मुझे जब भी अपना शरीर बेचना पड़ा तो मैंने उसमें भी पूरी ईमानदारी और सत्यता निबाही? या यह है कि मैं अपने परिचितों को उनके गुनाहों के लिए माफ़ करके, आज भी उनको प्रेम करती हूँ? क्या कुछ भी पाने की आशा किए बिना प्रेम करना अपराध है?"

ये प्रश्न चाहे राधिका के अपने मनोलोक में ही उत्पन्न हुए थे, फिर भी उनसे घबरा कर, उसने आगे बढ़ कर हल्के से रत्ना की आँखों को उसकी पलकों से ढँक दिया और केया को धीमे से कहा, ''केया बेटी! रत्ना को हम एक लावारिस लाश की तरह नहीं दफ़ना कर, हिन्दू पद्धति से इसका दाह-संस्कार करेंगे और यह सारा इन्तज़ाम तुम्हें करना है, ख़र्च की चिन्ता मत करना।''

राधिका की बात सुनकर केया चकित थी और सोच रही थी : 'एक-एक पैसे को दाँत से पकड़ने वाली राधिका दी के मन में ऐसा क्या चल रहा है कि उन्होंने यह निर्णय लिया?'

केया को हिदायतें देने के बाद राधिका के शरीर में एक विचित्र प्रकार की शिथिलता आ गई। उसकी आँखें मुँदने लगीं और उसे लगा यदि वह कुछ देर और खड़ी रही, तो गिर जाएगी, इसलिए वह रत्ना के पलंग के पास ज़मीन पर बैठ गई। उसे यह भान तक नहीं हुआ कि उसने कब अपना सिर पलंग की पाटी पर रख आँखें बन्द कर ली हैं। राधिका की बन्द आँखों में अनायास ही सिनेमा की तरह उसके अतीत की क्रमबद्ध 'रीलें' खुलती चली गईं और अवश सी राधिका उन्हें देखती रही।

...ढेरों भाई-बहनों के मध्यवित्त संयुक्त परिवार में एक तेरह साल की लड़की स्कूल का यूनीफॉर्म पहन कर शीशे में उसे ठीक कर ही रही है कि आईने में उसे अपना वही भाई खड़ा दिखता है, जो न तो उसे औरों की तरह मारता है और न ही उससे झगड़ता है, पर वह हर वक़्त उसे लगातार देखता रहता है, और न जाने क्यों उसकी आँखों के भाव राधिका को बिलकुल अच्छे नहीं लगते। कोई ठोस वजह न होने पर भी उसके पास आते ही उसकी छठी इन्द्रिय सजग होकर सहम जाती और वह एक अनजान भय से सिहर जाती। वह जितनी देर घर में रहती वह लड़का, आश्चर्यजनक ढंग से एक छाया की तरह उसके आसपास मँडराता रहता और उस भीड़ भरे घर में किसी का भी ध्यान इस ओर नहीं जाता। राधिका ने कई बार सोचा भी कि माँ से अपने मन की इस दुविधा की चर्चा करे, पर न जाने कितने प्रकार के भय उसे घेर लेते और वह घबरा जाती कि कहीं उसके कारण उस शान्तिमय परिवार में आपसी कलह न हो जाए। वैसे भी उस परिवार में लड़कों को भगवान की तरह पूजा जाता था और लड़कियों की गिनती फ़ालतू सामान में होती थी।

राधिका चाहे जितने दबे पाँवों से घर में घुसती, पता नहीं कैसे उस

लड़के को 'मानुषगंध' वाले राक्षस की तरह उसकी ख़ुशबू आ जाती और अगले ही क्षण वह एक निश्चित दूरी से उसे घूरना शुरू कर देता। बेचारी राधिका डर से घुटी जा रही थी, ऊपर से विडम्बना यह थी कि वह इस 'डर' की कोई परिभाषा भी नहीं कर पा रही थी।

"राधिका!... राधिका!... बहरी है क्या? कब से आवाज़ दे रही हूँ, और महारानी जी ऐसी चुप हैं, जैसे मुँह में दही जमा हुआ है। राधिका, ध्यान से सुन, हम सब देवरानी-जिठानी, अम्माजी के साथ मन्दिर जा रही हैं, तुम ये सारे कपड़े छत पर सुखा देना, याद रखके सुखा देना भूलना मत, समझी।" अपने पैसे वाले मायके के ठसके से हाथरसी चाची ने उसे यह फ़रमान सुनाया और अपने घुँघरुओं वाली चाबी के झुमके को छनकाती हुई वहाँ से चल दीं। उन लोगों को गए अभी एक मिनट भी नहीं हुआ होगा कि राधिका की पीठ के पीछे से किसी ने हाथ आगे बढ़ाकर उसका मुँह ज़ोरों से 'भींच' कर बन्द कर दिया और उसे एक कोने में धक्का देकर धरती पर पटक दिया। एक क्षण बाद ही वह कूद कर उसकी जाँघों पर बैठ गया और उसके फ्रॉक को उठाकर उसके जाँघिए का 'नाड़ा' खोलने लगा। मरियल सी राधिका ने हाथ-पैर पटक कर, लुढ़क-पुढ़क कर किसी भी तरह उसे रोकने के लिए अपना पूरा दम लगा दिया, पर कहाँ वो 'मरगिल्ली-सी बिल्ली' और कहाँ वह अट्ठारह वर्ष का खाया-पिया हुआ हृष्ट-पुष्ट साँड! उसने बाएँ हाथ से उसके मुँह को कस कर दबोचे रखा और दाहिने हाथ से शातिर गुंडों की तरह उसे ऐसा पस्त किया कि वह बेचारी लड़ना तो दूर कराहने लायक भी नहीं बची।

उसका सर्वनाश करने के बाद उसने खड़े होकर अपने दोनों हाथ यों ऊपर उठाए गोया ऐवरेस्ट पर अपनी विजय का परचम फहरा रहा हो। मांस के लुंज-पुंज पिंड की तरह वह किशोरी पहले तो फटी आँखों से उसके इतराहट भरे रंग-ढंग देखती रही फिर आँखें बन्द कर कराहती हुई सिसकियाँ भर कर ज़ोरो से रोने लगी। तभी पेट भरने के बाद डकारते साँड की तरह रमेश गरजा, "ऐ राधिका की बच्ची! चुप्प! और अच्छी तरह कान खोल कर सुन ले कि यदि तूने भूल से भी इस घटना का ज़िक्र किसी से कर दिया तो मैं चिल्ला-चिल्ला कर तुझ पर ऐसे-ऐसे लाँछन लगाऊँगा कि तेरे माँ-बाप सहित अपने सारे ब्राह्मण वंशीय घरवाले तुझे उसी क्षण गालियों से भरे कोसने सुनाते हुए धक्के मार कर सड़क पर फेंक देंगे। ऐ बेवक़ूफ! यह सोचने की

भूल भी मत करना कि कोई तेरी आह-कराह सुनेगा, क्योंकि इस घर का लाड़ला मैं! रोज सुबह दादी से लेकर ताई, चाची, माँ, भाभी, सबके ठाकुरों को प्रणाम करता हूँ और वे सब मुझ जैसे सज्जन और धर्म-भीरू बेटे की पीठ पर हाथ फेरते हुए मुझे सच्चे मन से आशीर्वाद देते हैं, "दीर्घायु हो।" इसलिए हे कुलक्षिणी, छिनाल, अब तू ज़्यादा नाटक मत कर और यह सुबकना-साबकना छोड़ कर, जाकर नीचे की जगह पर सेंक कर ले। अभी तो घर में कोई है भी नहीं, इसलिए चल उठ मैं भी तेरा हाथ बँटा देता हूँ।"

चारों कोने बन्द देख राधिका मरती-पड़ती सी किसी तरह उठी और अपने 'बड़े साहब' के आदेशों का पालन करने में लग गई। उस बेशर्म की हिम्मत की दाद देनी होगी, क्योंकि जब घर की स्त्रियाँ मन्दिर से लौटी तो उन्हें मुँह लपेटे बिस्तर में पड़ी राधिका के सिरहाने रमेश बैठा दिखाई दिया। रमेश ने सबको देखते ही ऊँचे सुर में कहना शुरू कर दिया, "चाची! यह तो अच्छा हुआ कि जब यह छत पर चक्कर खाकर गिरने ही वाली थी, मैं इत्तफ़ाकन वहाँ पहुँच गया और मैंने इसे गिरने से बचा लिया। लीजिए अब आप इसे सम्हालिए।"

राधिका की माँ ने उसे अंक से लगाकर उसके सिर, मुँह, पीठ आदि को प्यार से सहलाते हुए कहा, "रमेश, तू ही तो अपनी इस छोटी बहन का संरक्षक है, तू भविष्य में भी इसे ऐसे ही बचाना, क्योंकि इसका कोई सगा भाई तो है नहीं।"

"अरे चाची! इसमें कहने की क्या बात है। आप बेफ़िक्र रहिए, मैं वादा करता हूँ कि राधिका को अपनी सगी बहन से भी बढ़ कर प्यार करूँगा और हमेशा इसका ख़्याल रखूँगा।" उसकी इस उक्ति पर शायद शैतान ने भी शर्म से मुँह छिपा लिया होगा, पर वह बेहया! सबसे मसख़री करता हुआ इधर से उधर 'ही,' 'ही,' 'हा,' 'हा' करता घूमता रहा।

उस ढीठ को बलात्कार के अवसरों की कोई कमी नहीं थी, कई बार तो वह उसे दिन भर में दो-तीन बार किसी ख़ाली कमरे में या छत पर ले जाता और अपने दुष्कर्म को अंजाम दे देता। घर की चहारदीवारी में पली-बढ़ी चौदह वर्ष की मासूम राधिका मारे भय के इन दिनों गूँगी-सी हो गई थी। उसका खाना-पीना भी छूट गया था, पर उस संयुक्त परिवार में, जहाँ लड़कियों को हीन समझा जाता था, उसकी ओर कौन ध्यान देता? अतीत की रील

चलती जा रही है कि तभी अन्तराल की तरह राधिका ने नींद में ही अपने सिर को दायीं से बायीं ओर घुमा लिया।

"चौदह वर्ष की एक ख़ूबसूरत क़मसिन लड़की अपने फ्रॉक के चारों कोनों को अपनी जाँघों के बीच कस कर दबाए हुए घबराई हुई सी चारों ओर देख रही है, पर उस घटाटोप अँधेरे में उसे आशा की पतली सी किरण तक नज़र नहीं आ रही है, हताश होकर वह एक कोने में घुस कर फूट-फूट कर रोने लगती है। तभी उसे अपनी माँ का स्वर सुनाई देता है, "ये मेरी माँ! ज़रा इस अपशकुनी के लक्षण तो देखो, बेबात सरे-साँझ रो कर इस घर में भूतों को बुलावा दे रही है, और हम हैं कि इसके लिए मरे जाते हैं। अरी ओ कमबख़्त उठ, और कलकत्ता चलने की तैयारी कर। बाबा जी ने कहा है कि "घर से सबके जाने की ज़रूरत नहीं है, मैं, तू और रमेश ही काफ़ी हैं।" माँ ने तो अपनी ममता के चलते उस पर यह उपकार करवाया था, पर राधिका के लिए तो यह विवाह का नहीं मौत का निमंत्रण था। यदि वह रमेश के साथ न जाने के लिए कुछ भी कहती तो बड़े बाबा जी से लेकर छोटी मुनियाँ तक उसे ऐसी हिकारत भरी नज़र से देखते कि वह जीते जी मर जाती।

किसी ख़ास काम की वजह से माँ उनके साथ नहीं जा पाई थीं, फिर भी भीड़ क कारण रेलगाड़ी में राधिका को थोड़ी सी रिहाई मिली थी, पर कलकत्ता पहुँचते ही रमेश, राधिका को विवाह वालों के यहाँ न ले जाकर, एक बदबूदार कमरे में ले गया, और दो दिनों तक उसकी दुर्दशा करके उसे एक महिला के पास ले गया और वहाँ जाकर उनसे बोला, "मैडम, आज से यह आपके पास काम करेगी।"

राधिका ने जब उसकी कमीज़ पकड़ कर पूछा कि 'वह कहाँ जा रहा है, तो उसने उत्तर दिया' "बेबी, मैं तुम्हारे लिए बढ़िया कपड़े-लत्ते लेने जा रहा हूँ। बस अभी गया अभी आया, डरो मत।"

उसके जाते ही उस महिला ने अपनी दो हट्टी-कट्टी नौकरानियों को इशारा किया और वे उसे नहलाने-धुलाने के बाद ख़ूब अच्छी तरह सजा कर ले आईं। उसके चेहरे और शरीर को सारे कोणों से जाँच-परख कर उस महिला ने आवाज़ दी, "छेदीलाल! ध्यान से देख लो, एकदम बेदाग़ हीरा है। देखो, इस कच्ची कली को सँभाल कर मरोड़ना, वरना यदि यह टूट गई तो आठ लाख का जुर्माना धरवा लूँगी। अब ला, पट से पहली रात का पचास

हज़ार यहाँ पटक और इस सुकुमार कली को ले जा। छेदीलाल, यदि तुम्हारी जगह कोई और होता तो मैं साठ से कम न लेती, पर तुम ठहरे पुराने गाहक, इसलिए तुम्हें इतनी बड़ी छूट दे रही हूँ।'' उस महिला के आदेशानुसार एक पहाड़ जैसे लम्बे-चौड़े आदमी ने तुरन्त पाँच सौ रुपयों की एक गड्डी आहिस्ता से 'मैडम' के सामने धर दी, और राधिका को खींच कर ले जाने लगा। किसी तरह उसकी गिरफ़्त से ख़ुद को छुड़ा कर राधिका रोती हुई तेज़ी से उस महिला के पैरों में गिर कर गिड़गिड़ाने लगी, ''माँ! मुझे बचा लो माँ! मुझे वेश्या मत बनाओ।''

उसके रोने को घृणा से देखते हुए उस पकी हुई चकलेवाली औरत ने उन्हीं पैरों से उसे ज़ोरों की लात मार कर चीख़ते हुए कहा, ''ऐ बदज़ात! तू तो यहाँ रंडी ही आई थी, मैं तुझे क्या रंडी बनाऊँगी? जा, धंधे का टाइम है, बेकार मेरा माथा मत ख़राब कर।'' राधिका जब दुबारा उसके पैरों से लिपटी तो उस महिला ने उसके पैरों पर खींच कर ऐसी लाठी मारी कि वह मुँह के बल ज़मीन पर जा गिरी और वह आदमी उसे उठा ले गया।

राधिका ने जब सपने में ही उस जगह का जायज़ा लिया, तो घबरा कर उठ बैठी, क्योंकि वह जगह यही थी, जहाँ वह आज भी रहती है—'सोनागाछी'।

राधिका ने बीस वर्षों का दीर्घ समय इसी गली की एक कोठरी में बीता दिया था। इस बीच उसने कई बार आत्महत्या करने की भी सोची, पर ख़ुद को मार पाना क्या सरल होता है? इस पेशे को मन से न अपना पाने के कारण, न तो वह किसी ग्राहक को लम्बे अरसे तक बाँध कर रख पाई थी और न ही कुछ ख़ास पूँजी इकट्ठा कर पाई थी। उसने आरम्भिक वर्षों में अपनी ख़ूबसूरती और कमनीयता के कारण जो कमाई की थी, उसमें से न्यूनतम ख़र्च कर उसने कुछ पैसे इसलिए बचा लिए थे कि बुढ़ापे में कर्ज़ के कारण महाजन रूपी गिद्ध उसे नोचें नहीं। गली की सारी लड़कियाँ उसे महाकंजूस समझती थीं, पर उसकी यह मजबूरी कोई नहीं समझता था कि उम्र के इस पड़ाव में वह बन-ठन कर चाहे जितना नाच ले, उसे एक या दो से ज़्यादा ग्राहक नहीं मिलते हैं और वे भी तब आते हैं जब दलाल उन्हें कोई और कोठा मुहय्या नहीं करवा पाता।

सदा दूसरों के काम आने वाली, पर महाकंजूस के नाम से प्रसिद्ध राधिका की भीतरी हक़ीक़त से सब अनजान थे, क्योंकि राधिका की एक

ख़ासियत थी कि उसे कमरा बन्द करके नमक के साथ सूखी रोटी खा लेना मंजूर था, पर किसी से एक पैसा भी उधार लेना मंजूर नहीं था।

केया के इंतज़ार में बैठी राधिका विचारों के संजाल में उलझी जा रही थी, इसलिए वह शरीर को 'फर्रा' करने के लिए उठ कर कोठरी के बाहर गली में निकल आई। तभी बसन्त की बयार-सी प्रतिमा दास! 'बाबुल मोरा नैहर छूटा जाए' गाने को ए.आर. रहमान के गानों की तरह तेज़ 'बीट' में गाती हुई, जब वहाँ आई वह 'चार कहार मिलै मोरी डोलिया उठाएँ रे, ओ ओ ओ डोलिया उठाएँ रे, डोलिया उठाएँ रे' लाइन को बार-बार गाए जा रही थी। राधिका ने आगे बढ़ कर उसका रास्ता रोकते हुए कहा, "अरी ओ हीरोइन, डोली में कहाँ जाने का इरादा है?" इस ज़मीनी दुनिया से बेख़बर सपनों के संसार में विचरण करने वाली प्रतिमा दास ने शर्म से लाल होते हुए राधिका के कान में धीरे से कहा, "दीदी, मोहन ने कल रात, मेरे सिर पर एक पतली लाल चुनड़ी ओढ़ाकर कहा, 'प्रतिमा, जल्दी ही यह सारी दुनिया देखेगी कि मैं अपनी इस लाडो को, 'चार कहारों की पालकी' में बैठा कर उसके नए घर ले जाऊँगा। जहाँ प्रवेश करते समय वह चावल की कुंडी को लुढ़का कर कुंकुं में पैर धरेगी और रुनझुन करती हुई अपने घर में क़दम रखेगी, तो मेरी परी-सी दुल्हनिया दर्पण-सी चमचमाती दीवारों में अपना चेहरा देख कर, शरमाते हुए मेरे आगोश में मुँह छिपा लेगी। दीदी, उसी वक़्त उसने मुझे यह कविता बना कर सुनाई थी, जिसे सुनते ही मैं झूमने लगी और सारी रात इसी कविता पर नाचती रही।' राधिका ने प्रेम और चिन्ता भरी आँखों से उस भोली बच्ची प्रतिमा को देखते हुए उसे आशीर्वाद दिया : 'सुखी रहो'।

इस बीच केया ने हिंदू सत्कार समिति की गाड़ी में रत्ना के मृत देह को थोड़े से फूलों से सजाकर दाह-संस्कार के लिए भिजवा दिया था। रत्ना का सारा काम हो जाने के बाद राधिका अपनी कोठरी की ओर जाने को मुड़ी ही थी कि उसके कानों में अप्सरा सी सुन्दर सुवर्णकोना के कोठे की ओर से चीख़ों और चीत्कारों की आवाज़ें आईं।

उस गली में सुवर्णकोना का कोठा अपनी शान्ति के लिए प्रसिद्ध था। चीख़ना-चिल्लाना तो दूर, आज तक किसी ने भी वहाँ के बाशिन्दों को ऊँची आवाज़ में बोलते तक नहीं सुना था। वह कोठा न केवल 'सेठ-बगान' के प्रसिद्ध मकान 'नीलकमल' से सटा हुआ था, बल्कि वहाँ की लख़नवी तहज़ीब

के कुछ छीटों से स्वयं को रंग भी चुका था। सुवर्णकोना के उस कोठे में आगमन के पीछे एक छोटी सी कहानी थी : बांग्लादेश के एक ज़मींदार की मुँहलगी दासी फ़ातिमा ने एक दिन उनकी चार वर्षीय बेटी सुवर्णकोना का अपहरण कर लिया, और रातों-रात सरहद पार कर 'भारत' आ गई। पहले के बड़े घरों के रिवाज़ के मुताबिक सुवर्णकोना, प्रथम दिन से ही फ़ातिमा को न केवल 'अम्मी' कह कर बुलाती थी, बल्कि उसे अपनी माँ ही समझती थी। फ़ातिमा ने सुवर्णकोना को दस वर्षों तक कलकत्ता के मुफ़स्सिल के एक गाँव बुगला में ऐसा छिपा कर रखा कि न तो उसे स्कूल का मुँह दिखाया और न ही किसी और जीवित प्राणी से मिलने दिया। भारी ज़मींदारी आभूषणों को बेच-बेच कर उसने दस वर्ष का दीर्घ समय, वहाँ मुफ़्त में मिलने वाली तालाब की मछलियों और शाक़-सब्ज़ियों पर आराम से गुज़ार लिया।

जब चौदह वर्ष की सुवर्णकोना का रूप चौदहवीं के चाँद को भी मात देने लगा तो कुट्टनी-फ़ातिमा ने जो स्वयं भी सोनागाछी की पैदाइश थी और अधेड़ होकर बांग्लादेश जाने के पहले तक यही धंधा करती थी, ख़ूब सोच-समझ कर सेठ-बगान में एक बड़ा कमरा क़िराए पर लिया और उस अनन्य सुन्दरी सुवर्णकोना को देह-व्यापार के बाज़ार में प्रस्तुत कर दिया।

सुवर्णकोना के रूप के जलवे ने उस बाज़ार पर ऐसा जादू किया कि सुवर्णकोना के कतारबद्ध ग्राहक ऊँची से ऊँची दर पर भी उसका इस्तक़बाल करने को लालायित रहने लगे।

अट्ठारह वर्ष की होते न होते सुवर्णकोना के पास रुपए पैसे और प्रसिद्धि का ऊँचा अम्बार लग गया था। इस मायावी दुनिया की चालबाज़ियों से अनजान सुवर्णकोना ने अपने एक ग्राहक के भड़काने पर एक दिन फ़ातिमा से कहा, "अम्मी, अब आप यहाँ से चली जाइए, आज से मैं अपना हिसाब ख़ुद रखूँगी और अपने ग्राहकों को भी सँभाल लूँगी।" फ़ातिमा ने अपनी तानाशाही ख़त्म होते देख कर उसे समझाते हुए कहा, "बेटा, तुम यहाँ के लंद-फंद सँभाल नहीं पाओगी मुझे मत छोड़ो।" पर नादान बच्चा जब ज़िद पर अड़ जाता है तो स्वयं देवी सरस्वती भी उसे नहीं समझा पाती हैं।

फ़ातिमा को निकालने के बाद सुवर्णकोना स्वच्छंद होकर मनमाने ढंग से अपना जीवन जीने लगी और जिसने उसे भड़काया था, उसी ग्राहक को अपना सर्वस्व मान कर आँख-मूँद कर उस पर विश्वास करने लगी। दो

वर्षों तक तो उस कोठे में बसंत ऋतु और पूर्णिमा तिथि दोनों ही विराजित रहीं, पर एक दिन सुवर्णकोना को ख़ूब शराब पिलाने के बाद उस प्राणप्रिय ग्राहक ने उससे कहा, "सुवर्णा, तुम अपना रुपया, पैसा, सब मेरे नाम कर दो।" जब सुवर्णकोना ने ऐसा करने से इनकार कर दिया, तो वह ग़ुस्से से तमतमा कर वहाँ से चला गया। लेकिन वह शातिर बदमाश, कोई मूर्ख़ तो था नहीं जो कमाई के इस बड़े ज़रिए को यों ही छोड़ देता, इसलिए सोच-समझ कर वह तीन-चार दिनों के अन्तराल के बाद फिर से वहाँ आने लगा। सरल सुवर्णकोना उसके पापी मन के छल-छंद समझ नहीं पाई और उस पर पहले की तरह ही जान छिड़कने लगी। एक दिन जब सुवर्णकोना को अपनी चेकबुक और पासबुक नहीं मिलीं तो उससे पूछने पर वह कमीना, यह कह कर साफ़ 'नट' गया कि सुवर्णकोना के मना करने के बाद वह उन्हें छू भी कैसे सकता था?"

दो-चार दिन बाद जब वह वहाँ आया तो उसने सुवर्णकोना को दुलार करते हुए उसे ख़ूब शराब पिला कर मदहोश कर दिया और फिर दाहिने हाथ के अलावा उसके पूरे शरीर को रस्सियों से जकड़ दिया। दाहिने हाथ से काग़ज़ पर हस्ताक्षर करवाने के बाद काम को पुख़्ता करने के लिए उसने सुवर्णकोना को कुछ सुंघा कर, उसके मुँह में ज़बरदस्ती एक पेय डाल दिया, जिसके गले से नीचे उतरते ही सुवर्णकोना के मुँह से झाग आने लगे।

सुबह से ही सुवर्णकोना का कमरा खुला देख कर जब उसकी पड़ोसी लड़कियों ने उसके कमरे में झाँका तो उसकी यह दशा देख कर, वे अपना-आपा खो बैठीं और चीख़ने-चिल्लाने लगीं। इन आवाज़ों से सुवर्णकोना ने धीमे से अपने भारी पपोटों से बोझिल आँखों को खोलकर उन लड़कियों को इशारों से अपनी मौत की पूरी दास्ताँ बयाँ कर दी।

सुवर्णकोना के कमरे की ओर जाते हुए राधिका प्रतिमा दास को भी अपने साथ लेती गई थी। प्रतिमा दास को जब उसकी पूरी कहानी का पता चला तो वह संगमरमर की तरह ऐसी धप सफ़ेद हो गई, गोया यह कहानी सुवर्णकोना की न होकर उस की हो।

आज की इन घटनाओं और अतीत की स्मृतियों ने राधिका जैसी सीझी हुई महिला को भी अन्दर तक झकझोर दिया था। उसने अपने लरज़ते पैरों को सँभालने के लिए प्रतिमा का कंधा पकड़ा और उसका सहारा लेकर सुवर्णकोना

की रेलिंग की पट्टी पर बैठ कर मन ही मन 'हनुमान चालीसा' का पाठ करना शुरू कर दिया।

जब पाठ ख़त्म कर राधिका ने आँखें खोलीं तो उसे अपने पास सुस्मिता खड़ी नज़र आई। सुस्मिता ने राधिका से कहा, "दीदी! माफ़ी दे दीजिए। एक तो मेरे मकान की दूरी और दूसरे मुझे ख़बर भी देर से मिली, इसीलिए मैं समय पर नहीं आ पाई।

राधिका ने कस कर उसका हाथ पकड़ते हुए कहा, "सुस्मिता बहनी अब हमलोगों को कुछ न कुछ तो करना होगा।"...

जवान दोस्तों की तरह राधिका-सुस्मिता ने एक दूसरे के हाथ को आगे-पीछे झुलाते हुए गली की नुक्कड़वाली चाय की दुकान से चाय के दो कुल्हड़ ख़रीदे और काठ की बेंच पर बैठने के बाद राधिका सुस्मिता से लड़कियों की सुरक्षा के बारे में गम्भीरता से चर्चा करने लगी। राधिका ने बात शुरू ही की थी कि गली की मोड़ पर एक बड़ी-सी मोटरगाड़ी आकर रुकी और अपने अधूरे वाक्य को जस का तस छोड़ कर राधिका ने चिंहुक कर आनन्द भरे स्वर में आवाज़ दी, "अरे मीनाक्षी तुम! आओ, आओ, सुस्वागतम। अमावस की रात के काले बादलों को चीर कर शरद्-पूर्णिमा के चाँद-सी उगने वाली हे अनिंद्य सुन्दरी मीनाक्षी! अपने हाथों में पूरी बसन्त ऋतु लिए तुम आज किसे धन्य करने आई हो?" इस तरह की अलंकारिक भाषा का प्रयोग वहाँ के वातावरण में अनोखा था पर इसमें राधिका की कोई ख़ास भूमिका नहीं थी, क्योंकि घनी काली केशराशि, सुतवाँ नाक से कानों तक जाती देवी दुर्गा जैसी काली आँखें, ओस पड़े गुलाबी कमल फूल-सी पारदर्शी त्वचा, कदली स्तम्भ-सी पिंडलियाँ, मृणाल-सी बाँहें और स्वर्ण चम्पा फूल-सी अँगुलियों को अपनी इकहरी लचीली देहयष्टि पर धारण किए मीनाक्षी का स्वरूप ही कुछ ऐसा था कि निरक्षर भट्टाचार्य भी कविता करने लगे! लेकिन मीनाक्षी ने राधिका की काव्यमयी भाषा को बीच में ही विराम देकर अपने मोती जैसे दाँतों से दूधिया चाँदनी बिखेरते हुए कहा, "राधिका दी! मैं अपने नृत्य दल के साथ कल रात ही वापस आई हूँ। महीने भर से हमलोग यूरोप, जर्मनी, दक्षिण अफ्रीका आदि देशों के शहरों में अपने कार्यक्रम कर रहे थे, और कल पेरिस में अपना अन्तिम प्रदर्शन कर हम सब गई रात यहाँ लौटे हैं। दीदी! इसीलिए मैं कई दिनों से आ नहीं पाई थी।" उसकी विनम्रता भरी

उक्ति सुनकर राधिका गद्गद कंठ से बोली, "अरे बेटा! तब तो तुम बहुत थकी होगी, कम से कम आज तो आराम कर लेती?"

"दीदी! आप यह क्या कह रही हैं? यदि मेरा वश चलता तो मैं कल रात तीन बजे ही यहाँ आ धमकती। दीदी! जिन लोगों ने मुझ सरीखे क्षुद्र प्राणी का पाप के कीचड़ से उद्धार किया, उन्हें प्रणाम किए बिना मुझे एक क्षण भी चैन कैसे पड़ सकता था? दीदी! यदि सोनाली माँ, शहाना दी और आपने मुझे बम्बई के 'ग्रैंट रोड' के बूचड़खाने से रिहा नहीं करवाया होता, तो न तो आज मेरा बेटा ज़िन्दा होता और न ही मैं। दीदी! मैंने अपनी ठाकुरबाड़ी में केवल दिखावे के लिए आप लोगों की तस्वीरें भगवान के साथ स्थापित नहीं की है, बल्कि मैं सचमुच ही आप लोगों को भगवान की तरह ही पूजती भी हूँ। दीदी! मातृ-पितृ ऋण से तो यों ही उऋण नहीं हुआ जा सकता, फिर आप लोगों का तो एक और ऋण 'गुरु-ऋण' भी उसमें जुड़ गया है।"

मीनाक्षी के हृदयोद्गारों से अभिभूत राधिका ने आगे बढ़कर मीनाक्षी को गले लगाते हुए रुंधे कंठ से कहा, "बेटा, तुम्हें एक ख़ुशख़बरी देनी है कि अब तुम्हारा बेटा पूर्णतः स्वस्थ है, और सोनाली दी उसकी देखभाल एक सगी माँ की तरह ही कर रही हैं।"

तभी राधिका की नज़र सुस्मिता पर पड़ी जो अवाक मुद्रा में आधा मुँह खोले एकटक मीनाक्षी को देखे जा रही थी। उस दुख की नगरी में यदि झूठे बहाने से भी हास्य की सृष्टि हो जाए तो सदा भारी रहने वाले मन कुछ देर के लिए हल्के हो जाते हैं, सोचकर राधिका ने सुस्मिता के दोनों खुले ओठों को अपनी अँगुलियों से जोड़ कर बन्द करते हुए कहा, "सुस्मिता! इतनी देर से मुँह क्यों खोल रखा है, क्या तुम्हारे लिए कोई ख़ास-क़िस्म के रसगुल्ले आ रहे हैं?"

राधिका के इस निर्मल विनोद से जब सब हँस पड़े तो सुस्मिता झेंप कर बोली, "राधिका दी! रम्भा, उर्वशी, मेनका तीनों अप्सराओं का रूप एक काया में समेटे आपकी बेटी मीनाक्षी को देख कर तो विधाता की बुद्धि तक फिर जाए, फिर मैं तो एक बहुत ही साधारण बुद्धि की औरत ठहरी! क्या ऐसे में मेरा अवाक होकर स्तंभित हो जाना लाज़िमी नहीं है? पर राधिका दी, आप लोगों की बातों ने मुझमें एक सघन जिज्ञासा पैदा कर दी है और वह यह है कि मुझे तो इनके तौर-तरीक़े में एक आभिजात्य शालीनता नज़र आ रही है

जबकि इनकी बातों में कुछ और ही ध्वनि थी। क्या आप मुझे इनके अतीत के बारे में कुछ बताएँगी?'' तभी वहाँ शहाना दी आ गईं और मीनाक्षी को कसकर अपने से चिपका कर बोली, ''बेटा, देर की माफ़ी! क्योंकि रास्ता बहुत ही ज़्यादा 'जाम' था।'' ''माँ! छोड़िए यह देर-फेर, और सबसे पहले तो मुझे सिर से पैर तक आशीर्वाद दीजिए'' कह कर मीनाक्षी अपने दोनों घुटने मोड़कर उस गली के कीचड़ भरे संकरे रास्ते पर सुजाता दी के पैरों में बैठ गई।

शहाना दी 'ऐ पागल लड़की यह क्या कर रही हो' कहती हुई उसके सिर, पीठ, मुँह, हाथ सब पर हाथ फेरती रहीं। कुछ क्षण उसी भावातिरेक में बिताने के बाद मीनाक्षी आँखों में पानी लिए उठी और तेजी से गाड़ी से एक टोकरी में फूल, मेवा, सैन्ट आदि लाकर शहाना दी को देती हुई बोली, ''माँ! आपकी पसन्द की एकाध चीज़ें।'' शहाना दी चीज़ों को देखकर कोई प्रतिक्रिया व्यक्त करतीं उसके पहले ही सुस्मिता का अनुनय भरा स्वर सुनाई दिया, ''शहाना दी, मैं इस 'असम्भव सुन्दरी' का इतिहास जानने के लिए बहुत उतावली हो रही हूँ, कृपा कर आप मुझे इनके बारे में कुछ बताइए।''

''सुस्मिता, तुम्हारी आकुलता देखकर इसलिए अच्छा लग रहा है कि यदि तुम इसी तरह इनके दुःख-दर्द का साझा करोगी तो शायद तुम स्वयं के लिए भी सही दिशा का संधान कर लोगी,'' कह कर शहाना दी ने उसे मीनाक्षी के संघर्ष और दुखों के बारे में बताना शुरू किया, ''सुस्मिता! मीनाक्षी बारासात के एक ज़मींदार घराने की इकलौती संतान है। स्कूल-कॉलेज में सब इसे 'ब्यूटी-क्वीन' नाम से पुकारते थे। पढ़ने में तेज़ होने के कारण पन्द्रह वर्ष की छोटी उम्र में ही इसने दसवीं पास कर ली, पर अपने बाल-सुलभ सीधेपन के कारण सौरभ नाम के एक शातिर लड़के के जाल में फँस गई।

''उस लड़के ने इसे मायानगरी बम्बई के स्वप्निल दृश्यों से ऐसा भरमाया कि यह उसके साथ बम्बई जाने को राज़ी हो गई।

''मीनाक्षी बेटा, इसके आगे का क़िस्सा तुम स्वयं कहो, ताकि तुम्हारे अन्तर में दबा हुआ दर्द बाहर आ जाए।''

''जो आज्ञा माँ,'' कह कर मीनाक्षी ने अति संक्षेप में अपना क़िस्सा यों बयान किया, ''कलकत्ता के हावड़ा स्टेशन पर सौरभ ने न जाने मुझे कैसी चाय पिलाई कि उसे पीते ही मैं गहरी नींद में डूब गई। जब मेरी आँख खुली

तो मैं बम्बई के एक प्रसिद्ध 'चकले' में थी, जहाँ बेहोशी में ही मुझ पर कई बलात्कार हो चुके थे।

"पूरे एक साल तक मैं उस चकले में नरक भोगती रही और अपने प्रत्येक ग्राहक एवं सभी सहकर्मियों से कलकत्ता ख़बर करने के लिए गिड़गिड़ाती रही, पर कुछ हासिल नहीं हुआ। तभी एक दिन पुलिस ने छापा मारा क्योंकि प्रख्यात समाज सेविका सोनाली सिन्हा को जैसे ही मेरे बारे में उड़ती-सी ख़बर मिली, उन्होंने मेरे केस पर त्वरित गति से उच्च स्तरीय कार्यवाही करवाकर मुझे उस अंधे कुएँ से निकलवा लिया। जब मैं कलकत्ता पहुँची तो मेरे पेट में छह महीने का गर्भ था, जिसकी मुझे कोई सुध नहीं थी। जब सोनाली दी ने मेरे गर्भपात के लिए डॉक्टर को दिखाया तो उसने साफ कह दिया कि इतने बड़े बच्चे का गर्भपात नहीं हो सकता।

"सोनाली दी ने प्रसूति के समय एच.आई.वी. से संक्रमित मेरे बच्चे को बम्बई से एक 'विशेष थैली' मँगवा कर अत्यधिक एहतियात से पैदा करवाया। महानता सोनाली दी की कि उन्होंने बच्चे के पैदा होते ही उसे गोद ले लिया। साल भर बाद उन्होंने बताया कि सौभाग्य से बच्चे के शरीर में अब एच.आई.वी. के कोई लक्षण नहीं है।"

"सुस्मिता, देखो, सोनाली दी ने किस तरह मीनाक्षी का जीवन सुधार दिया। उनकी संस्था 'संवाद' ने इसे बी.ए. तक पढ़ाया और नृत्य कला में निष्णात कर, ऐसी दक्षता हासिल करवा दी कि उसका आलोक भारत को ही नहीं सम्पूर्ण विश्व को आलोकित करने लगा। अब तुम स्वयं ही देख लो कि सोनाली दी की लगाई हुई बेल आज कितना बड़ा वट-वृक्ष बन गई है।" राधिका के अधूरे वाक्य के बीच में ही पीछे से सोनाली दी की आवाज़ आई, "जिसने पूरे विश्व में अपनी प्रशाखाएँ फैला ली हैं।"

सोनाली दी का गला सुनते ही मीनाक्षी दौड़कर उनके चरणों में बैठ गई। सोनाली दी उसे गले लगातीं, उसके पहले ही मीनाक्षी का ड्राइवर एक टोकरी लेकर वहाँ आया, जिसमें सोनाली दी के पसन्द के सारे 'सैन्ट' और 'पर्स' भरे थे।

मीनाक्षी और सोनाली दी का एक-दूसरे से लिपट कर विगलित होना, सबको द्रवित कर रहा था कि राधिका ने धीमे से सुस्मिता से कहा, "सुस्मिता बहिनी, क्या कभी हम भी ऐसा कोई पुण्य कार्य कर पाएँगे?"

सोनागाछी की उस गली में आज करुण-रस का प्रसार प्रभाव देख कर राधिका धन्यता बोध कर ही रही थी कि उनलोगों के पैरों में एक रक्तरंजित 'मानव-मुंड' आ गिरा।

अचानक हुए इस वज्रपात से वहाँ के सारे चर-अचर प्राणी अत-तथ निर्वाक और स्तब्ध रह गए। आश्चर्यजनक ढंग से उस गली में यह जानना कठिन नहीं था कि वहाँ सैकड़ों पाँच-फुटिया कोठों में से इसे कहाँ से फेंका गया है? क्योंकि क्षण मात्र में ही वहाँ मचे हाहाकार में 'रोज़ी' का नाम मुखर हो कर सुनाई देने लगा।

राधिका ने बिलखते स्वर में कहा, "हे भगवान! यह क्या हुआ? यह खूबसूरत लड़की तो अभी बारह-छह महीने पहले ही यहाँ आई थी और इसकी कच्ची उम्र एवं मीठे स्वभाव के कारण इसके यहाँ तो लम्बी लाइनें लगी रहती थीं। फिर इसके साथ यह भयानक कांड कैसे घटा?"

भारी क़दमों से राधिका, मीनाक्षी और सुस्मिता के साथ, जब रोज़ी के कोठे पर पहुँची तो उसके धड़ से ख़ून के फ़व्वारे छूट रहे थे, जिनसे न केवल उसका पाँच फुट बाई तीन फुट का कोठा, बल्कि बाहर का आँगन तक ख़ून से भर गया था।

आसपास की लड़कियों से पूछने पर उसके कोठे की साझेदार और दोस्त पैट्रीशिया ने बताया कि यह दुष्कर्म उसके किसी ग्राहक का नहीं, बल्कि उसके उसी पति देवता का है जो उसे बंगलादेश से यहाँ लाया था। पढ़ाई-लिखाई के नाम पर कलंक वह आदमी! किसी स्कूल में मास्टर था, और उसने अपने लच्छेदार शब्दों के वाक् जाल में रोज़ी को ही नहीं, उसके माँ-बाप को भी फँसा लिया था।

ऊर्जा से भरी उस ग्रामीण लड़की को उसके पति ने महीने भर के अन्दर ही गर्भवती कर दिया। इस ख़बर से रोज़ी के माँ-बाप ख़ूब ख़ुश हुए और उसके सुन्दर भविष्य के प्रति आश्वस्त हो गए। तभी एक दिन उसके पति ने उनसे कहा कि वह रोज़ी को घुमाने के लिए कलकत्ता ले जाना चाहता है। यह बात सुनकर रोज़ी के माँ-बाप के हर्ष का ठिकाना नहीं रहा। उन्होंने दामाद और बेटी को नाना प्रकार के व्यंजन और पकवानों के साथ बड़ी मात्रा में नक़द रुपये भी दिए ताकि वे वहाँ अच्छे होटल में रहें और ख़ूब घूमें-फिरें। माँ-बाप के यह कहने पर कि इन दिनों तो रोज़ी को सार-सम्हाल की ज़रूरत

है, यह वहाँ अकेली कैसे रहेगी ? दामाद जी ने उन्हें समझाया कि इसीलिए तो वे अपनी चाची को भी साथ ले जा रहे हैं।

कलकत्ता में उसने सियालदह स्टेशन के पास के एक अति साधारण होटल में ठहरने का इंतज़ाम किया था। रोज़ी यदि कभी भी उस दमघोंटू कमरे की खिड़की पर खड़ी हो जाती तो पति उसे लाड़ से कहता, "तुम्हारा रंग इस धूप के लायक नहीं है, तुम अन्दर आराम करो" और उसे खींचकर अन्दर ले जाता। वह सरलमना बालिका उसके वाहक को उसका प्रेम समझ कर उस पर और भी मुग्ध हो जाती। तभी एक दिन अचानक उस कुट्टनी चाची ने कहा, "मेरे घर से बहुत बुरी ख़बर आई है। मुझे तो तुरन्त घर जाना पड़ेगा।" चाची के जाते ही मास्टर महाशय ने रोज़ी से कहा, "डियर! यह जगह बहुत ज़्यादा महँगी है, ऐसा करो तुम बक्से में सामान डाल लो, मैं कोई सस्ती जगह खोज कर आता हूँ।" रोज़ी ने बिना किसी हील-हुज्जत के उसी वक़्त अपना सामान जँचा लिया और दरवाज़े की चौखट पर खड़ी होकर पतिदेव की प्रतीक्षा करने लगी।

जब सुबह दोपहर में, दोपहर साँझ में और साँझ, आधी रात में तब्दील हो गई, तब कहीं जाकर डर से काँपती हुई रोज़ी के चन्द्रमा का आविर्भाव हुआ और वह "जल्दी करो, जल्दी करो" करता हुआ एक टैक्सी में उसे और सामान को ठूँस-ठास कर रवाना हो गया। रास्ते में रोज़ी उसे बराबर टोकती रही, "आपने यह क्या किया ? इतनी गन्दी जगह में कमरा क्यों लिया ? असल में आप ख़ुद इतने भले हैं कि आपको चारों ओर की गन्दगी दिखती ही नहीं है। ज़रा देखिए, इन बेशरम औरतों ने कितने छोटे-छोटे कपड़े पहन रखे हैं कि इनका आधे से ज़्यादा शरीर नंगा नज़र आ रहा है। चलिए, वापस चलिए यहाँ से," कहकर वह उसकी कमीज़ खींच कर उसे मनाने की कोशिश करने लगी। तभी उन अनुनय भरी आँखों की बग़ल की कनपटी पर एक ऐसा झन्नाटेदार चाँटा पड़ा कि रोज़ी का सिर टैक्सी के दरवाज़े से जा टकराया और इसके साथ ही मास्टर साहब गरजे, "ऐ फूहड़ गँवार औरत! यह शहर है शहर, गाँव नहीं, और यहाँ के लोग ऐसे ही रहते हैं। ख़बरदार, जो अब ज़रा भी बकबक की तो, एकदम चुप, वरना जान से मार डालूँगा।" उसके इतना कहने के साथ ही वह टैक्सी एक धचके से रुकी और उस मास्टर ने गली के मुहाने पर बने मकान की दूसरी मंज़िल पर खड़ी एक महिला को नमस्ते करके कुछ इशारा किया।

जब टैक्सी को पैसे देने के बहाने गया हुआ मास्टर घंटों तक नहीं लौटा, तो फूट-फूटकर रोती हुई रोज़ी को उस औरत ने दिलासा देते हुए कहा, "मैं उसकी मौसी हूँ, तुम्हारा पति तुम्हें मुझे सम्हला गया है।"

सहज मन से सब पर विश्वास करने वाली उस बालिका ने लाड़ से कहा, "इन्होंने कभी बताया नहीं कि कलकत्ता में उनकी मौसी भी रहती हैं, क्षमा करें," कहकर रोज़ी ने उन्हें पैर छूकर प्रणाम किया। उस औरत ने 'ठीक है, ठीक है,' करते हुए उसके सामने भात, दाल, रोटी, सब्ज़ी, मिठाई आदि से सजी हुई एक थाली रख कर कहा, "बेटा, पहले तुम हाथ-मुँह धोकर, खाना खा लो और फिर आराम से सो जाना।"

उसकी बातों से रोज़ी को लगा जैसे वह स्वर्ग में आ गई है। दो दिन की भूख से उसकी आँतें कड़मड़-कड़मड़ कर रही थीं, उसने आव देखा न ताव ख़ूब आनन्द से खाना खाने लगी। अभी भोजन का अन्तिम कौर उसके मुँह में ही था कि उसकी आँखें नींद से घूमने लगीं। उसके रंग-ढंग देखकर वह मौसी बोली, "तुम सो जाओ, बत्ती मैं बन्द कर दूँगी।"

कई घंटे सोने के बाद भी जब रोज़ी उठ नहीं पा रही थी, तो मौसी ने उसे दो लड़कियों की सहायता से नींबू-पानी पिलाकर कहा, "दो दिन में सब ठीक हो जाएगा।"

तीसरे दिन मौसी ने कहा, "रोजी उठो, समय हो गया है, तैयार होकर बाज़ार में बैठो।"

"बाज़ार में क्यों?"

"शरीर का धंधा करना है और क्यों?"

"शरीर का धंधा? मौसी! मेरे पति कहाँ हैं?"

"वह तुझे बेचकर अपने 'देस' चला गया है। ऐ लड़की, ध्यान से सुन! यह 'ख़ानगी-मोहल्ला' है, यदि तूने भागने की कोशिश की तो सीढ़ी पर दो गुंडे बैठे हुए हैं, वे तेरे सिर को इन्हीं सीढ़ियों पर पटक-पटक कर लहू-लुहान कर देंगे।"

"पर मौसी, मेरे पेट में तो बच्चा है?"

"तो क्या हुआ, हमारे यहाँ तो पूरे दिनों तक धंधा करना पड़ता है। बच्चा होने पर हफ्ते-भर की छुट्टी और फिर धंधा चालू, समझी। चल, अब और समय नष्ट मत कर," कहकर महिला ने रोज़ी का हाथ पैट्रीशिया नाम की महिला के हाथ में पकड़ा दिया।

उस क्षण से ही पैट्रीशिया रोज़ी की संरक्षिका की तरह उसका ख़्याल रखने लगी। उसने रोज़ी को समझाया कि वह अपने दुर्भाग्य को एक 'मिशन' बना ले और रात-दिन मेहनत करके कुछ पूँजी जमा कर ले। उसकी सलाह मानकर रोज़ी ने न तो अपनी गर्भावस्था का और न ही अपनी कच्ची उम्र का कोई ख्याल रखा और कम से कम ख़र्च और अधिक से अधिक कमाई करके, 'लक्खीकांतपुर-लाइन' के गाँव में एक झोंपड़ी के लायक ज़मीन ख़रीद ली, ताकि कुछ शाक़-सब्ज़ी बेचकर अपना और अपने बच्चे का पेट पाल सके। क़िस्सा कोताह यह कि आज अचानक उसका पति आया और चिल्लाने लगा, "ऐ रंडी, छिनाल! सुना है तू घर बनाएगी। ऐ हरामज़ादी! तू घर बनाकर सुख भोगेगी, और मैं भूखा मरूँगा? अबे ओ मालज़ादी! घर-वर के सपने छोड़ और अपने पिल्ले को पैदा करने के बाद तुरन्त धंधा शुरू कर। ख़बरदार! यदि फिर कभी तूने मुझसे छिपा कर पैसे जोड़ने की कोशिश की तो मुझसे बुरा कोई नहीं होगा" कहकर अनाप-शनाप गन्दी गालियाँ बकता हुआ वह मास्टर जब रोज़ी की अलमारी से पैसे निकालने चला, तो वह अलमारी के दरवाज़े के सामने खड़ी हो गई।

"एक सड़े-गले केंचुएँ की ऐसी मज़ाल! कि वह विषधारी साँप का सामना करे! ठहर, अभी तोड़ता हूँ तेरा सारा घमंड," कहकर उसने कमीज़ के अन्दर छिपे हुए 'चापर' को निकाला और हाथ को ऊँचा उठाकर पूरी ताक़त से उस 'चापर' से रोज़ी की गर्दन पर ऐसा वार किया कि क्षण मात्र में ही कमसिन रोज़ी का सिर ज़मीन पर आ गिरा।

इतना ही नहीं, सारी सृष्टि की घृणा को अपनी ठोकर में समेट कर उस नीच ने उस 'मुंड' को इतने ज़ोर से ठोकर मारी कि वह उछलकर बाहर गली में जा गिरा। इसके पहले कि इस घटना की साक्षी पैट्रीशिया मदद की गुहार लगाती वह अधम वहाँ से भाग गया था। फूट-फूट कर रोती हुई पैट्रीशिया को राधिका, सुस्मिता आदि ने पुचकार कर चुप किया और सब मिलकर आगे की कार्यवाही पर विचार करने लगीं। उस चकले की मौसी ने बताया कि उसका सारा पैसा रोज़ी ने चुकता कर दिया था ताकि वह यहाँ से निकलकर एक सद्गृहस्थ का जीवन जी सके।

मीनाक्षी की सारी प्रफुल्लता तिरोहित होकर गहन उदासी में परिवर्तित हो चुकी थी और वह बिलखती हुई सोनाली दी से चिपक कर कह रही थी,

“काश, बेचारी रोज़ी को भी कोई सोनाली दी या शहाना दी मिल जाती? दीदी! मैंने क्या ग़लत कहा कि आप लोगों के ऋण से मैं कभी उऋण नहीं हो सकती। ज़रा सोचिए, आज यह 'मुंड' मेरा भी तो हो सकता था?”

उसकी इस तुलना से सारे उपस्थित लोग अन्दर तक सिहर गए और एक बार फिर राधिका ने धीमे से सुस्मिता से कहा, “बहिनी, हमें कुछ तो करना होगा।”

रोज़ी की मृत्यु की उदासी से उपजी थकान और कुत्सित ज़िन्दगी के चेहरे पर ख़ुशी का मुखौटा लगाए हुए पूरी गली में पसरी चहल-पहल ने राधिका को विरक्ति से भर दिया था। सुस्मिता से लम्बी चर्चा करने के बाद वह बार-बार ख़ुद से भी एक प्रश्न पूछ रही थी, 'क्या वह सही अर्थों में जीवन जी रही है, या बस, यों ही अपनी साँसों को जीकर ख़त्म कर रही है?' इसी तरह के ढेरों प्रश्नों ने राधिका को इतना अधिक थका दिया था कि वह बिना कुछ खाए-पिए ही कब सो गई इसका उसे कोई अन्दाज़ा नहीं था।

रोज़ जल्दी उठकर स्नान-ध्यान करने वाली राधिका को उसकी मैना सुबह से चीख़-चीख़ कर उठा रही थी, गली के मुर्गे बाँग दिए जा रहे थे पर आज राधिका बेपरवाह नींद घोड़े बेचकर सो रही थी। चाय की दुकान पर खड़ी लड़कियों की भीड़ यह सोच-सोच कर बेचैन हो रही थी, कहीं राधिका दी को कुछ हो तो नहीं गया है! नहीं तो यह अनहोनी कैसे घटी? जब यह बात खुसुर-फुसुर से बढ़कर सम्मिलित आवाज़ों का झुंड बन गई तो वे सभी लड़कियाँ राधिका के कोठे पर जा पहुँचीं आंर राधिका के दरवाज़े को धमाधम थपथपाने लगीं।

लगातार पड़ती ज़ोरों की थपकी से राधिका चौंक कर उठ बैठी और उसने हड़बड़ाते हुए दरवाज़ा खोल कर घबराए स्वर में पूछा, "क्या बात है? आज फिर कोई अघटन घट गया है क्या?" राधिका को परे करते हुए उस झुंड ने उसकी कोठरी में घुसते हुए कहा, "पंडिताइन जी! आज आपके स्नान-ध्यान और पूजा का क्या हुआ? यदि आप भगवान जी को उठाएँगी नहीं तो इस दुनिया का काम कैसे चलेगा? ख़ैर, राधिका दी! यह मज़ाक-वज़ाक तो बस यों ही है, सच बताइए, आज आपकी तबीयत ठीक नहीं है ना?"

सबकी चिन्ता भरी मुद्रा देख कर राधिका का 'जी' 'हुलस' गया। उसने 'हुमक' कर अपनी दोनों बाहें फैलाईं और उसके घेरे में जितनी लड़कियाँ आईं, उन्हें अपने क़रीब लाकर बोली, "बहिनियों, आज मेरा जीवन सफल हो गया। मुझे इस बात का कतई इल्म नहीं था कि तुम लोगों के दिल में मेरे लिए इतना ज़्यादा प्यार है," कहकर वह थोड़ा रुकी और अपनी आँखों में आए ख़ुशी के आँसुओं को पोंछती हुई बोली, "दरअसल कल सुस्मिता और मैं देर रात तक इस चर्चा में उलझे हुए थे कि यहाँ की लड़कियों की सुरक्षा के क्या उपाय हो सकते हैं?" राधिका का पहला वाक्य अभी ख़त्म हुआ ही था कि सबके कानों में मिश्री-सी मीठी आवाज़ में गूँजा, "मैं तो छोड़ चली बाबुल का देस, पिया का घर प्यारा लगे।" राधिका ने अपनी बात वहीं छोड़ कर इन पंक्तियों की गायिका प्रतिमा को आवाज़ देकर कहा, "हे अपने साँवरे की प्रेम-दीवानी वृन्दावन की गुजरिया प्रतिमा देवी! ज़रा यह तो बताइए, आप सुबह-सुबह आ कहाँ से रही हैं?" प्रतिमा ने नज़रें झुका कर अँगूठे से ज़मीन कुरेदते हुए उत्तर दिया, "राधिका दी! क्या बताऊँ, कल रात मोहन ने कितनी तरह से मेरा लाड़ किया। वह एक पतली जाली का सुर्ख़ लाल रंग दुपट्टा मुझे ओढ़ा कर कभी मेरा चेहरा घूँघट में छिपाए तो कभी उसे उठा कर खोल दे। काफ़ी देर तक तरह-तरह की कविताओं से मेरी सुन्दरता का वर्णन करने के बाद उसने कहा कि वह हमारी शादी और सुहागरात का रिहर्सल कर रहा है, ताकि उस दिन सारी दुनिया हमारे ठाठ देख कर दंग रह जाए।"

यह नाटक सुन कर राधिका के सब्र का बाँध टूट गया और उसने प्रतिमा को बीच में टोक कर कहा, "तब तो उसने तुम्हें तुम्हारे सारे गहने भी पहनाए होंगे?"

"दीदी! आप समझदार होकर भी कैसी बातें करती हैं?" उसने कहा कि "वह सारे पुराने गहने पॉलिश करवा कर विवाह वाले दिन ही लाएगा, क्योंकि यहाँ तो चोर-उचक्कों का जमावड़ा है। इतना ही नहीं, वह बेचारा तो मेरी माँ की शादी का जोड़ा और ज़री की भारी साड़ियाँ भी ले गया है, ताकि उन्हें भी शादी के लिए पॉलिश करवा ले। उसने बताया कि माँ की सारी साड़ियाँ असली ज़री की हैं इसलिए वह उन्हें किसी ऐरे-गैरे को तो देगा नहीं, ख़ुद अपनी आँखों के सामने ही ठीक करवाएगा। राधिका दी! ज़रा सोच कर देखिए मैं कितनी भाग्यवान हूँ कि मुझे मोहन जैसा पति मिला है, जो मेरे बीते कल, आज और आने वाले कल तक की चिन्ता करता है।"

राधिका की आँखें चाहे उस कोमलांगा सुन्दरी पर स्थित थीं, पर उनके नेपथ्य में मोहन के रोज़ रुपए ले जाने वाली छवि, गहनों का बक्सा ले जाने वाली छवि, और आज असली ज़री की साड़ियों को ले जाने वाली छवि, बार-बार उभर कर यह संकेत दे रही थी कि जिस दिन प्रतिमा के 'देने' के इस कुएँ का पानी छीज जाएगा या ख़त्म हो जाएगा उस दिन! कहीं ऐसा न हो कि यह फ़रेबी मोहन इस सरलमना बालिका का कोई बड़ा अहित कर दे? लेकिन यह विचार मन में आते ही राधिका ने स्वयं को भीतर ही भीतर यह कह कर कोसा कि क्यों वह हमेशा हर सुन्दर चीज़ में बदसूरती ढूँढ़ लेती है। दुनिया में कभी-कभार तो चमत्कार भी होता ही है, हो सकता है उसी तरह यह असम्भव बात भी सम्भव हो जाए? यह सोचते ही राधिका ने आगे बढ़ कर प्रतिमा को अपने आलिंगन में लेकर कहा, "बेटा, बधाई हो! मैं भगवान से प्रार्थना करती हूँ कि तुम्हारा विवाह यथाशीघ्र सम्पन्न हो और हम सब उसमें गाएँ-नाचें।" राधिका से यह आशीष सुनते ही प्रतिमा इतने आनन्द से उछलने लगी मानो उसकी शादी अभी ही हो रही हो।

अभी प्रतिमा का उछलता-कूदता नाच चल ही रहा था कि इमामबख़्श लेन की ओर से एक पूर्णतः नग्न अनन्य सुन्दरी ने प्रवेश किया। पता नहीं, उस लड़की की अद्‌भुत सुन्दरता का वर्णन करने में कालिदास जैसे उपमा सम्राट भी कितने सफल होते? क्योंकि उसे देखने के बाद यह निर्णय करना मुश्किल था कि उसे ग्यारहवीं-बारहवीं शताब्दी की 'हेलेबिड,' 'बेलूर' और 'खजुराहो' के मन्दिरों की 'यक्ष सुन्दरी' माना जाए, या 'माईकेल एंजेलो' की बनाई हुई विश्व सुन्दरी की अभूतपूर्व प्रतिमा?

सत्रह-अठारह वर्ष की उस नवयौवना की त्वचा का रंग सूर्य की किरणों में ऐसा लग रहा था, मानो वह पूरी तरह पारदर्शी स्फटिक शिला से बनी है और किरणें उसके आरपार जा रही हैं। उसके पीछे-पीछे एक प्रौढ़ महिला हाथ में गाऊन लिए बोलती जा रही थी; "ऐ मेरी सोना बेटी, ऐ मेरी लक्ष्मी बेटा, ज़रा मासी की बात सुन, इसे पहन लो, बेटा, अपने को 'टमटम' में घूमने जाना है ना?" पर ये सारे संवाद उस कन्या के कानों के ऊपर से जा रहे थे और वह निमिष मात्र भी रुके बिना भागे जा रही थी। देर से भागते रहने के कारण वह लड़की राधिका के झुंड के पास आते ही हाँफती हुई 'भरभरा' कर एक बेंच पर गिर गई और अपनी बड़ी-बड़ी भाव शून्य आँखों से सबको

देखने लगी। उस प्रौढ़ महिला ने जल्दी से उसके गले में वह लम्बा गाऊन डाल दिया, जिसे उसने बिना किसी प्रतिरोध के पहन लिया।

राधिका को इस गली में अनेकानेक चित्र-विचित्र अनुभव हुए थे, पर आज का यह अनुभव एकदम अनोखा था, इसलिए उसने आगे बढ़ कर उस भद्र महिला से पूछा, "आप लोग कौन हैं? आपको यहाँ कभी देखा नहीं?" राधिका का सहानुभूति भरा स्वर सुनते ही वह भद्र महिला फ़फ़क कर रोती हुई बोली, "मैं ख़ानदानी ऋत्विक ब्राह्मण की एक मात्र सन्तान गौरी मुखर्जी हूँ और यह लड़की सुकन्या हमारे जमींदार यजमानों के संयुक्त परिवार की लड़की है।"

राधिका ने उनकी अंकवारी कर उन्हें दिलासा देते हुए कहा, "आपकी बातचीत, पहरावे और तौर-तरीक़े में अभिजात्य वर्ग की शालीनता साफ़ झलक रही है, पर मैं आप लोगों के यहाँ आने का कारण समझ नहीं पा रही हूँ।"

"दीदी! यदि आप सचमुच ही अथ से इति तक सब कुछ जानना चाहती हैं तो मैं भी बिना कुछ छिपाए अपने जीवन के सिनेमा की एक एक रील आपके सामने खोलती हूँ, "कृष्णनगर में अपने पिता की किताबों की बड़ी सी दुकान में एक कम उम्र ख़ूबसूरत लड़की किताबों में खोई हुई है कि उसके कानों में बजता है : 'अरे ओ गौरी! कहाँ है तू! जल्दी आ, देख तुझसे मिलने मेहमान आए हैं।'

"'माँ, मेहमान मुझसे मिलने आए हैं! मैं भी तो देखूँ ज़रा कि ये महानुभाव हैं कौन?' कहते हुए गौरी ने खुले बालों का हथजूड़ा बाँधा और तेज़ चलने के लिए साड़ी के पल्लू को सामने खोंस लिया। एक पैर में आधी और एक में पूरी चप्पल अटकाए जब वह तेज़ी से दरवाज़े से निकल रही थी तो चुन्नटदार धोती, रेशमी कुर्ता और हाथ में चाँदी की छड़ी लिए एक प्रौढ़ उम्र के भद्र पुरुष से टकराते-टकराते बची। तभी उसके पिता ने उनके बग़ल की संकरी जगह से झाँक कर इशारा किया, 'पैर छुओ।'

"पिता का कहना था कि उस लड़की ने आँचल गले में डाला और झट से उनके पैरों में झुक गई। उसे ढेरों आशीर्वादी मंत्रों से सिंचित करने के बाद उन रौब-दाब वाले भद्र पुरुष ने पॉकेट से एक जोड़ी जड़ाऊ कंगन निकाले और उन्हें उसके हाथों में देकर बोले, 'बोऊ माँ, ये तुम्हारे लिए हैं।' पारिवारिक संस्कारों की वजह से जब उसने कंगन लेकर उन्हें फिर से प्रणाम किया तो

वे गद्गद होकर उसके पिता से बोले, 'वाह! मेरा कितना बड़ा सौभाग्य है जो आज मुझे लक्ष्मी-सरस्वती के समन्वित रूप वाली पुत्रवधू मिली है।'

"उनके जाने के बाद पिता जी ने उस लड़की को उनके बड़े घर के बारे में जो कुछ बताया था, विवाह के बाद उसने पाया कि वह घर उससे इक्कीस ही था उन्नीस नहीं। पढ़ा-लिखा सरकारी नौकरी वाला सुदर्शन पति, घरवालों का आपस में भी 'आप,' 'आप' करके धीमी आवाज़ में बात करना, उठ-बैठ में इतना अधिक अदब-क़ायदा कि बड़े-बड़े नवाबों को मात दे। उस घर में तीन वर्ष का लम्बा समय गौरी और उसके पतिदेव के बीच बिना किसी आहट या बातचीत के बीत गया। पति हर वक़्त किताब पढ़ता रहता और उसने गौरी से सिवा 'पानी देना' और 'बत्ती बन्द कर दो' के अलावा कभी कोई वाक्य क्या, एक शब्द तक नहीं कहा।

"बग़ल के कमरे में उसकी पीड़ा से परिचित उसका देवर सोमनाथ उससे अक्सर कहता : 'बौदी! क्या तुम प्रेम क्या होता है, यह जाने बिना ही मर जाओगी?' और गौरी के इस प्रश्न का कि 'क्या तुम मुझे सच्चा प्रेम दोगे?' उसे उत्तर मिलता : 'हाँ, शत-प्रतिशत दूँगा। चलो, अपने दोनों यहाँ से भाग जाएँ?' पर स्त्री के लिए घर-परिवार के सुरक्षा-कवच का बहुत महत्त्व होता है इसलिए गौरी का पैर उठाए नहीं उठता था। लेकिन यदि छह वर्षों तक कठोर पत्थर की शिला पर भी एक ही जगह पानी पड़ता रहे तो वहाँ भी दरार पैदा हो ही जाती है। वैसे ही एक कमज़ोर क्षण में गौरी ने देवर की बात मान ली और मानना होगा कि देवर ने भी अपना वचन पूरी तरह निभाया। कलकत्ता पहुँचते ही उसने कालीघाट के मन्दिर में विधिवत शादी की और जी-जान से नौकरी की खोज में लग गया। लेकिन फूटा भाग्य गौरी का कि 'अग्रे-अग्रे धावति' की तरह वह उसके सुख के आगे आकर अड़ गया और सोमनाथ की एक बस दुर्घटना में मृत्यु हो गई। गौरी उस नई जगह में नितांत अकेली हो गई थी और उसे कुछ भी नहीं सूझ रहा था। अब न तो उसके लिए मायका बचा था और न ही ससुराल! इसलिए वह एकदम दिशाहीन थी कि कहाँ जाए, क्या करे, कि अचानक इस अमावस्या की काली रात में सोमनाथ का अभिन्न मित्र प्रभात, प्रकाश की किरण सा आया और बोला, 'भाभी, चलिए! मैंने आपके खाने-पीने और रहने का इन्तज़ाम कर लिया है। आप जल्दी से अपना सामान समेट लीजिए; मैं टैक्सी लेकर आता हूँ।'

"देवदूत सरीखे उस पति के मित्र को गौरी ने रास्ते भर आशीष दिए और अनगिनत बार उसकी पीठ और माथे पर हाथ फेरकर उसे बच्चे की तरह प्यार किया। जब टैक्सी रुकी तो प्रभात ने उसका परिचय 'टुलू' नामक एक व्यक्ति से करवाया, जिसके मुँह से शराब की बदबू भभके मार रही थी। रात का समय होने के कारण गौरी आसपास के परिवेश को ठीक से देख नहीं पाई थी, इसलिए वह यह भी नहीं समझ पाई थी कि वह जगह कैसी थी? तभी प्रभात ने उसे एक छोटी सी कोठरी में ले जाकर बैठाया और यह कहकर कि मैं आपके खाने-पीने का प्रबंध करके आता हूँ, सदा के लिए चला गया। राधिका दी! अब आगे की तो मेरी भी वही दास्ताँ है, जैसी आपके लम्बे अनुभव में ढेरों गुज़री होंगी?

"राधिका दी! इस गौरी जीव को उस देवदूत वेषधारी शैतान ने जब टुलू को बेचा तो उसे कोई अन्देशा तक नहीं था कि यहाँ जिस्मों की ख़रीद-फ़रोख़्त होती है। यह तो दो दिनों बाद जब 'टुलू' के लोगों ने मुझे अपनी स्थिति के बारे में बताया तो मैंने टुलू के पास जाकर तहक़ीक़ात की, और उसने बहुत ही आदर और प्यार से मुझे समझा दिया कि अब मेरे जीवन का अन्तिम सत्य यही जगह है और इसके सिवा मुझे कहीं कोई ठौर नहीं है। दीदी, मैं बच्ची तो थी नहीं, इसलिए मैंने अपने इस पेशे को तन-मन से स्वीकार करते हुए जब 'टुलू दा' से कहा, 'दादा! मैं आपको शिकायत का कोई मौक़ा नहीं दूँगी, पर आपसे एक विनती है कि आप यथासम्भव मेरे पास लुच्चे-लफ़ंगों को मत भेजिएगा। मुझे दो पैसे कम कमाना मंज़ूर है, पर न तो मैं किसी आदमी से छोटी ज़बान में बोलूँगी और न ही किसी को अपने से झगड़ने दूँगी। टुलू दा! आज मेरा भाग्य तांडव-नृत्य कर रहा है तो क्या मैं अपने संस्कार भी छोड़ दूँ?"

"दीदी! आश्चर्यजनक ढंग से टुलू दा ने न केवल मेरी सारी बकबक ध्यान से सुनी, बल्कि एकदम नरम आवाज़ में बोला, 'मेरे पच्चीस सालों के अनुभव में आप अकेली हैं जिन्होंने इतने आदर से मुझसे बात की है और मैंने भी आज तक किसी से इतने अच्छे ढंग से बात नहीं की है।'"

गौरी की बातें सुनकर राधिका ने चौंककर कहा, "हे देवी! तुम कौन से लोक की प्राणी हो, जो इन लोगों को, जिन्होंने तुम्हें प्रताड़ना छोड़ कर और कुछ नहीं दिया, इतना आदर देती हो?"

"दीदी! इसमें इन लोगों की कोई ग़लती नहीं है, यह तो मेरे पूर्वजन्म के भोग हैं जो मुझे यह सब भोगना पड़ रहा है।"

उसकी मार्मिक बातें सुनकर राधिका समेत सारी लड़कियाँ अवाक थीं और सोच रही थीं कि क्या सचमुच ही आस्था के धार्मिक संस्कार मनुष्य के जीवन को इतना परिपक्व कर देते हैं कि वह सही माने में स्थितप्रज्ञ हो जाता है।

तभी राधिका की नज़र सुकन्या पर पड़ी और उसने गौरी से कहा, "गौरी मैं इस लड़की के सौंदर्य पर मुग्ध हूँ, पर समझ नहीं पा रही हूँ कि इसका इस जगह और तुमसे क्या सम्बन्ध है? यह तो स्वर्गलोक में खिलनेवाला पारिजात फूल है, फिर वह इस नरक में कैसे आया?"

गौरी ने उत्तर दिया, "दीदी! यही तो भाग्य का खेल है। इस लड़की का कामदेव जैसे एक अत्यन्त रूपवान लड़के से प्रेम था। पिता की लाडली बेटी होने के कारण पिता ने बिना किसी हील-हुज्जत के सुकन्या का विवाह उसी लड़के से तय कर दिया और ज़ोर-शोर से विवाह की तैयारियों में जुट गए, पर सुकन्या की क़िस्मत में इतना सुख नहीं लिखा था कि सब कुछ इसके मनोनुकूल हो जाए। मंगनी की रस्म के दूसरे ही दिन इसके पिता को दिल का ऐसा घातक दौरा पड़ा कि डॉक्टर के आने के पहले ही उनकी मृत्यु हो गई।

"सुकन्या के नीच चाचा ने मालिक बनते ही सुकन्या का विवाह यह बहाना बनाकर तोड़ दिया कि 'यह सम्बन्ध शुभ नहीं है, तभी तो दादा की मृत्यु हो गई।'

"सुकन्या अभी बाप की मृत्यु के सदमे से ही पूरी तरह नहीं उबरी थी कि शादी तोड़ने के निर्णय को वह सह नहीं पाई और गहरे 'डिप्रेशन' (अवसाद) में चली गई। अत्याचारी पापी चाचा ने इसकी बीमारी का भी लाभ उठाया और इसके साथ लगातार बलात्कार करने लगा। यह बेचारी जब भी अपनी माँ को यह बात समझाने की कोशिश करती उसकी माँ सोचती कि हो न हो इन सदमों से इसका मानसिक संतुलन गड़बड़ा गया है। अपनी तकलीफ़ समझाने में असमर्थ बेचारी सुकन्या भीतर ही भीतर ऐसी घुटी कि उसे सचमुच ही दिमाग़ के दौरे पड़ने लगे।

"ऐसे ही एक दौरे में सुकन्या ने सबके बीच अपने कपड़े उतार दिए और चाचा की गोद में बैठकर बोली, 'काकू, लो मैंने तुम्हारा काम हल्का कर

दिया, चलो—शुरू करो।' बेहया चाचा ने तुरन्त उत्तर दिया, 'हाँ, अभी चलते हैं बच्चा! भाभी जी, आप सुकन्या को कपड़े पहनाइए, मैं इसे अभी ही किसी बड़े डॉक्टर को दिखाकर लाता हूँ।' राधिका दी! उसका बड़ा डॉक्टर कोई और नहीं टुलू दा ही था। सुकन्या का वह दुष्ट चाचा जब इसे बेचकर भाग रहा था, तभी मेरी नज़र उस पर पड़ी, यह सोच कर कि वह भी इस गली का एक ग्राहक है, मैंने जब टुलू दा से यह बात पूछी तो उन्होंने उत्तर दिया, 'हाँ, यह यहाँ आता रहता है, पर आज तो वह इस लड़की को बेच गया है,' कह कर उन्होंने सुकन्या की ओर इशारा किया।

''राधिका दी! मैंने छह सालों तक अपनी ससुरबाड़ी से सुकन्या के ठाठ-बाट देखे थे और मैं शुरू से ही इसकी विनम्रता और रूप दोनों पर मुग्ध थी। शायद उस दिन मैं टकटकी बाँध कर एकटक सुकन्या को देख रही थी कि सुकन्या ने मुझे देख लिया और रोती हुई मुझसे आकर लिपट गई। उसकी बुरी हालत देखकर मैंने टुलू दा से अनुरोध किया कि वह कुछ दिनों के लिए सुकन्या को मेरे पास रहने दे। ऊपरवाले की कृपा से टुलू दा ने हामी भर दी और अब यह मेरे पास है।''

गौरी से यह सुनते ही कि टुलू दा ने इसे मेरे पास रहने की अनुमति दे दी है राधिका ने कहा, ''गौरी बहिनी, टुलू ने तुमसे ढंग से बात क्या कर ली, तुम सोचती हो कि वह सुकन्या को जो कि उसकी कमाई का ज़रिया है, ज़्यादा दिन तक तुम्हारे पास रहने देगा?''

गौरी ने कहा, ''दीदी, दरअसल इसके पागलपन से टुलू दा ख़ुद घबरा गया है और उसकी समझ में आ गया है कि यह घाटे का सौदा हो गया है। मैंने उससे वादा किया है कि मैं दूनी कमाई करके टुलू दा को अपना और सुकन्या का कर्ज़ चुकाऊँगी। आश्चर्यजनक ढंग से टुलू दा जैसे निर्मम व्यापारी ने भी न केवल मेरा नाम लिया बल्कि उसने कहा कि वह सुकन्या का 'आधा पैसा' चुकाते ही, सुकन्या को मुक्त कर देगा।''

''क्याऽऽऽ? टुलू आधी क़ीमत पर मान गया? भई, यह तो संसार का आठवाँ आश्चर्य घट गया। अच्छा, गौरी क्या उसने तुम्हें भी कर्ज़े में कोई रियायत दी है?''

''दीदी, मैंने जब अपने लिए कोई रियायत माँगी ही नहीं तो बेचारे टुलू दा, कहाँ से देते?''

"हे देवी! लगता है तुम इस सोनागाछी गली के इतिहास में कोई स्वर्णिम पन्ना लिखने आई हो। मेरा विश्वास है कि चाहे तुम अल्प समय के लिए ही आई हो पर तुम निश्चित रूप से यहाँ की प्रकृति में कुछ तो सुधार करके रहोगी। गौरी, तुम एक महान आत्मा हो, पर शायद तुम्हारी यह परदुख कातरता तुम्हें भारी पड़ेगी क्योंकि भाग्य तुम्हारे विपरीत है।"

"दीदी! देखिए, यह तो मानना ही पड़ेगा कि यहाँ बहुत पैसे कमाए जा सकते हैं और मैंने एक ही सप्ताह में कुछ पैसे जोड़ भी लिए हैं। मेरा विचार है कि कुछ पूँजी जमा करके दूर गाँव में कोई जगह ख़रीद लूँगी और वहाँ सुकन्या के साथ अपनी ज़िन्दगी गुज़ार लूँगी।"

उसकी योजना सुनकर राधिका ने कहा, "हे भली जीवात्मा! तुम्हारा ख़ुद का तो कोई ठौर-ठिकाना नहीं है, और तुम पागल सुकन्या को साथ ले जाओगी! कैसे करोगी यह सब?"

"दीदी! मैं प्राण पण से इसे बचाने की चेष्टा करूँगी और आगे इसका भाग्य!" कह कर गौरी ने आकाश की ओर हाथ जोड़ दिए।

राधिका के जीवन में आज शायद पहली बार यह घटा था कि उसके मन ने उसकी बुद्धि की नहीं सुनी, और उसने भावावेश में झटके से उठकर गौरी के पैर छू लिए। गौरी बेचारी ऊक-चूक हो गई और उसने भी उठकर राधिका के पैर छू लिए। कहा जा सकता है कि आज अतीत की एक पुण्यात्मा वर्तमान की पुण्यात्मा को प्रणाम कर रही थी। दोनों के ही नेत्र अश्रुपूरित थे और दोनों ही वाक्शून्य थीं।

तभी राधिका और गौरी के ऊपर ख़ून की कुछ बूँदें टपकीं। उन्हें लगा शायद बारिश हो रही है, पर जब सिर पर हाथ फेरने से उनका हाथ लाल हो गया तो दोनों ने चौंककर 'मैजनीन' (अधतल्ला) के उस कोठे के बरामदे की ओर देखा जिसके नीचे वे दोनों बैठी थीं। उन्होंने देखा कि आलो का फटा सिर बरामदे की रेलिंग के बाहर लटक-सा रहा था और उसका पति उसे थप्पड़-घुक्के मारता हुआ बके जा रहा था, "रांड, तू देसी ठर्रा पीकर जल्दी मरना चाहती है। ख़बरदार जो कभी मेरे देसी ठर्रे को छुआ भी तो! अरे ओ कमीनी, यदि तू मर जाएगी, तो मैं खाऊँगा क्या? अरे बेहया, कुछ तो शरम कर, तूने सात फेरों के साथ कसमें खाई थीं कि तू मेरा साथ कभी नहीं छोड़ेगी और अब तू मुझे छोड़ना चाहती है! हरामख़ोर, छिनाल?"

राधिका, दो–तीन लड़कियों के साथ पल भर में वहाँ पहुँच गई और उसने चटाचट आठ–दस चाँटे उसके पति को मार कर उससे कहा, "नमकहराम! हट यहाँ से," और फिर उसने तुरन्त ही आलो को मोड़ के अस्पताल में पहुँचवाया, जहाँ उसके सिर में सोलह टाँके आए।

सारा काम हो जाने के बाद अस्पताल की बेंच पर बैठी राधिका सोच रही थी : शायद भगवान ने उसे यहाँ इसीलिए भेजा है कि वह इन दीन–हीन स्त्रियों का कुछ भला कर सके, पर अब समय आ गया है कि वह इन बेसहारा औरतों के लिए कोई ठोस काम करे।

अस्पताल से लौट कर राधिका ने नहा-धो कर अपने 'ठाकुर जी' को शयन करवाया और ख़ुद सुबह की एक बासी चपाती पर नींबू के अचार-फाँक की रख कर उसे इतने आनन्द से खाया, गोया वह छप्पन भोग का लुत्फ़ उठा रही हो। घड़े से डेढ़ गिलास ठंडा पानी पीकर उसने आँखें मूँद कर तृप्ति की एक लम्बी साँस ली और चादर ओढ़ कर सो गई। मुश्किल से सुबह के चार बजे होंगे कि उसकी नींद उचट गई और विचारों के संजाल ने उसे उद्विग्न कर दिया। घड़ी की ओर देखते हुए उसने किसी तरह पाँच बजाए और अपनी कोठरी का ताला लगा कर 'स्वयंसिद्धा' की ऑफिस के चबूतरे पर बैठ कर सुस्मिता का इन्तज़ार करने लगी।

प्रतीक्षा में बैठा आदमी चारों ओर की हलचल देख कर अपना मन लगाता है वैसे ही राधिका भी बैठी हुई इधर-उधर देख रही थी कि उसकी दृष्टि-परिधि में पहले सुस्मिता का और उसके बाद दूसरे मोड़ से आती पृथा का अक़्स उभरा। सुस्मिता को अपने पास बैठा कर राधिका ने कहा, "सुस्मिता! ज़रा इस लड़की—पृथा की सुस्वस्थता की ओर ध्यान दो, यह औरों से कितनी भिन्न लगती है। जानती हो इसकी वजह इस लड़की का सत्यनिष्ठ और ईमानदार होना है।"

"राधिका दी! क्या आप इसके बारे में बहुत गहराई से जानती हैं जो इसे इतने विशेषण दे रही हैं?"

"सुस्मिता! यह लड़की किसी अलग ही आँवे से पक कर आई है। जानती हो, जब पहली बार इसे देखकर मैंने इसका परिचय और उसके यहाँ आने के बारे में जानना चाहा तो इसने यह कहते हुए अपनी डायरी ही मुझे दे दी, कि 'दीदी! बताने बैठूँगी तो आपकी सहानुभूति लेने के चक्कर में झूठ-

सच हो जाएगा, इसलिए आप ख़ुद ही फुर्सत से इसे पढ़ लीजिएगा।' मैं उन पन्नों को पढ़कर अवाक थी, क्योंकि कोई इतना साहसी और सच्चा हो सकता है यह मेरी सोच के परे था। आश्चर्यजनक ढंग से इसकी पूरी डायरी एक उपन्यास की तरह 'तृतीय पुरुष' में लिखी हुई थी। सुस्मिता! लगता है तुम्हें मेरे अलंकार अतिशयोक्तिपूर्ण लग रहे हैं, इसलिए सुनो पृथा गाथा :

"पृथा बेटा, तेरे लिए एक ख़ास ख़ुशख़बरी है कि तू मासी बनने वाली है, और बेटा, जया की इच्छा है कि तू अपनी गर्मी की छुट्टियाँ उसके पास ही बिताए, ताकि अकेलेपन में उसका मन लग जाए और उसे तेरा सहारा भी हो जाए। हालाँकि ग्यारहवीं की परीक्षा देकर बारहवीं की प्रतीक्षा करती पृथा के पास कोई काम नहीं था, पर अपने उन जीजा जी के फ़ूहड़ मज़ाक और उनके बर्ताव ने पृथा की छठी इन्द्रिय को उनके चाल-चलन के बारे में संदिग्ध कर दिया था। वैसे भी पृथा बचपन से ही इतनी ज़्यादा संवेदनशील थी कि अपने एक मामा और एक चाचा को देखते ही जया से कहती : 'दीदी, ये दोनों जिस तरह मुझे छूते हैं वह मुझे बिलकुल अच्छा नहीं लगता और इनके गोद में उठाने से तो मुझे बहुत ही चिढ़ होती है। मैं इन दोनों को मना करती रहती हूँ पर फिर भी ये लोग मुझे जबर्दस्ती गोद में लेकर मेरे गालों और ओठों को चूमने लगते हैं। जब ये अपनी अँगुलियों को मेरी जाँघों पर फेरते हैं तो मुझे लगता है जैसे वहाँ 'कनखजूरे' रेंग रहे हैं।' उसकी ये बातें सुन कर जया दुलार से उसके सिर पर चपत लगा कर कहती : 'पृथा, तू कुछ ज़्यादा ही वहमी है। अरे, घरवाले तो इसी तरह प्यार करते हैं। तेरा ख़ुद का ही दिमाग़ ख़राब है, जो तू बड़ों के लिए इस तरह की ऊटपटाँग बातें सोचती है।' पर पृथा कभी भी अपनी सोच बदल नहीं पाई, इसलिए माँ के यह कहते ही कि उसे जया दीदी के यहाँ जाकर रहना है, उसकी जान निकल गई। उसकी कई दलीलों को माँ ने कोई तवज्जुह नहीं दी और उससे कड़े स्वर में कह दिया : 'देख पृथा, यदि तू ही दीदी के काम नहीं आएगी तो कौन आएगा?'

"बड़ी इनश्योरेंस कम्पनी में अपनी ईमानदारी के लिए प्रसिद्ध उसके ऑफिसर पिता के एक मातहत के साथ वह कुशलतापूर्वक अपनी दीदी के यहाँ मुज़फ़्फ़रपुर पहुँचा दी गई। वहाँ पहुँच कर पृथा ने जी-जान से जया की सेवा की और थोड़े ही दिनों में उसे काफ़ी स्वस्थ कर दिया। उसके स्वस्थ हो जाने पर जब पृथा ने उससे वापस अपने घर जाने को कहा तो उसने कहा,

'छोटी, इतने दिन रही तो अब मेरे बच्चा होने के बाद ही चली जाना।' बेचारी पृथा के पास अब रुक जाने के सिवा और कोई चारा नहीं बचा था, इसलिए वह मन मार कर रह गई।

"जया जिस दिन प्रसूति के लिए अस्पताल गई, उसी दिन उसने एक गोल-मटोल बेटा पैदा कर दिया। जीजा ने अपना लाड़ दिखाते हुए साली पृथा को गोद में उठा लिया और गोल चक्कर काटता हुआ नाचने लगा। पृथा को उसका स्पर्श बिलकुल नहीं सुहाया और मुश्किल से स्वयं को उसकी पकड़ से मुक्त करके वह एक कोने में जाकर बैठ गई। उसने बहुत ज़िद की कि वह जया दीदी के पास अस्पताल में ही रहेगी, पर दीदी ने यह कह कर कि उसके यहाँ रहने से एक तो अतिरिक्त ख़र्च लगेगा और दूसरे, घर पर जीजा जी को खाने-पीने की तकलीफ़ हो जाएगी, पृथा को ज़बरदस्ती घर भेज दिया। घर पहुँचते ही उस साढ़े पन्द्रह वर्ष की कुमारी कन्या का कौमार्य उस हट्टे-कट्टे तीस वर्ष के जंगली पुरुष ने इतना क्षत-विक्षत कर दिया कि वह आजन्म माँ बनने लायक नहीं रही। पृथा की चीख़ों को उसने उसके मुँह पर कपड़े का 'डाठा' बाँध कर दबा दिया और बेशर्मी से बोला, 'वाह, आज जैसा मज़ा तो तुम्हारी बहन का कुमारीपन भेद कर भी नहीं आया था, धन्यवाद साली साहिबा, धन्यवाद।'

"अर्द्धचेतनावस्था में किसी तरह उठकर पृथा ने दरवाज़े पर चिटकनी लगाई और केंचुए की तरह सिकुड़ कर एक कोने में ऐसी सोई कि तीसरे दिन जया ने अस्पताल से लौट कर उसके दरवाज़े को पीट कर घबराई आवाज़ में कहा, 'पृथा बेटा, कितना बुख़ार है अब? तुम्हारे तेज़ बुख़ार की सुन कर तो मेरी जान ही निकल गई थी; फिर पता चला तुम्हारे जीजा जी ने तुम्हें दवा दे दी है, तब जाकर शान्ति हुई। पृथा, घर जाकर माँ को बताना कि हमलोग कितने भाग्यशाली हैं कि हमें अखिलेश जैसा दामाद मिला है।'

"जया के घर आ जाने के बाद भी पृथा डर के मारे सबसे दूर बैठी रहती। जया ने न तो उसके इस आचरण और न ही उसकी मन:स्थिति के बारे में उससे कुछ पूछा और न ही मातृवत स्नेह देकर उसके मन की बात को जानने की कोशिश की, बल्कि वह तो हर वक़्त उस पर बात-बेबात झल्लाती रहती और अधम जीजा दूर से यह नज़ारा देख कर मन ही मन कोई नीचता पूर्ण बात सोच कर मुस्कुराता रहता। एक दिन जब जया पृथा को ज़ोरों से डाँट रही थी

तो सही समय जान कर अखिलेश बोला, 'जया, तुम अपना जी मत जलाओ, बच्चे पर बुरा असर पड़ेगा, और तुम्हें जँचे तो मैं इसे तुम्हारे मायके पहुँचा आऊँ?' पृथा की सख़्त 'ना' से जया को बेइन्तिहा ग़ुस्सा आया और उसने अपनी सुकोमल छोटी बहन को खींचकर एक ज़ोरों का थप्पड़ यह कहते हुए जड़ दिया कि 'पृथा की बच्ची, तू अपने आप को समझती क्या है? अरे, कुछ तो शर्म कर, इतना बड़ा जीजा तो बाप बराबर होता है, और ऊपर से मेरे पति तो इतने सज्जन हैं कि कोई ढूँढ़े न मिले और तू ज़रा सी छोकरी, ऐसे देवता पुरुष पर शक़ करती है?'

''नक़्क़ारख़ाने में तूती की आवाज़ कौन सुनता है! जो पृथा की फ़रियाद सुनी जाती? अन्त में बेचारी पृथा को उसकी बहन ने ज़िद करके उस नराधम के साथ कलकत्ता भेज दिया। कलकत्ता के दो स्टेशन पहले वह सज्जननुमा राक्षस एक ठंडा लाल शरबत लेकर उसकी मनुहार करने लगा, 'साली रानी, देखिए आपका जीजा ख़ास आपके लिए गुलाब का शरबत लाया है।' यह सोच कर कि घर पहुँचाने के पहले जीजा जी अपने बुरे कर्म का प्रायश्चित कर रहे हैं, पृथा ने उस शरबत को पी लिया। चूँकि ट्रेन के डिब्बे में काफ़ी गर्मी थी इसलिए वह एक ही साँस में पूरा गिलास पी गई। पृथा को शरबत पिए दस-पन्द्रह मिनट ही हुए थे कि नींद से उसका सिर आसपास के सहयात्रियों से टकराने लगा। संस्कारशीला पृथा ने कुछ देर तक तो ख़ुद को सँभाले रखा फिर वह कब अवश होकर पूरी तरह श्लथ हो गई इसकी उसे कोई 'ज्ञान-गिनती' नहीं रही। रेल जब धचका खाकर एक स्टेशन पर रुकी तो पृथा ने ऊँनींदी आँखों से देखा कि तीन-चार पहलवान जैसे युवाओं ने उसे पकड़ कर सीट से उठाया और स्टेशन के बाहर ले गए। पृथा को इसके बाद की घटनाओं का कोई अन्दाज़ नहीं, क्योंकि तब तक वह पूरी तरह अचेत हो चुकी थी।

''जब पृथा को होश आया तो उसने अपने आपको एक छोटी सी कोठरी में बन्द पाया। मरती पड़ती-सी पृथा ने किसी तरह अपनी सारी शक्ति लगा कर दरवाज़े को पीटा तो एक हिजड़े ने आकर उससे पूछा, 'का चहिए रे मोरी मैना?' उसके रंग-ढंग से घबरा कर पृथा ने कहा, 'मैं कहाँ हूँ, और आप कौन हैं?' 'अरे ओ मेरी लाडो, तेरी बोली-बानी तो बड़ी मीठी है रे। अरी ओ बन्नो, हम यहाँ की चौकीदारिन हैं और तुमरा यह कमरा, 'कोठा' है, 'बेस्वा' लोगन का धंधा करे का जगाह, समझी।' इस

तरह बारहवीं कक्षा की एक होनहार छात्रा को षड्यंत्र रचकर उसके अपनों ने वेश्या बना दिया।

"मारपीट और भूख से बेहाल पृथा ने अन्ततः अपनी नियति को स्वीकार लिया और लगभग डेढ़ वर्ष बाद जब उसे कुछ आज़ादी मिली तो वह अपनी माँ के पास गई। वहाँ पहुँच कर उसे आस-पास के पड़ोसियों से पता चला कि माता-पिता की माली हालत बहुत ख़राब है। ईमानदार रिटायर्ड पिता की नाम मात्र पेंशन से पिता की बीमारी और घर का ख़र्च मुश्किल से चल पाता था। माँ चूँकि प्राइवेट कॉलेज से रिटायर हुई थी, इसलिए उन्हें कोई पेंशन नहीं मिलती थी।

"पृथा जब माँ को ढूँढ़ती हुई पड़ोस के एक घर के सामने पहुँची तो देखा कि माँ गली के बीचों-बीच कॉरपोरेशन के नल के नीचे बड़े-बड़े बर्तन-भाँड़े माँज रही है और तार-तार हुई मैली साड़ी से अपनी आँखें पोंछ रही है। माँ की यह स्थिति देख कर वह उन्हें सारे उलाहने देना भूल गई और रोती हुई बोली, 'माँऽ, तुम मेरे साथ चलो।' एक अरसे के बाद बेटी की मीठी आवाज़ सुनकर माँ ने मुँह ऊपर उठा कर पूरी आँखों से उसे देख कर पूछा, 'बेटा! तुम यहाँ आश्रय के लिए आई थी ना?' जब पृथा ने 'हाँ' में सिर हिला कर आँखें झुका ली तब माँ ने कहा, 'पृथा, परिस्थितियों ने हम दोनों को एक ऐसे मोड़ पर लाकर खड़ा कर दिया है कि न मैं तुम्हारा सहारा बन सकती हूँ और न ही तुम मेरा। अब उचित यही होगा कि तुम शीघ्रातिशीघ्र यहाँ से चली जाओ, नहीं तो लोगों की आँखें और उनके प्रश्न मुझे बेध डालेंगे।'

"पृथा के यह कहने पर कि 'माँ, प्लीज तुम ये कुछ रुपए रख लो' माँ का उत्तर था : 'पृथा तू पागल है क्या! जो अपनी मेहनत की कमाई को यूँ ज़ाया कर रही है? वैसे भी तेरी कहानी सुनने के बाद तेरे पिता न तो तेरे पैसे को स्वीकार करेंगे और न ही तुझे। हालाँकि उनके जँवाई ने ही हमें भी धोखा देकर हमारी यह हालत कर दी है कि रानियों-सा जीवन जीती मैं! अब नौकरानियों से भी बदतर जीवन जी रही हूँ।' 'माँ, क्या सच्ची बातें जानकर भी बाबा मुझे ही दोषी मानेंगे?' 'पृथा बेटा! मत भूलो कि हम उस समाज के अंग हैं जो सिर्फ़ लड़कियों को दोषी मानता है। इस समाज में बलात्कार करने वाला पुरुष, न केवल छुट्टे सांड-सा मटरगश्ती करता हुआ घूमता रहता है, बल्कि उसका विवाह भी उसकी पसन्द की ही किसी लड़की से हो जाता है

और उस प्रताड़ित लड़की को या तो वेश्या बनने या आत्महत्या करने को बाध्य कर दिया जाता है। बेटा, तुम और मैं तो केवल इस समाज की संरचना का रोना रो सकते हैं, या इसके सड़े-गले विचारों के गढ़ पर अपना सिर पटक कर मर सकते हैं, क्योंकि भगवान ने हमें पुरुष नहीं 'स्त्री' बनाया है।'

"आज पहली बार पृथा ने कॉलेज में दर्शनशास्त्र पढ़ा चुकी अपनी माँ को अचरज से देखा। जिसने अपने समग्र जीवन के अनुभवों का एक ऐसा अर्क़ उसकी हथेली पर धर दिया था, जिसके सच के ताप से उसकी हथेली ही नहीं, पूरा शरीर दहकने लगा था।

"माँ से बातचीत करने के बाद पृथा को बहुत हल्कापन महसूस हो रहा था, और वह इस बात से आह्लादित थी कि माँ उसे समझती है। उसने जब जाते वक़्त माँ को प्रणाम किया तो माँ ने पैर पीछे नहीं हटाए, बल्कि उसे अपने वक्षस्थल से चिपका कर उसके सिर पर हाथ फेरते हुए कहा, 'विजयी भवः'। उस छोटे से आशीष में माँ की मजबूरी और उसका स्वीकार्य दोनों निहित थे। पृथा ने मन ही मन सोचा, शायद, 'माँ' इसे ही कहते हैं।"

पृथा कुछ पास आई तो उसकी परछाईं की तरह उसके पीछे आती एक लड़की दिखी, जो अपने पूरे शरीर को सिकोड़ कर पृथा के पीछे इस तरह छिपाती हुई चल रही थी, जैसे बच्चे खेल में अपनी आँखें बन्द करके यह सोचने लगते हैं कि जैसे उन्हें कोई और नहीं दिख रहा वैसे ही वे भी किसी को नहीं दिख रहे हैं। सकुचाहट भरे उसके संकोच को समझ कर राधिका उठी और उसने मसख़री के लिए उचक कर पृथा की पीठ के पीछे झाँक कर कहा, "आओ बहिनी! शरमाओ मत, यहाँ हम सब तुम्हारी सहमना और सहधर्मा हैं।" जैसे ही वह लड़की पीछे से निकल कर अपने सही आकार में खड़ी हुई, राधिका को लगा यह लड़की आम लड़कियों-सी नहीं है, इसमें औरों से अलग कुछ ऐसा है जो बरबस सबको अपनी ओर खींच लेता है। राधिका ने उसके इस आकर्षण को कई तरह से विश्लेषित करना चाहा, पर हर बार फेल हो गई। न तो उसका रूप-रंग अप्रतिम था, और न ही उसका पहरावा, फिर ऐसा क्या था जो उसे 'विशेष' बना रहा था। राधिका अपने माथे पर ज़ोर डाले जा रही थी कि तभी वह लड़की दो क़दम आगे बढ़ा कर बोली, "प्रणाम दीदी!" बस! उसकी इस हल्की-सी हरक़त से राधिका को उसका राज़ समझ में आ गया। उस लड़की का शरीर पूर्णतः सानुपातिक था एकदम वैसा ही जैसा कि द्रौपदी

के सौंदर्य वर्णन में वेदव्यास ने बहुत ही विस्तार से वर्णित किया है। उसकी देहयष्टि में इतना अधिक लचीलापन था कि उसे देखते ही लग जाता था कि वह बड़े आराम से अपने सिर को पीछे की ओर ले जाकर उसे अपने पैर के मोड़े हुए पंजे पर रख सकती है। प्रणाम करती उसकी अँगुलियों की मुद्रा में कुछ ऐसी विलक्षणता थी जैसी राधिका ने पहले कभी नहीं देखी थी। उसकी आवाज़ में ऐसी लयकारी और मिठास थी गोया वह स्वर्ग से उतरी शास्त्रीय संगीत की कोई विशिष्ट गायिका हो। सम्मोहित-सी राधिका जब वापस धरातल पर आई तो उसने पूछा, ''बेटा! तुम्हारा नाम ?'' ''दीदी! सपना दास।'' उसके जवाब देने के पहले ही पृथा ने उत्तर दे दिया। राधिका को पृथा का यह 'संरक्षक-भाव' बहुत भाया और उसने पृथा को सम्बोधित कर कहा, ''हे सरस्वती देवी, जब तुमने इसे पूरी तरह अपनी छत्र-छाया में रख रखा है तो स्वाभाविक है कि तुम इसकी पूरी जन्मकुंडली तो लिख ही चुकी होगी ? ठीक कह रही हूँ ना ?'' पृथा ने झेंप कर कहा, ''हाँ दीदी! आप ठीक कह रही हैं।'' ''तो भई हाथ कंगन को आरसी क्या ? लाओ हम अभी ही उसका पाठ कर लें।'' पृथा ने तुरन्त ही अपने खीसे से डायरी निकाली और राधिका को पकड़ा दी।

राधिका ने बेसब्री से डायरी के पन्ने उलटे और 'सपना दास' शीर्षक पर रुक गई। उसने पृथा से पूछा, ''यदि हम सब मिल कर इसे पढ़ेंगे तो सपना को उलझन होगी इसलिए तुम इसे मेरे पास रहने दो। मैं इसे यथासमय और सही व्यक्तियों के साथ पढ़ूँगी, तभी इसके साथ न्याय होगा।''

''अरे हाँ, देवी पृथा की आराधिका सपना जी! आप पढ़ी कितना हैं ?'' ''दीदी, मैंने बी.ए. पास किया है'' सपना ने तुरन्त ही सहज-सरलता से उत्तर दे दिया। ''वाह बेटा, वाह, तुम्हारा जवाब सुन कर तो दिन अच्छा हो गया। हे सुस्मिता रानी! इसकी डिग्री की बात जानकर तो बहुत ही आनन्द आया। अब हम आराम से अपने 'संगठन' के काम के सारे काग़ज़-पत्तर बनाने की ज़िम्मेदारी इन दोनों देवियों को सौंप सकते हैं, ठीक है ना ?''

सबने हैरत से देखा कि सुस्मिता की गरदन स्प्रिंग लगी गुड़िया-सी बात ख़त्म होने के पहले ही 'हाँ' में हिलने लगी थी। पृथा ने अब राधिका को छेड़ा, ''दीदी! आप तो मुझे 'छत्रछाया,' 'जन्मकुंडली,' 'इतिहास,' 'भूगोल' और न जाने कौन-कौन से अलंकारों से सजाती रहती हैं, पर क्या सुस्मिता दी और यहाँ की ढेरों दूसरी लड़कियाँ पूरी तरह से आपकी मुरीद नहीं हैं ? क्या आपके

मुँह से निकले प्रत्येक शब्द को वे ब्रह्मवाक्य नहीं मानती हैं? क्या वे हर पल आप पर जान छिड़कने को तैयार नहीं हैं? दरअसल दीदी, आपने 'कबीरा खड़ा बाज़ार में, माँगे सबकी खैर/ ना काहू से दोस्ती, ना काहू से बैर' की तरह ही अपना पूरा जीवन दूसरों के लिए होम कर दिया है। राधिका दी! मैं जब भी आपसे मिलती हूँ तो मुझे ऐसा लगता है कि आप सही अर्थों में कबीर हैं, उसका पूर्ण प्रतिरूप! उसकी तरह ही फ़कीर सी फ़क्कड़ और औढरदानी..."

वाक्य के बीच में ही राधिका ने पृथा को अपनी पूरी हथेली से बरजते हुए कहा, "पृथा, मैं तुम्हारी संवेदनशीलता और उदारता को समझती हूँ और मेरा यह प्रशस्ति-पाठ तुम्हारे उसी निश्छल हृदय की देन है जिसके निर्मल जल में मात्र दूसरों के गुण ही प्रतिबिम्बित होते हैं, अवगुण नहीं। पर पृथा, मेरे गुरुजी ने सिखाया है कि मुँह पर प्रशंसा करने से पुण्य का क्षय होता है, इसलिए तुम भविष्य में कभी भी मुझे आकाश की उन ऊँचाइयों पर मत चढ़ाना, जहाँ से मैं ऐसी गिरूँ कि फिर उठ ही नहीं पाऊँ। पृथा, मैं तुम्हारे प्रेम को समझती हूँ और समय आने पर तुमसे अपना सारा ऋण सूद समेत वसूल भी लूँगी। अब तुम सब की अनुमति से मैं 'श्रीमद सपनायनम्' का पाठ आरम्भ करना चाहती हूँ?.."

पृथा ने राधिका की व्यग्रता समझते हुए सपना को वहाँ से चलने का इशारा किया। सपना उसका इशारा देखते ही धागा बँधी कठपुतली-सी चल पड़ी तो पृथा ने उसे रोक कर राधिका की ओर मुख़ातिब होकर कहा, "दीदी, चलती हूँ, घंटे भर बाद यहीं मिलेंगे।"

सपना दुर्गापुर के एक बहुत बड़े 'बिजनेस मैन' की बेटी थी। पढ़ाई में तेज़ होने के कारण उसे कई बार डबल प्रमोशन मिले थे इसलिए वह साढ़े बारह वर्ष की उम्र में ही कॉलेज में पहुँच गई थी। जब दसवीं की परीक्षा के समय उम्र की अड़चन आई तो उसके पिता ने उसे इलाहाबाद से जहाँ उम्र की कोई अड़चन नहीं थी दसवीं का इम्तहान दिलवा दिया, और कलकत्ता की प्रतिभासम्पन्न सपना दास ने आनन-फ़ानन में वहाँ से प्रथम श्रेणी में दसवीं पास कर ली।

बी.ए. के फाइनल ईयर में आते-आते उस षोडश कन्या का प्रेम बग़ल के मेडिकल कॉलेज में पढ़ते सुमन मंडल से हो गया। सुमन 'एस.सी. कोटे' से आया एक विधवा माँ का ग़रीब बेटा था जिसके जीवन का एकमात्र लक्ष्य

पैसा कमाना था। जीवन मूल्यों को वह अमीरों के ढकोसले मानता था, और खद्दर का एक मैला कुर्ता, फटी चप्पल और कंधे पर झोला लटकाए स्वयं को कार्ल मार्क्स का शिष्य घोषित करता रहता था। यह बात इतर है कि उसने न तो दार्शनिक मार्क्स का ककहरा ही पढ़ा था और न ही कभी उनके उसूलों पर चलने का मन बनाया था। समता और सह-वितरण जैसे मार्क्सवादी सिद्धान्तों से उसे चिढ़ थी, वह तो चार्वाक का 'ऋणं कृत्वा घृतम् पीवेत' को जीवन का मूल-मंत्र मानता था। लेकिन दुर्भाग्य सपना दास का कि उसे वह बहुरूपिया एक सन्त लगता था, जो जीवन की कठिनाइयों से जूझ कर अथक परिश्रम से डॉक्टर बन कर सर्वहारा वर्ग की सेवा करना चाहता था।

सपना अपना पूरा जेब-ख़र्च उसे दे देती थी, पर उसका कुम्भकर्णी लालची पेट भला उससे कैसे भरता? वह आए दिन झूठे बहानों से उससे रुपए ऐंठता रहता। बेचारी सपना एक ऐसे 'पीलचक्कर में' फँस गई थी कि वह न तो उससे निकल पा रही थी और न ही उसमें जी पा रही थी। बड़े बंगाली घरों में छह महीने की उम्र के 'अन्नप्राशन' से लेकर प्रत्येक जन्मदिन पर लड़कियों को छोटे-मोटे गहने देने का रिवाज़ है। पैसे वालों के रिश्तेदार भी पैसेवाले ही होते हैं जो परिवार की चहेती संतान को मन भर के गहने देते हैं। सपना की माँ ने उसके उपहारों और गहनों को कभी हाथ नहीं लगाया था, क्योंकि उन्हें वे उसके विवाह में एक विशेष थाल में सजा कर उसके ससुराल भेजना चाहती थीं।

पर जैसे आदमख़ोर शेर के मुँह इनसान का रक्त लग जाता है, वैसे ही बदमाश सुमन के मुँह भी सपना को लूटने का ख़ून लग चुका था।

एक दिन वह सपना के सामने ऐसा रोया कि कोई जवान विधवा भी क्या रोएगी? उसने बताया कि यदि उसकी कैंसर भोगती माँ का तत्काल ऑपरेशन न हुआ तो वह अड़तालीस वर्षीया औरत मर जाएगी, इसलिए उसे तुरन्त दो लाख रुपए चाहिए। बतौर कैफ़ियत उसने कहा कि उसने कर्ज़ के लिए बैंक का दरवाज़ा भी खटखटाया था, पर बैंक ने यह कह कर मनाहीं कर दी कि अभी उसके डॉक्टर बनने में बहुत देर है और वह कर्ज़ के बदले में कोई जगह-ज़मीन भी गिरवी नहीं रख रहा है ।

एक तो कच्ची उम्र की संवेदनशील प्रेमिका उस पर बड़े घर की बेटी! ऐसे में यदि उसके हृदय से करुणा की नदी बाँध तोड़ कर बह निकले तो इसमें

आश्चर्य क्या ? सपना ने फ़ोन करके घर से गाड़ी मँगवाई और अलमारी से अपने सारे संचित गहनों का डिब्बा लाकर सुमन को थमा दिया। पर यह सिलसिला यहीं नहीं रुका, क्योंकि भूखे का पेट भर सकता है, पर लालची का मन तो एक ऐसा अंधा कुआँ होता है जो सब कुछ लील कर भी तृप्त नहीं होता।

जब धीरे-धीरे घर के क़ीमती सामान एक-एक कर ग़ायब होने लगे, तो मालिकों का कहर घर के नौकरों पर टूटा। भले मन की सपना से यह बरदाश्त नहीं हुआ और उसने आगे आकर माँ को अपनी सभी करनी बता दी।

यह जान कर कि सुमन 'शेड्यूल कास्ट' (नीची जात) का है, माँ ने अपना सिर पीट लिया क्योंकि वह जानती थी कि मुखोपाध्याय पिता किसी भी हालत में उसका विवाह उससे नहीं होने देंगे। माँ बेचारी घनघोर असमंजस में फँस गई थी क्योंकि इधर कूदे तो कुआँ, उधर कूदे तो खाई। अचानक आशा की किरण की तरह उसे अपनी बड़ी बहन की याद आई जो अपनी समझदारी और 'घाघपन' के लिए जानी जाती थी।

आश्चर्यजनक ढंग से रूपा मासी ने तुरन्त इस भारी समस्या का समाधान कर दिया। उसने कहा, 'अभी लड़की के बी.ए. फाइनल चल रहे हैं इसलिए अभी कुछ मत कहो। सपना की परीक्षा ख़त्म होते ही मैं उसे अपने साथ ले जाऊँगी और समझा-बुझा कर इस सुमन रूपी व्याधि से मुक्त करवा दूँगी।'

जब सपना, रूपा मासी के घर पहुँची तो उसने सपना से कहा, ''तू उस लड़के के साथ भाग जा, बाक़ी का कुरुक्षेत्र मैं सम्हाल लूँगी।' मासी के आदेश से जैसे ही सपना ने सुमन को ख़बर की, सुमन नामक वह जीव वहाँ ऐसे हाज़िर हो गया, जैसे अलादीन के चिराग़ को घिसते ही जिन्न आ खड़ा होता है। दरअसल यह सारी चालबाजी रूपा की थी, जिसने सुमन से मिल कर सारी योजना तय कर रखी थी। हक़ीकत यह थी कि रूपा की अन्दरूनी आर्थिक हालत बहुत ही ख़राब थी, जबकि बाहर से उसने अपनी बड़ी ज़मींदारी का आडम्बर रच रखा था।

उस ढोंगी प्रेमी सुमन ने पहले तो सपना को सोनारपुर के एक कमरे में रखा और दोस्तों के साथ शराब पीकर उनसे भी सपना का सम्भोग करवाता रहा। सपना जब कभी विवाह का जिक्र करती तो सुमन कहता : 'डार्लिंग, थोड़े दिन तो अपनी 'कोर्टशिप' चलने दो। विवाह के फेरे पड़ते ही सारा रोमांस ख़त्म हो जाता है, इसलिए तुम विवाह की जल्दी मत करो।' पर अब

सपना को भी उसकी नक़ली बातें कुछ-कुछ समझ में आने लगी थीं इसलिए एक दिन वह सुमन के ही लाए उस ग्राहक गौतम के साथ भाग गई, जिसने उसे सुन्दर गृहस्थी के सब्ज़-बाग़ दिखाए थे। उस लड़के ने सपना को सात दिन तक एक साधारण अच्छे घर में रखा और मन भर कर उसके शरीर को झिंझोड़ता रहा। फिर एक दिन गौतम उसे सिनेमा दिखाने ले गया और रास्ते में न जाने उसे कैसे अचेत कर सोनागाछी में बेच गया।

आँख खुलने पर बी.ए. पास सपना समझ गई कि यह जगह 'देह की वही हाट' है, जिसका नाम सोनागाछी है। उसने बिना कोई हील हुज्जत किए अपनी नियति को इस बिना पर स्वीकार कर लिया कि जिससे वह प्रेम करती थी वही जब उसका व्यापार करने लगा था तो बाक़ी के लोग तो उस शृंखला की कड़ी मात्र हैं। उसने उसी क्षण निर्णय कर लिया कि जिस मन को पुरुषों ने इतना ठगा है, उस मन को तिलांजलि देकर वह शरीर को अधिकतम बेच कर पूँजी इकट्ठा करेगी और उसे यहाँ की लड़कियों के उद्धार में लगा देगी। ज़्यादा कमाने के लिए वह न केवल सोनागाछी, बल्कि सीतारामपुर और आसनसोल तक दिसावरी करके अपनी देह का व्यापार करने लगी। लक्ष्य सामने होने के कारण अब उसे न तो कोई पश्चाताप होता है और न ही कोई ग्लानिबोध और अब उसे अपने शरीर को बेचना पाप भी नहीं लगता।

राधिका सोचने लगी, क्या उसने अनजाने ही अध्यात्म की वह ऊँचाई छू ली है, जब आत्मा अपने आपको शरीर से अलग मानने में सक्षम हो जाती है?

राधिका ने जब डायरी बन्द की तो उसे अपने सामने पृथा और सपना खड़ी दिखीं। पृथा को डायरी लौटा कर राधिका ने उसकी अंकवारी की और सपना को अपने से चिपका कर बोली, "प्रभु तुम्हारे लक्ष्य-संधान में सहायक हों यही प्रार्थना है।"

तभी सबके कानों में पंचम स्वर में गाती कोयल की कूक गूँजी, जिसके शब्द थे : 'चार कहार मिलै मोरी डोलिया उठाए रे/ मोरा अपना बेगाना छूटो जाए/बाबुल मोरा नैहर छूटो ही जाए।' प्रतिमा का गला सुनते ही राधिका ने आवाज़ दी, "अरे ओ मोहना-दिवानी प्रतिमा-रानी! जरा ध्यान से सुनिए। हम लोग लड़कियों की सुरक्षा के लिए यहाँ एक संगठन बना रहे हैं जिसकी रूपरेखा तैयार हो गई है। सुस्मिता ने अपना पंचतलिया मकान, जिसमें तिरपन कोठे हैं, संगठन को समर्पित कर दिया है, उसमें अब डॉक्टरों के चेम्बर खोले

जाएँगे। उस मकान का मुँह चित्तरंजन एवेन्यू जैसे बड़े रास्ते पर होने के कारण, डॉक्टरों को वहाँ चेम्बर खोलने में कोई दिक़्क़त नहीं होगी। लेकिन सुरक्षा के इन्तज़ामात का ख़र्च बड़ा होने के कारण संगठन की हर सदस्या को पाँच सौ रुपए प्रति माह देने होंगे, जिससे उनके कमरों में आपातकालीन घंटी और घर के नीचे चौबीस घंटे 'सिक्योरिटी गार्ड' की व्यवस्था की जाएगी। आशा है यहाँ उपस्थित सभी देवियाँ इसकी सदस्या बनना चाहेंगी,'' कहते हुए राधिका ने अपने पाँच सौ रुपए वहाँ रख दिए। तत्काल ही पृथा, सपना, पायल, हेमा, रिमझिम आदि सभी लड़कियों ने अपने-अपने रुपए रख दिए। जब प्रतिमा के रुपए न देने पर राधिका ने उसे प्रश्नसूचक दृष्टि से देखा, तो उसने उस दृष्टि का जवाब यों दिया, ''दिदिया! आप तो जानती ही हैं कि अब मैं यहाँ दो-एक दिन की मेहमान हूँ, तो मैं बेकार में इस संगठन की सदस्या क्यों बनूँ? दीदी, बुरा मत मानिएगा पर जब मोहन मुझे हमारे नए घर में ले जाएगा, तो मैं शायद यहाँ कभी न आऊँ, इसलिए मेरा सदस्य न बनना ही ठीक है।''

राधिका मूर्ख प्रतिमा के इस सघन विश्वास को तोड़ना नहीं चाहती थी, पर न जाने क्यों वह प्रतिमा के इस उत्तर से आपादमस्तक सिहर गई। उसे लगा कि यह कहावत कि 'जब चींटी की मृत्यु आती है तब उसके पर निकल आते हैं,' कहीं प्रतिमा पर सिद्ध न हो जाए? लेकिन किसी से कुछ कहे बिना वह मन ही मन 'त्रयंबकम् यजामहे' का मृत्युंजयी पाठ करती हुई एक दिशा में दृष्टि स्थिर किए सुन्न सी खड़ी थी कि सबके बीच में नकली गहनों से लदी एक ख़ून से लथपथ 'बाँह' आ गिरी। पल भर में वहाँ का वातावरण चीत्कारों और हाय-तौबा से भर गया। राधिका ने पृथा को रुपए समेट कर सूची बनाने की हिदायत दी और दाहिने हाथ वाले मकान में, जहाँ पूर्वोत्तर भारत से आई लड़कियों का दल रहता था, घुस गई। राधिका की अनुभवी आँखों ने परख लिया था कि अक्सर ऐसी नर्म और गुलाबी त्वचा उन्हीं लोगों की होती है इसलिए वह धड़ल्ले से वहाँ जा घुसी थी। राधिका का अनुमान शत-प्रतिशत सही था, क्योंकि उस आँगन में कोहराम मचा हुआ था और सामने के कोठे के तख़्त पर छटपटाती हुई 'कोन्जुथोम' बेहोश-सी कराह रही थी।

अब तक राधिका के इशारे से दिए गए आदेश से सुस्मिता ने एम्बुलेंस मँगवा ली थी। विस्मयकारी था यह जानना कि 'कोन्जुथोम' की माँ उसके साथ ही रहती थी और उसका पूरा परिवार उसकी कमाई पर पलता था।

राधिका ने उसकी माँ और सुस्मिता को भी एम्बुलेंस में साथ लिया और अस्पताल के लिए रवाना हो गई। ऑक्सीजन लगाने के बावजूद कोन्जुथोम की हालत लगातार बिगड़ती जा रही थी।

अस्पताल पहुँचते ही 'आपातकालीन' वार्ड के डॉक्टरों ने बिना किसी ढील के कोन्जुथोम को रक्त चढ़ाना शुरू कर दिया, क्योंकि कोन्जुथोम की माँ ने उनके सामने कोन्जुथोम की बीमा के काग़ज़ात रख दिए थे।

'प्लास्टिक सर्जन' ऑपरेशन के लिए तैयार थे, माँ पैसे लिए तैयार थी, पर केवल कोन्जुथोम ही ये सब स्वीकारने करने को तैयार नहीं थी। उसने अपनी नियति से संघर्ष करना छोड़कर स्वयं को मृत्यु को समर्पण करते हुए एक लम्बी साँस ली और सदा के लिए भारी पलकों से घिरीं अपनी स्वप्निल आँखें बन्द कर लीं।

राधिका ने हताशा से सिर पीट लिया और सुस्मिता से कहा, "बहिनी! उठो, काम में लगो क्योंकि समय भाग रहा है, और अपने को बहुत सारे काम करने हैं। अपने को सबसे पहले कोन्जुथोम के इन सीधे-सादे 'पूर्वोत्तरियों' की मदद करनी होगी, ताकि बीमा कंपनी इनके पैसे न खा जाए। सुस्मिता, इस काम में पढ़ी-लिखी सपना और पृथा हमारी सहायता कर सकती हैं।"

जब सुस्मिता और राधिका सोनागाछी गली के मोड़ पर उतरीं तो वहाँ उन्हें अपने इन्तज़ार में खड़ी कई लड़कियाँ दिखीं। उन सबके चेहरे पर घटना के प्रति दर्द और राधिका के प्रति कृतज्ञता-भाव साफ़ दिख रहे थे। वे सब बिना कुछ बोले सुस्मिता और राधिका को बीच में रख कर हाथ में हाथ डाले मानव-शृंखला की तरह आगे बढ़ीं। लड़कियों के इस छोटे-से सहयोग-प्रदर्शन से राधिका का उत्साह आकाश छूने लगा और उसके मुँह से बरबस उत्साह से भरीं ये पंक्तियाँ निकल पड़ीं, "हम होंगे कामयाब, हम होंगे कामयाब, एक दिन..."।

इस गीत से कुछ ही मिनटों में सोनागाछी के इतिहास में एक स्वर्णिम पन्ना जुड़ गया और गली की अधिकांश लड़कियाँ इस सरल धुन को गाती हुईं सबके साथ चलने लगीं।

राधिका और उसका 'श्रीसंगठन' सोनागाछी की लड़कियों के सुरक्षा-संसाधन जुटाने में जी-जान से लगा हुआ था। सुस्मिता ने अभूतपूर्व त्याग की मिसाल क़ायम की थी। उसने अपने मकान का मुख्य प्रवेश द्वार बड़े रास्ते पर खोल कर सोनागाछी गली के द्वार को बन्द कर दिया था और अपने मकान से तिरेपन के तिरेपन कोठों को हटा दिया था। उसने एक परिचित वकील के माध्यम से वहाँ एक 'डिज़ायनर' द्वारा ख़ूब बढ़िया डॉक्टरों के 'चैम्बर' बनवा कर उन्हें किराए पर देना शुरू कर दिया था, यहाँ तक कि उसने अपनी पूंजी में से बहुत ही थोड़ी पूँजी अपने न्यूनतम ख़र्च हेतु बैंक में जमा की थी और अब तन-मन-धन से 'श्रीसंगठन' को समर्पित हो गई थी। 'श्रीसंगठन' कोठों में आपातकालीन घंटियाँ और मकानों के नीचे चौबीस घंटे 'सिक्योरिटी गार्ड' की पहरेदारी करवाने में तो सफल हो चुका था, पर सी.सी.टीवी कैमरों का कोई 'जुगाड़' नहीं हो पा रहा था। इस पर राधिका ने कहा कि चूँकि यह एक व्यय-साध्य काम है, इसलिए इसमें समय लग रहा है, पर मेरा विश्वास है कि हम इसे भी यथाशीघ्र कर लेंगे। सारे कामों का लेखा-जोखा लेने के बाद राधिका आज की सभा ख़त्म कर उठ ही रही थी कि अचानक कहीं से आकर कोमल कली-सी 'कथा' ने उसके पैर पकड़ लिए। सब आश्चर्यचकित थे, क्योंकि न तो वहाँ उसे कोई पहचानता था और न ही किसी ने उसे वहाँ आते देखा था। दरअसल हुआ यूँ था कथा आज ही सोनागाछी आई थी और जब वह एक 'कोठे' की सीढ़ियाँ चढ़ रही थी तो उसे शिवाले के पास बैठी राधिका अपने दल के साथ विचार-विमर्श करती नज़र आई और अपनी अन्त:प्रज्ञा से संचालित होकर कथा दौड़ती-सी वापस सीढ़ियाँ उतर कर राधिका के पैरों पर जा गिरी। कथा बिना साँस लिए लगातार बोलने

लगी, "दीदी! मुझे बचा लीजिए, प्लीज़! मुझे मेरे घर भिजवा दीजिए दीदी! प्लीज़ दीदी!" राधिका ने जब उससे पुचकार कर पूछा कि "बेटा! तुम कहाँ से आई हो?" तो उसने अपनी कहानी तीव्र गति से राधिका को सुना दी, "बांग्लादेश की नदी के तट पर ग्यारह-बारह वर्ष की लड़कियों का एक दल रोज़ स्कूल के 'टिफ़िन टाइम' में तरह-तरह के खेल खेलता रहता था। वह नदी तो बस नाम की ही नदी थी, दरअसल वह बांग्लादेश और भारत को विभक्त करता एक दस-पन्द्रह फीट चौड़ा नाला था, जिसके दोनों ओर बांग्लादेश और भारत के जवान गश्त लगाते रहते थे। वहाँ के परिवेश में इतनी सहजता व्याप्त रहती थी, जैसे जवान वहाँ गश्त न लगाकर मस्ती कर रहे हों। वे लड़कियाँ अक्सर उन संतरियों की चिरौरी करतीं कि वे उन्हें उस पार ले जाकर भारत का वह छोटा सा हिस्सा दिखा लाएँ, जो किसी ज़माने में बांग्लादेश से जुड़ा हुआ था। अपनी भूगोल की कक्षा में वे लड़कियाँ शिक्षिका से जब इस बाबत तरह-तरह के प्रश्न पूछतीं, तो वह शिक्षिका घबराकर कहती, "बच्चों, यह उत्तर तुम्हारी इतिहास वाली 'मैम' ठीक से देंगी।"

शिक्षिकाओं की टालमटोल से उन किशोरी लड़कियों की उत्सुकता इतनी बढ़ गई कि एक दिन उन सबने मिल कर एक नाटक रचा। कोई अपने घर से 'राधावल्लभी और आलूदम' लाई, तो कोई 'छेने का पंतुआ,' तो कोई 'फ़िश फ्राई' और 'माछेर मुड़ो,' तो कोई 'ईलिश' मछली का विशेष व्यंजन, अर्थात कुल मिला कर उन बड़े घरों की किशोरियों ने वहाँ के संतरियों का मन हरने की एक ख़ूबसूरत सी योजना तैयार कर ली और किसी को 'मामा,' तो किसी को 'चाचा' सम्बोधन से आदर भरे मीठे स्वर में पटाने लगीं। कोई एक से कहे, "संतरी जी! आप कितने सजीले जवान हैं," तो कोई दूसरे को आत्मीयता से 'चचाजान' 'चचाजान' करे, तीसरी एक को 'मामू' 'मामू' करती हुई उनकी गलबहियाँ करे और उन्हें अपने हाथ से गुलाबजामुन खिलाए; कुल मिला कर दूर से देखने पर ऐसा लगता था, जैसे वे सारे संतरी 'बाराती' हैं और ये लड़कियाँ 'घरातियों' की ओर से उनकी ख़ातिरदारी कर रही हैं।

जब वहाँ के चारों-पाँचों संतरी उनसे महाप्रसन्न हो गए तो उस दल की सबसे चपल और सुन्दर लड़की 'कथा' ने आगे बढ़ कर एक सिपाही की हथेली पर अपनी नर्म हथेली फेरते हुए अपनी बड़ी-बड़ी शंख जैसी आँखों में थोड़ा-सा पानी भर कर गिड़गिड़ाते हुए कहा, "चाचू, मेरी जनम-जनम की

इच्छा है कि मैं एक बार उस पार जाकर थोड़ा सा झाँकू। चाचू! क्या आप मेरे लिए यह ज़रा सा इन्तज़ाम कर देंगे?''

''अरे, कोई इस ज़रा-सी लड़की की हिमाक़त तो देखे, कितनी बड़ी बात बोल रही है 'चाचू मेरी जनम-जनम की इच्छा है'। ऐ मेरी माँ! ज़रा यह तो बता कि तू उस पार जाने को इतनी उतावली क्यों है?'' संतरी ने लाड़ भरे स्वर में पूछा।

''चाचू! मैंने अम्मा को किसी को कहते सुना था कि मेरी फ़ूफ़ी उस पार वाले जंगल में खो गई थी और इसीलिए हम सबको वहाँ जाने की मुमानियत है। चाचू! मैं उस जंगल में ज़रा-सा घुस कर देखना चाहती हूँ कि वह जंगल ऐसा क्या भयानक है, जो बड़े-बड़े ज़िन्दा लोगों को खा जाता है?''

अब तक कथा और उस संतरी के वार्तालाप में और भी संतरी आ जुड़े थे और उन्होंने आपस में सलाह कर कहा, ''बच्चों! किसी बात की मनाही होने पर हम सभी की इच्छा होती है कि उस रहस्य को भेदें, पर सच मानो! पार वाला जंगल हूबहू ऐसा ही है।'' संतरी जी से यह सुनते ही वे लड़कियाँ समझ गईं कि उन्होंने सीमा पर लगे मनाही के जाल में छेद कर लिया है, इसलिए वे सब उन संतरियों को ऐसी 'लटूमीं' कि उनलोगों को उन बच्चियों का कहा मानना पड़ा, पर साथ ही उन्होंने कड़ी हिदायत देते हुए कहा, ''अच्छा चलो, तुम लोगों को पार ले चलते हैं, पर तुम लोग आधा घंटा होते ही लौट आना, हम नौका लिए तुम्हारा इन्तज़ार करेंगे।''

दूसरे किनारे पर खड़े मित्रवत भारतीय जवानों ने भी उन किशोरियों को उस पार ले जाने की सहमति दे दी और वे लड़कियाँ चहचहाती हुईं एक-दूसरे का हाथ पकड़े हुए उस पार पहुँच गईं। कूदती-फाँदती सोमा ने कहा, ''वाह! कितना मज़ा आ रहा है। अपने घरवाले बेक़ार में ही मना करते हैं। यहाँ तो कुछ भी डरावना नहीं है।'' उसकी 'हाँ' में 'हाँ' मिला कर कथा बोली, ''सोमा ठीक कह रही है, अरे! यह तो 'सेम टू सेम' अपने गाँव जैसा ही है। ऊँचे-ऊँचे हरे-भरे पेड़, कठफोड़वा की ठक्-ठक्, कोयल की कूक, कौवे की काँव-काँव, कबूतर की गुटरगूँ और गिलहरी का पूंछ गोल करके पेड़ों पर सर्र सर्र चढ़ना, सब कुछ हमारे गाँव जैसा ही तो है, फिर यह देश हमसे अलग कैसे हुआ?'' वे लड़कियाँ इसी तरह बोलती-बतियाती-हँसती-खिलखिलाती

घूम रही थीं कि अचानक ज़ोरों की आँधी आई। वैसे भी बांग्लादेश का वह तटवर्तीय इलाक़ा वर्षा और तूफ़ान बहुल इलाक़ा है, वहाँ मानसून के अलावा भी जब-तब आँधी और तूफ़ान के साथ मूसलाधार बारिश हो जाती है। बुरा नसीब उन किशोरियों का कि वे भी उस तूफ़ान में फँस गईं। ढेरों-ढेर बालू अपने दामन में समेटे उस आँधी ने सरे-शाम ही ऐसा नज़ारा पेश कर दिया जैसे वहाँ गहरी रात हो गई हो। आपस में गुँथे लड़कियों के हाथ छूट कर उनकी धूल भरी आँखों को मसलने लगे और वे लड़कियाँ काग़ज़ की गुड़िया-सी उस चक्रवाती तूफ़ान में इधर से उधर डोलने लगीं। तूफ़ान शान्त होने पर वे सब नाक की सीध में उस ओर भागीं, जहाँ से उन्हें लौटना था। जब वे बदहवास-सी वहाँ पर पहुँचीं तो उन्हें इस तरफ़ भेजने वाले संतरी भी बहुत चिंतित हो रहे थे। उन्होंने आव देखा न ताव और उन्हें ले जाकर सीमा पार के सिपाहियों को सौंप दिया।

सारी लड़कियों ने बांग्लादेश पहुँच कर आराम की लम्बी साँस खींची ही थी कि उनका ध्यान कथा की अनुपस्थिति की ओर गया और उनकी साँस वहीं की वहीं रुक गई। देर होने की अफ़रातफ़री में उन्होंने यह सोचा तक नहीं था कि कोई उस पार भी छूट सकता है। जब वे सब रोती-बिसूरती सिपाहियों के पास पहुँचीं तो सिपाहियों ने असमर्थता में अपने हाथ खड़े कर दिए और उन्हें सांत्वना देते हुए बोले, ''हो सकता है कल सूरज उगते ही तुम्हारी दोस्त उस पार आ जाए। हमारा वादा है कि जैसे ही तुम्हारी दोस्त उस पार के तट पर पहुँचेगी, हम पार के सिपाहियों की मिन्नतें करके उसे इधर ले आएँगे। पर बच्चो, एक बात का ख्याल रखना कि भूल से भी अपने घरवालों को मत कहना कि हम संतरियों ने तुम्हें पार पहुँचाया था, क्योंकि इससे दो नुकसान होंगे, एक तो पार के सिपाही हमारी सहायता नहीं करेंगे और दूसरे हमारी नौकरी तो जाएगी ही, साथ ही यदि बात बढ़ गई तो हो सकता है कि दोनों सरकारों में भी तनातनी हो जाए।''

बेचारी लड़कियाँ तो यों ही घरवालों के डर से अधमरी हो रही थीं, ऊपर से कथा का गायब हो जाना तो उन्हें पूरी तरह से मारे डाल रहा था। उन सबने एकान्त में बैठ कर एक झूठी-सच्ची कहानी गढ़ी, जिसमें बांग्लादेश के जंगल में घूमने का विशद् वर्णन तो था, पर 'पार' जाने का कोई हवाला नहीं था। ज़िन्दगी और प्रकृति के झंझावात की मारी हुई ये लड़कियाँ जब अपने-अपने

घर पहुँचीं, तो माँओं ने न केवल उनकी कहानी पर विश्वास कर लिया, बल्कि उन्हें ज़ोरों से अपने से चिपका लिया।

पुलिस और बांग्लादेश के लोग कई दिनों तक वहाँ के जंगलों को छानते रहे, पर 'कथा' उन्हें कहीं नहीं मिली, क्योंकि वह बेचारी तो अपने दल से बिछुड़ कर अंधेरे के कारण जंगल में उलटी ओर चली गई थी। रोने के साथ-साथ लगातार सबको पुकारते रहने के कारण उसका गला ऐसा बैठा कि उससे आवाज़ निकलनी ही बन्द हो गई। हताशा और निराशा से भरी कथा! अन्दाज़ से सीधी दिशा में चलती रही। देर तक चलने की थकान के कारण जब वह बेहोश-सी होने लगी तो वह एक पेड़ के तने का सहारा लेने आगे बढ़ी और अचेत होकर वहीं गिर पड़ी।

आँख खुलने पर उसने अपने आपको एक घर में पाया। मारे डर के उसकी जान निकली जा रही थी और वह भौंचक-सी इधर-उधर देख रही थी। तभी एक आदमी वहाँ आया, जिसे देखते ही कथा उसके पैरों में जा गिरी और विनती करने लगी, "काकू, मुझे उस पार पहुँचा दीजिए, मेरे माँ-बाप आपको बहुत धन देंगे।"

उस आदमी ने अपने दोनों हाथ झड़का कर कहा, "बच्चा, उस पार जाना सरल नहीं है। मैं सिपाहियों से बात करके देखता हूँ, तब तक तुम यहाँ काकी माँ के पास आराम करो।"

कथा ने मुड़ कर देखा कि माँग में सिंदूर भरे, पाड़ की 'बांग्ला साड़ी' पहने, पान चबाती हुई एक महिला वहाँ खड़ी थी। जब कथा ने उसके पैर पकड़े तो वह हँसते हुए बोली, "बेटी, पहले अच्छी तरह खाना खा लो, और नींद आए तो मेरे पास सो जाना। डरो मत, तुम्हारे घर ख़बर कर दी जाएगी और वे लोग तुम्हें ले जाएँगे। बेटी! तुम सारी रात की थकी हो, इसलिए खा-पीकर आराम कर लो, बाद में हम तुम्हारे जाने का इन्तज़ाम कर देंगे।"

भोली कथा उसके मीठे आश्वासनों से इतनी द्रवित हो गई कि उससे चिपक कर कहने लगी "आप अवश्य ही मेरे पिछले जन्म की माँ हैं।"

खाना खाकर कथा ऐसी गहरी नींद सोई कि तीन दिन तक सोती ही रही। जब वह उठी तो उसका पूरा शरीर टूटा जा रहा था, क्योंकि उसके 'पिछले जन्म की माँ' ने उसकी बेहोशी का लाभ उठाते हुए उसे वेश्यागिरी की तालीम देनी शुरू कर दी थी। एक वर्ष तक 'बोंगाँव' के उस कमरे में उसकी

यही तालीम होती रही, और आज ही सुबह उसे सोनागाछी में बेच दिया गया, दीदी! वह अभागिन लड़की मैं ही हूँ।''

कथा की कहानी ख़त्म हुई ही थी कि उसे खोजता हुआ 'बच्चू सिंह बिहारी' भी वहाँ आ गया और कहने लगा, ''राधिका दीदी, हम तोहार बड़ा इज़्ज़त करत हैं। हम ई भी जानत हैं कि आप ई लड़की लोगन का सहायता करे बदे हर घड़ी तय्यार रहत हैं। पर आप तनी हमरा भी तो बिचार करें। हम मानत हैं कि ई लड़की उमर मा छोटी है, पर राधिका दी! तोहार के ई भी जाने का चाही कि ई लड़की बरस भर 'बोंगाँव' मा तालीम पाकर इहाँ आई है। हम जदि एकरा बांग्लादेस भेजवा भी दें तो का एकरा माँ-बाप ई के गछ लेबे? राधिका दी! आप तो एकरा ई समझाएँ कि साल भर रात-दिन कमाई करके हमरा करजा चुका देवे, ओकरा बाद हम ख़ुदे ही इसको आपके इहाँ छोड़ जावेंगे। आप तो जानत ही हैं कि इस उमर का लड़किन का बड़ा 'डिमेन्ड' है। हो सकत है कि ई बिटिया हमरा पइसा छहो महीना मा चुका दे।''

''बच्चू भाई, एक तरफ़ तो आप कथा को बिटिया का दर्जा दे रहे हैं और दूसरी ओर इतना निर्मम दंड दे रहे हैं?''

''राधिका दी! हम तो आपको बड़ा समझदार समझते रहे और आप हमका इतना बड़ा बात बोल दिए? राधिका दी! हमरा कलेजा में भी बाप का ममता है, लेकिन जदि हम अपना पईसा ना बसूलैं तो खाएँ का? हमरे ठईं कुबेर बाबा का खजाना तो नाहीं ना है।''

न्यायाधीश के पद पर आसीन राधिका कुछ देर तक मौन रह कर बोली, ''बेटा कथा! बच्चू भाई ने सारी बातें ठीक कही हैं, अब तुम ख़ुद विचार कर लो कि तुम्हें क्या करना है? वैसे मैं तुम्हें आगाह कर दूँ कि इस सोनागाछी की भूल-भुलैया के चक्कर में मरा तो जा सकता है, पर यहाँ से निकला नहीं जा सकता। यहाँ आने के तो बहुत सारे दरवाज़े हैं, पर जाने का एक भी नहीं। फिर भी बेटा! मेरा वादा है कि हमारा दल हर घड़ी तुम्हारी चौकसी करेगा। सुखी रहो।''

तभी सावन की रिमझिम फ़ुहारों सा एक गीत वहाँ गूँजा, 'झूले में पवन की आई बहार प्यार छलके, ओ हो प्यार छलके' साथ ही नज़र आई अपनी लम्बी चोटियों के 'फुंदरों' को गोल-गोल नचाती और पैरों को गाने की ताल पर थिरकाती प्रतिमा दास। वैसे तो प्रतिमा की चहक-महक! प्रतिमा का

रसभीना गाना! प्रतिमा की प्रफुल्लता! सदा ही राधिका का मन हर लेती थी, पर आज तो उसमें कुछ ख़ास बात ही लग रही थी। उसे देख कर ऐसा प्रतीत हो रहा था जैसे वह 'बान चढ़ी दुल्हन' हो, जिसका 'रंग-रूप' रोज़-रोज़ के मलाईदार 'उबटनों' से निखर कर कांतिमय हो गया हो। आज उसका रोम-रोम नाच रहा था और क़दम इतने हल्के होकर ज़मीन पर पड़ रहे थे गोया वह बादलों पर चल रही हो। हमेशा की तरह उसे देखते ही राधिका ख़ुश हो गई और आवाज़ देकर बोली, "अरी ओ लाड़ कुँवर! क्या बात है? आज तो आप पर कुछ ख़ास रंग ही चढ़ा हुआ है। वैसे भी यह तो बताइए कि आप उस तरफ़ कहाँ जा रही हैं?"

राधिका की आवाज़ सुनते ही प्रतिमा दौड़ कर आई और राधिका के दोनों हाथ पकड़ कर बच्चों की तरह 'चकरी-चकरी' घूमने लगी। इस घूमने के साथ ही उसकी खिलखिलाहट से वह पूरी गली खिल गई। कुछेक क्षण बाद राधिका ने अपने हाथों को छुड़ाते हुए कहा, "बेटा! मुझे चक्कर आ रहा है" और राधिका शिवाले के सामने बने चबूतरे पर बैठ कर बोली, "हाँ तो! हे मोहन की राधा रानी, आप ज़रा शान्ति से अपनी पूरी बात बताइए।"

प्रतिमा ने शरमा कर आँखें ज़मीन में गड़ा लीं और सकुचा कर अटकते हुए ऐसे बात की, जैसे कोई अक्षत कुँवारी लड़की पहली बार किसी लड़के से मिलने वाली हो। उसने शर्म से लाल पड़ते हुए, धीमे स्वर में राधिका के कान में कहा, "दीदी! आज मोहन सुहागरात का रिहर्सल करेगा इसलिए मैं मोड़ वाले जीतू माली को जूही, बेला और रजनीगंधा से मेरा कमरा सजाने का ऑर्डर देने जा रही हूँ। मैंने दो दिन से अपने कमरे को साफ़ करके इतना चकाचक कर दिया है कि आप मेरी सफ़ाई देख कर दंग रह जाएँगी। दीदी! मैंने चादर, तकिए के गिलाफ़, पर्दे, मेज़पोश, सब बक्सा से निकाल कर नए लगा लिए हैं, क्योंकि ऐसा दिन तो मेरे जीवन में फिर आएगा नहीं? दीदी, अपनी समझ से मैंने मोहन को रिझाने में कोई कोर-कसर नहीं रखी है। बस, अब आप आशीर्वाद दीजिए कि वह कल-परसों में ही मुझे हमारे नए घर में ले जाए।"

राधिका प्रतिमा के धाराप्रवाह प्रेमोद्गार को उसके चेहरे पर टकटकी लगाए ख़ूब ध्यान से सुन रही थी कि क्षणमात्र के लिए उसे ऐसा लगा जैसे प्रतिमा के सिर पर एक काली छाया मँडरा रही है। पर इसे बेकार का वहम

मान कर राधिका ने सिर को झटका और खड़ी होकर प्रतिमा को स्वयं से चिपका लिया। वह दृश्य कुछ ऐसा था, जैसे मृग-शावक को शिकारी के बाण से बचाने के लिए मृगी ने उसे अपने वक्ष में छिपा लिया हो। आनंदित होने की जगह राधिका की आँखों में आँसू क्यों आ गए यह बात राधिका स्वयं भी नहीं समझ पाई। हालाँकि कहने को तो उसने कह दिया 'ये आनन्द के आँसू हैं।' पर क्या यह सही था? इतना ही नहीं उसने प्रतिमा को घर की बड़ी-बूढ़ियों की तरह एक अजूबा सा आशीर्वाद भी दे दिया, 'दूधो नहाओ, पूतो फलो।' ऐसा आशीर्वाद इस गली में न तो आज तक किसी ने सुना था, न ही दिया था, फिर आज यह अनहोनी कैसे घटी? और वह भी राधिका जैसी विचारशील महिला द्वारा?

साँझ गहराने लगी थी, गली की रोज़मर्रा की चहल-पहल को फूलों के गज़रों का तोड़ा लिए, जीतू और उसके आदमी और भी बढ़ा रहे थे। इतने में ही कई तरह की मिठाइयों से भरा थाल लिए पायल वहाँ आई और सबको बाँटने लगी। उसने कहा, ''प्रतिमा ने ये मिठाइयाँ सबके लिए भिजवाई है। उसने मुझसे अनुरोध किया है कि एक तो उसे शर्म आती है और दूसरे उसे दुल्हन की तरह सजना-सँवरना भी है इसलिए उसका यह काम मैं कर दूँ।'' यह सुन कर राधिका ने कहा, ''लगता है प्रतिमा आज सारे पुराने प्रतिमान तोड़ कर नया इतिहास रचेगी, क्योंकि सोनागाछी में इस तरह की यह पहली घटना है।''

पूर्णमासी की रात का चाँद अपनी सम्पूर्ण कलाओं के साथ गली पर चमक कर जा चुका था, और अब पूर्व का आकाश प्रभास की अरुणिम लालिमा से शोभित हो रहा था। इस दृश्य की दीवानी राधिका ने जब रोज़ की तरह सुबह-सकारे अपनी खिड़की खोली, तो उसे प्रतिमा के इर्द-गिर्द बुनी हुई कल की घटनाएँ याद आ गईं और वह तेज़ी से चल कर उस चाय वाले की दुकान पर जा पहुँची जिसके ठीक ऊपर प्रतिमा का कोठा था। प्रतिमा की बन्द खिड़की देख कर 'आगरा' से बी.ए.पास राधिका के मन में जयशंकर प्रसाद की ये पंक्तियाँ कौंध गईं : 'बीती विभावरी जाग री, अम्बर पनघट में डुबो रही, तारा-घट उषा नागरी।'

आज राधिका का मन अत्यधिक चलायमान हो रहा था। अन्त में उसकी अकुलाहट इतनी बढ़ गई कि वह प्रतिमा के आने की प्रतीक्षा न कर पायल, रीमा, सुस्मिता, पृथा आदि को आवाज़ देती हुई प्रतिमा दास के कोठे के तल्ले

पर जा खड़ी हुई। दूर से ही उसके दरवाज़े को पूरा खुला देख कर राधिका की तो जैसे जान ही निकल गई और उसके पैर आगे नहीं उठे। जब बाक़ी की लड़कियाँ भी वहाँ आ गईं, तो उन्होंने राधिका का हाथ पकड़ा और उसे साथ लेकर वे सब प्रतिमा दास के कोठे के अन्दर घुसीं।

कोठे के दृश्य को देख कर राधिका तो राधिका! बाक़ी की लड़कियाँ भी पत्थर की मूर्ति की तरह स्तब्ध रह गईं। सिर से पैर तक फूलों के गहने पहने प्रतिमा! फूलों की शय्या पर आँखें खोले सो रही थी और पूरे कमरे में फटे तकिए से निकले पक्षी के सफ़ेद पर उड़ रहे थे। राधिका को याद आया कि यह 'परों से भरा तकिया' प्रतिमा के एक प्रेमी ग्राहक ने उसे फ्रांस से लाकर दिया था, जिसे प्रतिमा ने किसी ख़ासम-ख़ास अवसर के लिए संदूक में बन्द कर एहतियात से रख दिया था।

जब राधिका पानी के छींटों से इस सदमे से उबरी तो उसने हाथ बढ़ा कर प्रतिमा की आँख बन्द की जो अभी भी अचरज से भरी खुली हुई थीं।

आश्चर्यजनक ढंग से पुलिस को न तो किसी चीज़ पर मोहन की अँगुलियों के निशान मिले और न ही कोई बोतल या गिलास ही मिला, जिससे प्रतिमा को बेहोशी की दवा देने का सबूत मिलता। शातिर मोहन जब तकिये का वह खोल तक अपने साथ ले गया था, जिससे दबा कर उसने प्रतिमा की साँस बन्द की थी तो भला वह बेहोशी की दवा या विष वाली बोतल वहाँ कैसे छोड़ता? जब उसने अपनी अँगुलियों के निशान के भय से प्रतिमा की खुली आँखें तक बन्द नहीं की, तो पुलिस को वहाँ कोई और सुराग कैसे मिलता?

राधिका की सारी मगज़मारी बेकार गई और चोर आँख के नीचे से निकल गया।

राधिका का रोना-कलपना ख़त्म होने में कुछ समय तो लगा, पर कर्तव्यों के प्रति सजगता ने मरहम का काम किया और इस मर्मांतक घटना के कुछ दिनों बाद जब राधिका चबूतरे पर आकर बैठी, तो सारी लड़कियाँ राधिका का साफ़ और सधा हुआ गला देख कर अवाक रह गईं। स्वयंसिद्धा राधिका ने संगठन के कार्यों की विधिवत समीक्षा की और आगे के कार्यों की सूची बना कर उन्हें यथानुसार वितरित कर दिया।

राधिका को बार-बार महसूस हो रहा था कि उनके संसाधन अत्यन्त सीमित हैं इसलिए उसने शहाना दी से कहा कि वे 'जूडिथ' नाम की उस

अमेरिकन महिला को फिर से उसकी सहायता के वादे की याद दिलाएँ, जो उसने सोनागाछी की यौनकर्मियों से किया था। राधिका ने उठते वक़्त सबसे कहा, "प्रतिमा की घटना को सर्वदा याद रखते हुए हम सबको अत्यधिक सावधानी बरतनी चाहिए और बांग्ला की यह कहावत 'अति भक्ति चोर का लक्षण' को हर क्षण याद रखना चाहिए। बहनो, यह जगह रूप और शरीर का बाज़ार है, प्रेम और स्नेह का घर नहीं। इसलिए समय रहते इसके जाल से भाग छूटने का प्रयास करना, और न तो किसी ग़लत आदत में फँसना और न ही कभी अधिक पैसे का लोभ करना।"

इतने में राधिका ने गली में 'अर्द्धनारीश्वर' यौनकर्मियों को आते देखा। वे सब अत्यधिक भले लग रहे थे। इनका उन 'हिजड़ों' से; जो 'शादी-ब्याह' और 'बच्चा जनम' पर दुनिया भर का मोल-तोल कर कोहराम मचाया करते हैं कोई मेल नहीं था। उनमें से एक 'डबल एम.ए.' दुर्गा ने हाथ जोड़कर राधिका से विनती की, "दीदी! हम आपकी शरण में आए हैं कृपया आप हमलोगों के सिर पर भी अपना हाथ रख दीजिए, क्योंकि हमारी व्यथा-कथा सुनने वाला कोई नहीं है।"

उसकी संस्कारित बोलचाल और कान-क़ायदे से राधिका प्रभावित तो हुई, पर उसे अपनी सीमाओं का भी अन्दाज़ा था। बहुत सोच-विचार के बाद उसने उन्हें मीठा सा उत्तर दिया : "बहनो, मुझे आप लोगों के बारे में बहुत जानकारी तो नहीं है, फिर भी आपके लिए हमसे जो भी बन पड़ेगा, हम ज़रूर करेंगे। आज हमलोग बहुत ज़्यादा थके हुए हैं इसलिए कुछ समय बाद हम स्वयं आप लोगों को बुला लेंगे। नमस्कार।"

दूसरे दिन राधिका अपने दैनन्दिन कार्यक्रम के अनुसार चाय वाले की बेंच पर बैठी सुस्मिता, रीमा, पायल और पृथा से बातचीत कर रही थी कि उसकी नज़र गली के नुक्कड़ से अन्दर आते एक जोड़े पर पड़ी। ध्यान से देखने पर पता चला कि पत्नी अद्वितीय रूपवती होने के साथ ही पूरे महीनों के पेट से भी थी। ऐसा लगता था कि वे लोग गंगा पार से 'नौका' में आए हैं, क्योंकि भीजने से बचाने के लिए पत्नी ने अपनी साड़ी ऊपर उठा कर पेट पर खोंस रखी थी। उस महिला की आँखों से अपने पति के लिए प्रेम बरसा जा रहा था जबकि पति निरासक्त भाव से उसकी अनदेखी कर रहा था। यहाँ तक कि जब उस महिला ने उसका हाथ उठा कर उसे अपने पेट पर फिराते हुए कोई मीठी-सी बात कही, तो भी वह झुँझला कर बोला, "क्या सारे दिन बेटे के सिर पर हाथ फेरने की रट लगाए रखती हो, चुपचाप जल्दी-जल्दी चलो, ख़बरदार एक भी शब्द कहा तो।"

उस महिला ने अपने दाएँ हाथ में आरती की थाली और बाएँ में एक पोटली पकड़ रखी थी। पेट में बच्चा और दोनों हाथों में सामान लिए हुए वह औरत यथासम्भव अपने पति के साथ तेज़ रफ़्तार से चलने की कोशिश कर रही थी, पर पति था कि अपनी बेसब्री के कारण उसे डपटता ही जा रहा था। उस दम्पति को देख कर अनुभवसिद्ध राधिका तक असमंजस में थी और सोच रही थी कि आज ये संभ्रान्त लोग इस 'सोनागाछी-गली' में क्या करने आए हैं?

उस महिला ने बंगाली तरीके से लाल पाड़ की साड़ी पहन रखी थी। उसके सिर पर आँचल, माँग में शुरू से अन्त तक सिन्दूर और माथे पर उसी सिन्दूर की एक गोल बड़ी बिन्दी लगी हुई थी। हाथों में 'शाँखा' और 'नोहा,'

पैरों में महावर, चेहरे पर ढेर सारी शर्म और चाल-ढाल में विनम्रता, उसे अनायास ही एक शालीन पतिव्रता स्त्री के पद पर आसीन कर रही थी। जब वे लोग राधिका के पास से गुज़रे तो राधिका को पत्नी का यह वाक्य सुनाई पड़ा, "विभास, चिन्ता मत करो, मैं सासु माँ और ससुर जी को अपनी सेवा से ही नहीं, उन्हें दादा-दादी बना कर भी उनका हृदय जीत लूँगी। देखना, वे अपने पोते का मुँह देखते ही मेरे एक गोत्र नीचे होने की बात को एकदम भूल जाएँगे।" राधिका पति के शुष्क रुख़ को देख कर कुछ दुविधा में तो पड़ी, पर फिर इसे ख़ामख़्वाह का भ्रम मान कर वापस 'श्रीसंगठन' के काम में लग गई।

पृथा ने सी.सी.टी.वी. कैमरों के सम्बन्ध में एक समस्या सामने रखते हुए कहा, "दीदी, केया, रूपा और सोनिया ने बताया कि कोठों में सी.सी.टी.वी. कैमरे नहीं लगाए जा सकते, क्योंकि कल शाम उन लोगों ने जैसे ही अपने ग्राहकों से इन कैमरों का ज़िक्र किया उनके तीन-चार पुराने ग्राहक यह कहते हुए भाग गए कि 'हम यहाँ मज़ा करने आते हैं, रिकॉर्डिंग करवा कर फँसने के लिए नहीं।' राधिका दी! हक़ीक़त तो यह है कि मुझे भी उनकी यह दलील सही लगती है। अपनी छिपी हुई घंटी और दरबानों की पहरेदारी से तो यहाँ की लड़कियाँ ख़ुश हैं, लेकिन कोठों के भीतर 'कैमरे' के पक्ष में एक भी नहीं है। दीदी! आप तो इस महँगे काम को पूरी शक्ति लगा कर करना चाहती हैं, पर हम सबकी इच्छा है कि आप इस पर पुनः विचार करें।"

राधिका को पृथा की गहराई का अन्दाज़ा था और वह यह भी जानती थी कि बिना शोध किए पृथा कभी कुछ नहीं बोलती, इसलिए उसके सुझाव को यों ही रफ़ा-दफ़ा नहीं किया जा सकता था। विचारमग्न राधिका की अनिमेष दृष्टि शून्य में स्थिर थी कि अचानक एक औरत की दर्दभरी चीख़ से वह विचारों के आकाश से ठोस धरातल पर आ गई और उसकी दृष्टि-परिधि में पति-पत्नी का वही जोड़ा आ विराजा जो कुछ देर पहले उसकी बग़ल से गुज़रा था।

पति के हाथ में बड़े नोटों की गड्डियाँ थीं और वह बार-बार अपने शरीर को झटका देकर उस महिला से अपना पैर छुड़ाने की कोशिश कर रहा था, जो ज़मीन पर घसीटी जाकर भी उसका पैर नहीं छोड़ रही थी। इतनी मार खा कर भी अपने तथाकथित पति के प्रति उसकी श्रद्धा कम नहीं हुई थी और

वह उससे पूछे जा रही थी, "ओ जी! क्या मुझसे कोई ग़लती हो गई है, जो आप नाराज़ होकर मुझे यहाँ छोड़ना चाहते हैं? यदि आपको ऐसा लगता है कि मैं पड़ोस के लड़के भोलू को कुछ ज़्यादा ही चाहती हूँ तो कसम आपकी कि अब उससे मिलना तो दूर, मैं कभी उसका मुँह भी नहीं देखूँगी।"

राधिका देखे जा रही थी कि जैसे ही वह महिला अपना वाक्य ख़त्म करती वह आदमी उस पर लात-मुक्के बरसाना शुरू कर देता था और उस समय तो हद ही हो गई, जब उसने अपने दाएँ पैर से उसके पेट पर इतनी ज़ोर से लात मारी कि वह औंधे मुँह गली किनारे बने हुए एक बड़े नाले में जा गिरी। आश्चर्यजनक ढंग से वह निढाल-सी वहीं पड़ी रही, क्योंकि भय और दर्द से वह इतनी अशक्त हो गई थी कि उसमें उठने की क्षमता भी नहीं बची थी।

अपना पैर छूटने की ख़ुशी में वह नीच विजयोन्माद में अपने दोनों हाथ ऊपर उठा कर आनन्द मना ही रहा था कि राधिका के आठ-दस करारे चाँटों से उसका चेहरा लाल हो गया। वह इसका कोई प्रतिकार करता इसके पहले ही राधिका के चौकीदारों और सहकर्मी लड़कियों ने उसकी मुश्कें बाँध कर उसकी ख़ूब पिटाई की और उसके हाथ से ही नहीं, उसकी 'पॉकेट' और 'ब्रीफ़केस' से भी सारे पैसे निकाल लिए।

इधर राधिका ने जब उस महिला को नाली से उठा कर उसे पानी से धो-पोंछने के बाद उसके मुँह से चाय का कुल्हड़ लगाया तो वह सुबकियाँ भरती हुई फूट-फूट कर रोने लगी। राधिका बिना कहे ही उसकी पूरी कहानी समझ गई थी इसलिए उसने सीधा प्रश्न किया, "यदि तुम अपने माँ-बाप के पास जाना चाहो, तो हम लोग तुम्हें वहाँ पहुँचाने का इन्तज़ाम कर सकते हैं और ये रुपए उसे लौटा देंगे जिसने तुम्हारे पति से तुम्हें ख़रीदा है। तुम साफ़-साफ़ बताओ कि तुम चाहती क्या हो?"

"दीदी! मेरा नाम अर्पिता है और आज से मैं अनाथ आपको अर्पित हूँ। मेरे मामा-मामी ने लोक-निन्दा के डर से मुझे अपने घर में आश्रय तो दे दिया, पर वे भीतर ही भीतर मुझ पर ढेरों अत्याचार करते हुए मुझे एक जून अधपेट भात और एक चिथड़ा-सी साड़ी देकर मुझे हर क्षण मर जाने के को ताने देते रहते थे। ऊपर से मेरे रूप से जलती मेरी ममेरी बहनों ने भी मुझ पर जुल्म ढाने में कोई कसर नहीं छोड़ी थी। दीदी! मेरे चारों ओर अन्धकार ही अन्धकार

है और मेरी वापसी का कोई रास्ता नहीं है,'' कह कर वह अपने माथे को ज़मीन पर पटकने लगी।

राधिका ने उसे कस कर पकड़ा और स्वयं से चिपका कर बोली, ''ऐ बेवकूफ़! ख़ुद की नहीं तो उसकी तो परवाह कर, जो तेरे रक्त और मांस-मज्जा से बना है।''

''दीदी! पर यह बच्चा भी तो उसी कमीने का है।'' अर्पिता की इस प्रतिक्रिया पर राधिका ने उसे समझाते हुए कहा, ''अर्पिता! दरअसल यह सोच हमारे दक़ियानूसी-संस्कारों की देन है। बेटा, यह हमारी कमज़ोरी है कि हम केवल दो मिनट के सम्भोग से अपने बच्चे की सारी मिल्कियत उस पुरुष की मान बैठते हैं। अर्पिता! यह मात्र तुम्हारा बच्चा है और तुम इसे जैसा गढ़ोगी यह वैसा ही बनेगा। अब यह तुम्हारे हाथ में है कि तुम इसे राम बनाओ या रावण?''

राधिका की ये मार्मिक बातें सुन कर अर्पिता में कुछ साहस का संचार हुआ और वह दीवार का सहारा लेकर उठ खड़ी हुई।

राधिका ने सुस्मिता, पृथा आदि के साथ ही उसे भी अपनी बेंच पर बैठा लिया और 'श्रीसंगठन' के जिन दरबानों ने उस आदमी को पकड़ रखा था उन्हें कड़े शब्दों में आदेश दिया, ''आप लोग ध्यान से इसकी शक्ल देख लीजिए। इसकी एक फ़ोटो हमारे दफ़्तर में भी लगी रहेगी, फिर भी यदि यह कभी इस गली के आसपास भी दिख जाए तो आप इसे सीधे थाने में जमा कर दीजिएगा। पुलिस कमिश्नर ने कहा है कि वे ऐसे लोगों को केवल मानव-तस्करी और धोखा-धड़ी के इल्ज़ाम तक ही सीमित नहीं रखेंगे, बल्कि इन पर ऐसी-ऐसी दफ़ाएँ लगाएँगे कि ये लोग कभी जेल से छूट ही नहीं पाएँगे। आप सब तो जानते ही हैं कि अपने नए कमिश्नर साहब कितने संवेदनशील हैं और यहाँ की यौन-कर्मियों के प्रति कितना सहानुभूतिपूर्ण रवैया रखते हैं।''

तब तक 'श्रीसंगठन' की कार्यकर्ता बेबी हाल्दर कैमरा लेकर वहाँ आ गई थी और उसके साथ ही हाय-तौबा करता आ धमका था 'टुलू'। टुलू ने जब अर्पिता को राधिका की छत्र-छाया में खड़ा देखा तो वह चीख़ना-चिल्लाना भूल कर अत्यन्त भद्र आदमी की तरह राधिका से बोला, ''राधिका दी! हमने इसे 'टकाटक' पैसा देकर ख़रीदा है, अब यह हमारी चीज़ है। आप इससे कहिए कि जाकर धंधा चालू करे।'' वक़्त की नज़ाकत समझ कर राधिका बोली, ''टुलू भैया! आप सही कह रहे हैं, लेकिन हम आपसे थोड़ा

सा समय माँग रहे हैं ताकि हम सोच-समझ कर निर्णय ले सकें। आपका पूरा पैसा हमारे पास है और हमको पता है, आप लोग राधिका की ज़बान का विश्वास करते हैं। भाई! हम आपको एक-डेढ़ घंटे में उत्तर दे देंगे कि अर्पिता आपका पैसा लौटाएगी या ठीक होने के बाद धंधा करके चुकाएगी।''

राधिका की आद्योपांत बातों में टुलू अपनी गरदन नीची किए उसे 'हामी' में हिलाता रहा और अन्त में नमस्कार करके वहाँ से चला गया। उसके व्यवहार से प्रभावित होकर अर्पिता बोली, ''दीदी! मेरे इस नराधम पति से तो यह बदनाम आदमी 'टुलू' ज़्यादा शरीफ़ है।'' अर्पिता की भाषा और विचारणा शक्ति से प्रभावित होकर राधिका ने पूछा, ''अर्पिता, लगता है तुम पढ़ी-लिखी हो?'' इस पर अर्पिता ने सकुचा कर कहा, ''दीदी! मामा-मामी से छिप कर और रातें जाग कर मैंने पड़ोस के एक मास्टर जी की सहायता से बांग्ला में बी.ए. किया है।'' ''ऐ बुद्धू! बांग्ला में करो चाहे अंग्रेज़ी में, डिग्री तो मिली है ना! तो बेटा, तुम उसे सम्हाल कर रखना, किसी दिन काम आएगी।''

इसके बाद राधिका ने अर्पिता से पूछा, ''तुम्हारे पति का क्या करें अर्पिता?'' यह सुनते ही अर्पिता तेज़ी से उस ओर गई जहाँ उसके बदज़ात पति को दरबानों ने जकड़ रखा था। अर्पिता ने ध्यान से देखा कि उसके चेहरे पर शर्म की जगह असीम घृणा और विद्रूप था और उसने अर्पिता को ऐसी आँखों से देखा मानो उसे खा ही जाएगा।

अर्पिता दो-एक मिनट वहाँ स्थिर खड़ी होकर उसकी ओर देखती हुई अपनी बेवकूफ़ियों और उसकी बदमाशियों के दृश्यों को मन ही मन याद करती रही। देर होती देख कर राधिका ने सोचा ही था कि शायद यह मूर्ख लड़की भावुकता की नदी में बह कर इसे माफ़ कर देगी कि तभी वहाँ ज़ोर से 'चटाक' की आवाज़ गूँजी और परिणाम-स्वरूप उस दुबली-पतली अर्पिता की पाँचों अँगुलियाँ उस कमीने के गाल पर गहरी उभरी हुई दिखीं। इतना ही नहीं, उसने उसके मुँह पर थूक कर कहा, ''दीदी! नाली के इस गन्दे कीड़े को नाली में ही बहा दीजिए, मेरा इससे कोई लेना-देना नहीं है।'' यह कह कर उसने सड़क पर पड़ा एक 'सींक झाड़ू' का तिनका उठाया और दक्षिण की तरफ़ मुँह करके उसे तोड़ कर ज़मीन पर फेंक दिया। चूँकि यह कार्य किसी की मृत्यु होने पर किया जाता है, इसलिए अर्पिता का यह कर्तृत्व देख कर दरबानों की अन्यमनस्कता के कारण उस राक्षस ने ख़ुद को एक झटके से छुड़ा

लिया और अर्पिता के पेट पर ज़ोरों से लात मार कर चिल्लाने लगा :''साली, कुतिया! एक तो मेरे पाप को अपने पेट में लिए फिर रही है, और ऊपर से मेरी ही अंत्येष्टि-क्रिया कर रही है?'' उसकी लात कृशकाय अर्पिता को भारी पड़ी और उसका सिर पास की मुँडेर से जा टकराया। इस आकस्मिक घटी घटना से वहाँ की सारी लड़कियाँ और दरबान उस नीच पर पिल पड़े, और उसे जी भर के पीटने के बाद उन्होंने उसे थाने में ले जाकर मानव-तस्करी के अपराध में गिरफ़्तार करवा दिया।

अचेत अर्पिता के ख़ून बहते माथे पर बर्फ़ रख कर राधिका ने जब पानी के छींटों से उसे चेत करवाया तो वह अपने पेट पर हाथ रख कर तेज़ दर्द के कारण रोने लगी। उसकी हालत देख कर राधिका ने कहा, ''पिछले दिनों बच्चा जनने के कारण गली में हुई शम्पा की मौत को हम लोग झेल चुके हैं, अतः हम अर्पिता को तुरन्त ही पास के 'अविनाश दत्त मेटेरनिटी अस्पताल' ले जाएँगे।

''सुस्मिता, तुम अर्पिता के ये चार लाख रुपए रसीद लेकर पिंकू के पास जमा करवा दो और कहना कि राधिका दी ने कहा है कि जो ब्याज तुम औरों से वसूलते हो, वही ब्याज तुम्हें अर्पिता को देना होगा।'' सारी हिदायतें देने के बाद राधिका अर्पिता को लेकर एम्बुलेंस में जाते वक़्त पृथा को भी साथ ले गई। जब राधिका गई रात लौट कर आई तो उसके हाथ में लड्डुओं के डिब्बे थे, जो 'श्रीसंगठन' की एक प्रायोजक लता देवी ने दिए थे। राधिका ने बताया कि ''गाँव की शुद्ध हवा में गढ़ा होने के कारण, अर्पिता का दुबला-पतला शरीर ऐसी भयानक चोटों को भी सह गया था और उसे कोई अन्दरूनी चोट नहीं आई थी। बच्चा हूबहू अर्पिता पर गया है और उसका वज़न एवं हाथ-पाँव सब ठीक हैं। आज की रात अस्पताल में उसके साथ पृथा रहेगी और कल-परसों तक हम उसे यहाँ ले आएँगे।''

अर्पिता जब अपने बेटे को लेकर आई तो उसने अपनी इनी-गिनी साड़ियों में से छाँट कर एक चटक लाल-पीली साड़ी पहन ली थी। अनिंद्य सुन्दरी अर्पिता सिर पर पल्लू, गोद में गोल-मटोल बेटा, वक्ष में दूध और चेहरे पर सद्यःप्रसूता माँ का नूर लिए! जब उस गली के मोड़ पर टैक्सी से उतर कर खड़ी हुई तो लगा जैसे किसी राजे-रजवाड़े की संभ्रान्त महिला रास्ता भूल कर यहाँ आ गई है।

राधिका और वहाँ उपस्थित लड़कियों ने अर्पिता और उसके बेटे को 'कुंकुं' का टीका लगाया और सुस्मिता के मकान के निचले तल के एक छोटे कमरे में ले गईं। 'श्रीसंगठन' की लड़कियों ने कैलेंडरों से काट कर माँ-बच्चे की सुन्दर-सुन्दर तस्वीरें उस कमरे की दीवारों पर चिपका दी थीं। अर्पिता चौकी पर साफ़ चादर, कमरे में जलता बल्ब, एक पानी भरा कूज़ा और दीवारों पर मनहरती तस्वीरें देख कर रोने लगी, और राधिका के पैरों पर सिर रख कर ऐसी बिलखी कि उसके साथ धरती और आकाश तक रो पड़े। कुछ देर रो लेने के बाद जब वह सुबकियाँ लेने लगी तब राधिका ने उसे उठा कर कहा, "मैं इन्हें तुम्हारी ख़ुशी के आँसू मानती हूँ। चूँकि यह ख़ुशी दुःख से उपजी है, इसलिए इसकी तीव्रता बहुत गहन है, लेकिन बेटा, जीवन जीने की एक बाध्यता है कि हमें इसकी गतिमय राह पर निरंतर चलते रहना पड़ता है, क्योंकि ठहरते ही हम इसके 'चलंत-पट्टे' से नीचे गिर जाएँगे, और हमें मृत्यु का वरण करना होगा।

"अर्पिता, प्रभु की कृपा है कि इन दिनों हम लोगों में बहुत साहस और स्वाभिमान आ गया है और हमने सोच लिया है कि हम अपनी नियति अपने हाथों से गढ़ेंगे। अच्छा होगा या बुरा, यह तो हमें नहीं मालूम पर हमें जो कुछ मिला है, उसका पालन हम यथाशक्ति पूरी सच्चाई से करेंगे। दरअसल अब हमने जान लिया है कि पूरी ईमानदारी से किया गया कोई भी धंधा बुरा नहीं है।"

तभी अर्पिता के बेटे को भूख से रोते देख कर राधिका ने कहा, "अर्पिता, अब तुम अपने लाड़ले को दूध पिलाओ, थोड़ी देर बाद सुस्मिता तुम्हें खाना खिला देगी। बहिनियो! चलो अपने सब भी अपने-अपने धंधे में लगें, अर्पिता का आगे का कार्यक्रम कल सुबह 'श्रीसंगठन' के ऑफ़िस में तय करेंगे।"

जब सब बाहर निकल गए तो अर्पिता ने जल्दी से उठ कर राधिका के पैर छुए और पूछा, "दीदी! क्या मैं आपको माँ कह सकती हूँ?" राधिका की आँखों में पानी आ गया और उसने उसके सिर पर हाथ रख कर कहा, "हाँ बेटा! ज़रूर कह सकती हो।"

उस दिन 'श्रीसंगठन' का दफ़्तर कार्यकर्ताओं से भरा हुआ था, क्योंकि राधिका का आह्वान उस गली की प्रत्येक यौनकर्मी के लिए भगवान के आदेश के समान था। वहाँ की लड़कियों में एक भी ऐसी नहीं थी, जिसे राधिका ने

कभी न कभी सहारा न दिया हो। सब जानते हैं कि राधिका ने इस गली के बीस बरस अपने कमाने में कम और दूसरों की सहायता करने में ज़्यादा ख़र्च किए हैं।

राधिका ने पुराने कामों का लेखा-जोखा लेने के बाद सी.सी.टी.वी. कैमरे का मुद्दा उठाया। उसने इस बारे में सबसे लिखित राय माँगी थी ताकि प्रत्येक लड़की सोच-समझ कर अपनी राय बता पाए। सारी 'चिटें' एकत्रित होने के बाद इस नाज़ुक विषय पर उनमें लिखे हुए सुझावों पर गहन विचार-विमर्श हुआ और यह तय किया गया कि शक्तिशाली छोटे कैमरों को कोठे के अन्दर न लगा कर बाहर किसी ऐसे कोने में लगाना चाहिए जहाँ हर आने-जाने वाला उसकी जद में आ जाए। कोठों में किसी भी प्रकार का लड़ाई-झगड़ा या बाता-बाती होने पर प्रभावित यौनकर्मी दौड़ कर क्षण भर के लिए बाहर बरामदे में आ जाएगी, और रिकार्डिंग में उसे देखते ही सुरक्षाकर्मी, स्थिति की गम्भीरता समझ कर बिना किसी शोर-शराबे के तेज़ी से ऊपर जाकर, उस कोठे पर पर्दा हो तो पर्दा उठा कर या दरवाज़ा खटखटा कर कोड भाषा में पूछेगा कि "क्या आपकी बत्ती चली गई है?" यदि अन्दर सब कुछ ठीक चल रहा होगा तो उत्तर में कहा जाएगा : 'नहीं' और यदि कहीं कुछ 'अड़ंगे' वाली बात होगी तो जवाब होगा : 'शायद'।

'सिक्युरिटी गार्ड' के इन प्रश्नों से ग्राहक को किसी भी प्रकार का संदेह नहीं होगा और गार्ड कोठे के रंग-ढंग से जान लेगा कि 'कहाँ' 'क्या' गड़बड़ी है। पृथा का यह सुझाव सबको पसन्द तो आया, लेकिन राधिका ने उसमें जोड़ दिया, "पृथा, तुम्हारा 'प्लान' तो एकदम ठीक लग रहा है, पर बेटा, योजना और कार्यान्विति में हमेशा कुछ फ़र्क़ रहता है। फिर भी यदि सबकी सहमति हो तो हम इसे आज की मीटिंग में पारित कर इसे 'मिनिट्स' में लिख लेते हैं।"

इतने में ही अर्पिता ने आगे आ कर कहा, "माँ! जब आपकी मीटिंग शुरू हो ही रही थी मैं तभी आ गई थी, पर एक तो मैं बीच में 'डिस्टर्ब' नहीं करना चाहती थी, दूसरे मैं पीछे खड़ी होकर आपका संचालन देखना चाहती थी; ताकि मैं भी कुछ सीख सकूँ।"

अर्पिता की बातों से राधिका अत्यधिक प्रभावित होकर बोली, "बहिनियो, ज्ञान अर्जन करने की यह अभीप्सा ही मनुष्य को मनुष्य बनाए रखती है, वरना

चंचल मन के कारण तो देवत्व और पशुत्व की सीमा रेखा पर खड़ा मनुष्य, कई बार अनवधान में देवत्व की रेखा पार कर पशुत्व की सीमा में प्रवेश कर जाता है।'' यह कहते ही राधिका अपनी मीमांसा से सकुचा गई और बोली, ''माफ़ करना अर्पिता, मैं व्यर्थ की भावुकता में बह कर शायद अप्रासंगिक उपदेश देने लगी थी। हाँ तो बेटा! तुम मन खोल कर अपनी इच्छा बताओ कि तुम क्या करना चाहती हो? तुम एक मननशील महिला हो, इसलिए तुमने अपने भविष्य के बारे में एकाध योजनाएँ तो बनाई ही होंगी?''

''माँ! आपको यह जानकर आश्चर्य होगा कि मैंने अपने लिए बहुत ही भौतिकवादी और स्वार्थपूर्ण योजना बनाई है।'' कह कर अर्पिता शर्म से आँखें झुका कर चुप हो गई।

उसका संकोच देख कर राधिका बोली, ''अर्पिता, अभी तुम्हारा पाला इस गली की नग्न सच्चाइयों से नहीं पड़ा है और इसलिए अभी भी तुम्हारे पवित्र हृदय में 'शर्म' शब्द का अर्थ बचा हुआ है। बेटा, झिझको मत और तुम्हारे मन में जो भी विचार आए हैं, वे बताओ।''

''माँ, मैं करमजली तो सदा से अभावों में ही रही, पर सिर पर छत और आधा पेट भोजन के साथ मामा-मामी का सुरक्षा कवच मुझे उपलब्ध था, लेकिन जब वह कमीना मुझे चिलचिलाती धूप में, भरी दोपहर, ज़िन्दगी के चौराहे पर, बिना किसी साधन और सुरक्षा के पटक कर चला गया तो मुझे महसूस हुआ कि इस दुनिया की सबसे बड़ी ताक़त पैसा है और प्रेम आदि शब्द अपना अर्थ खो चुके हैं। यह तो मुझ पर प्रभु की असीम कृपा थी कि मुझे एक करुणामयी माँ के रूप में आपने आश्रय दे दिया, नहीं तो क्या मैं उसी नाली में अचेत पड़ी मर नहीं जाती? इसलिए माँ, मैंने सोचा है कि मैं शुरू में दिन के समय यहाँ धंधा करूँगी और रात को नर्स की ड्यूटी करूँगी। माँ! मेरे पास नर्सिंग का 'डिप्लोमा' तो है ही और आपके आशीर्वाद से यदि मुझे किसी अस्पताल में महीने के हिसाब से ड्यूटी मिल गई तो मैं आगे की पढ़ाई करके अपने डिप्लोमा को 'डिग्री' में बदल लूँगी। अभी तो मेरा बेटा 'अरिजित' छोटा है, इसलिए मैं उसे सबकी माँ सपना दी को सौंप कर बिना आराम किए एक पर एक ग्राहक लेकर कुछ पूँजी जमा कर लूँगी, पर जब वो बड़ा हो जाएगा, तब मैं केवल सीनियर नर्स का ही काम करूँगी, ताकि उसका सिर शर्म से नहीं झुके।''

अर्पिता का एकालाप ख़त्म होने पर राधिका ने कहा, ''पृथा! तुमने ध्यान दिया कि तुम्हारी तरह ही अर्पिता भी 'फुल-प्रूफ़ प्लान' बनाने में माहिर है। आज से मैं तुम्हें अर्पिता की संरक्षिका का पद देती हूँ, बेटा, तुम इसकी रक्षा करना।'' पृथा ने खड़े होकर राधिका को प्रणाम किया और बोली, ''दीदी! आपका हुक़्म सिर माथे पर।'' इसके बाद राधिका ने अर्पिता को आशीर्वाद देते हुए कहा, ''बेटा, विजयी भव।''

मीटिंग की समाप्ति पर 'श्रीसंगठन' के दफ़्तर में हर्षोल्लास छाया हुआ था कि दरवाज़े पर खड़े मधु, शिंटू, सुचित्रा, श्यामू आदि किन्नरों ने हाथ जोड़ कर पूछा, ''दीदी! क्या हम अन्दर आ सकते हैं?''

उन्हें देखते ही राधिका को अपना वादा याद आया और उसने बेसाख़्ता कहा, ''आओ बेटा, आओ।'' साथ ही उसने इशारा से उनके लिए चाय-समोसे का ऑर्डर भी दे दिया। ऐसा स्वागत देख कर उन चारों की आँखें आनन्दाश्रुओं से भर गईं।

राधिका ने कहा, ''बच्चों, मैंने तुम चारों के लिए छोटे-मोटे कामों का जुगाड़ किया है। 'शिंटू' और 'मधु,' शरीर से हृष्ट-पुष्ट हैं, इसलिए हम इन्हें 'श्रीसंगठन' की ओर से इस गली का रक्षक अर्थात पहरेदार नियुक्त करना चाहते हैं। इससे हमें एक विशेष लाभ यह होगा कि रोज़ रात को जो बदमाश 'हिजड़ों' का दल यहाँ आकर 'लूट-पाट' करता है, ये उन्हें रोक सकेंगे, क्योंकि उनकी 'नस' इन लोगों से दबेगी। डबल एम.ए. सुचित्रा और श्यामू के लिए हमने एक अत्यन्त भद्र व्यक्ति स्नेहाशीष दे से बात की है। उन्होंने कहा है कि वे श्यामू को ड्राइवर की नौकरी दिलाने की कोशिश करेंगे अन्यथा उसे अपने पेट्रोल पम्प में रख लेंगे। वे अपने मोहल्ले में ग़रीब बच्चों का एक निःशुल्क स्कूल भी चलाते हैं, उन्होंने कहा है कि वे उस स्कूल की पूरी ज़िम्मेदारी सुचित्रा को दे देंगे।

''बच्चो! तुम पूरे मन से काम करना और मान कर चलना कि यह तुम लोगों की उन्नति की पहली सीढ़ी है। यदि तुम पूर्ण समर्पण और निष्ठा से काम करोगे, तो दुनिया की सारी ताक़तें तुम्हारे साथ आ खड़ी होंगी और तुम्हारे परिश्रम की नदी के प्रवाह में, तुम लोगों की ईश्वर प्रदत्त यह छोटी सी शारीरिक ख़ामी बह कर कहीं दूर खो जाएगी।''

राधिका की बात ख़त्म होते ही जब चारों 'अर्द्धनारीश्वर यौनकर्मी'

राधिका के चरणों में लोटते-से उसे साष्टांग प्रणाम करने लगे, तब राधिका ने 'सुखी रहो,' 'आगे बढ़ो' आदि आशीर्वादों से उन्हें नवाज़ा और अपने दोनों हाथ आकाश की ओर उठा कर उस अन्तर्यामी असीम को प्रणाम करते हुए मन ही मन कहा, "हे प्रभु, कृपा बनाए रखना।"

हाल में सोनागाछी गली में न तो कोई हत्या हुई थी और न ही कोई अपहृत नाबालिग लड़की वहाँ बेची गई थी। राधिका की किन्नर सेना की पहरेदारी का भी वहाँ काफ़ी प्रभाव पड़ा था। अब यदि रात की भीड़ में कुछ बदमाश हिजड़े वहाँ आकर लूट-पाट, छिनताई आदि करते, तो यह सेना उन्हें मार-पीट कर दूर तक खदेड़ देती थी। आश्चर्यजनक था यह देखना कि ये अर्द्धनारीश्वर अपनी सच्चाई और कर्तव्य पर अडिग रहते हुए मृत्यु से भी नहीं डरते थे। एक बार जब ज़रायमपेशा हिजड़ों के सरदार ने वहाँ आकर पैतरों में तलवार भाँजते हुए इन्हें डराना-धमकाना शुरू किया तब शिंटू ने असीम साहस का परिचय देते हुए उसकी तलवार सामने से पकड़ ली थी। शिंटू की लहूलुहान हथेली से लगातार टप-टप ख़ून बह रहा था, पर उसने तलवार नहीं छोड़ी और उसे उस शैतान से छीन कर ही दम लिया था।

उसके प्रेम और कर्तव्य की पराकाष्ठा देख कर राधिका की आँखों से आँसुओं की झड़ी लग गई और उसने अस्पताल में शिंटू की हथेली की मरहम-पट्टी कराते हुए उन लोगों से वादा लिया कि भविष्य में दूसरों की रक्षा करते वक़्त वे स्वयं को भी सुरक्षित रखेंगे। उसने उन्हें समझाया कि 'शठे शाठ्यम समाचरेत' के अनुसार बदमाशों को दंड देना सर्वथा उचित है, पर ऐसा करते वक़्त उन्हें स्वयं की सुरक्षा का भी पूरा ख़्याल रखना चाहिए।

सारी बातें बहुत ही आत्मीयतापूर्ण वातावरण में हो रही थीं इसलिए किन्नरों में से ही एक पिंकी ने आगे बढ़ कर कहा, "दीदी! क्या हम यहाँ एक कोठा किराए पर लेकर धंधा कर सकते हैं? चूँकि हमलोग पुलों के नीचे, 'हाईवे' और बाज़ार की नुक्कड़ आदि जगहों पर शान्ति से खड़े रहते हैं और ग्राहकों के लिए कोई छीना-झपटी या लड़ाई-झगड़ा नहीं करते, इसलिए हमें

बहुत ही कम ग्राहक मिलते हैं। दीदी, सच्चाई तो यह है कि शिंटू, मधु, शालू, शन्नो, सुरीली, झुमकी और मुझ पर हमारे परिवारों की भी ज़िम्मेदारी होने के कारण हमलोग दो टाइम ठीक से खाना तक नहीं खा पाते हैं। हमारा अन्दाज़ा है कि यदि हम इस बाज़ार में आकर बैठेंगे तो बेहतर धंधा कर पाएँगे?''

जब राधिका ने अपनी आदत के अनुसार उनका यह अनुरोध 'श्रीसंगठन' की 'कोर कमिटी' के समक्ष रखा, तो भोली अर्पिता ने आश्चर्य से अपनी आँखें बड़ी करके कहा, ''दीदी! ये लोग धंधा कैसे करेंगे? चाहे इन सबके नाम लड़कियों के हैं, पर ये लोग पूरी लड़की तो हैं नहीं! और यहाँ तो केवल और केवल शरीर ही बिकता है, तो फिर ये लोग?'' कहते हुए अर्पिता ने सकुचा कर अपना वाक्य अधूरा छोड़ दिया। राधिका के उत्तर देने से पहले ही पढ़ी-लिखी मधु ने तत्काल कहा, ''बहिनी! आप संकोच मत करिए, आपकी यह जिज्ञासा एकदम सही है, पर हमलोग ठहरे अर्द्धनारीश्वर, शिव और शक्ति दोनों का समन्वित रूप, वैसे भी आज सम्पूर्ण विश्व में समलैंगिकता के अधिकारों को लेकर जो बावेला मचा हुआ है, क्या वह आपकी इस जिज्ञासा का सही उत्तर नहीं है? बहिनी, स्त्री-पुरुष सम्बन्ध की उद्दाम क्रिया तो बस दो मिनट की होती है, पर उसके आगे-पीछे के कामसूत्र के सारे तौर-तरीक़े हमें कंठस्थ हैं। जब हम अच्छे-अच्छे पढ़े-लिखों को उनमें उलझा कर भूल-भुलैया जैसे चक्कर कटवा सकते हैं, तो इन साधारण ग्राहकों की तो बिसात ही क्या है? और बहिनी! आप तो पढ़ी-लिखी हैं, आप तो जानती ही होंगी कि नवाबी अमलों में तो 'लौंडे' रखने का ख़ास रिवाज़ था, और हरम की बेग़में तक उन्हें बेहद तवज्जुह देती थीं, क्योंकि नवाबों तक पहुँचने का एकमात्र ज़रिया वे ही होते थे।''

अर्पिता विस्फारित नेत्रों और अधखुले मुँह से मधु को एकटक देखे जा रही थी कि मधु ने आगे कहा, ''बहिनी, ये तो जगज़ाहिर साधारण-सी बातें हैं, लेकिन यदि आप पुरुषों की कामुकता और उच्छृंखलताओं पर गहराई से 'रिसर्च' करने बैठेंगी तो आपके अचरज की मुद्रा में अधखुले होंठ नीचे तक लटक जाएँगे। इस दुनिया की चकाचौंध के पीछे कितना गहन अँधेरा छिपा है इसकी थाह पाना किसी के लिए भी सम्भव नहीं है।''

यह सोच कर कि इनकी समस्याएँ तो अनन्त हैं, राधिका ने बातचीत की कमान अपने हाथ में ली और 'श्रीसंगठन' की पृथा, कथा आदि की ओर

उन्मुख होकर बोली, "बहिनियो, वैसे तो कोई भी इस गली में आकर धंधा कर सकता है, क्योंकि यह गली किसी की बपौती नहीं है। सच तो यह है कि यह इन लोगों की भलमनसाहत है कि ये हमसे अनुमति माँग रहे हैं, जबकि इनके यहाँ रहने से हमें लाभ ही हुआ है, पर जब ये लोग इतना बड़प्पन देकर हमारी रज़ामंदी से यहाँ आना चाहते हैं, तो अपनी भी यह ज़िम्मेदारी बनती है कि हम इन्हें वही संरक्षण दें जो अपनी दूसरी सदस्याओं को प्राप्त है और इन्हें मुख्यधारा में शामिल कर इन्हें अपना ही अंग मानें। क्या आप सबको यह मंज़ूर है?"

राधिका के इस प्रस्ताव पर 'श्रीसंगठन' के दफ़्तर में कुछ देर तो सन्नाटा छाया रहा, फिर थोड़ी फुसफुसाहट के बाद, यह मत सर्वसम्मति से पारित हो गया। प्रस्ताव पारित होते ही पृथा ने खड़े होकर कहा, "राधिका दी! यह प्रस्ताव आपके कारण ही सर्वमान्य हुआ है, क्योंकि साल-दर-साल आपने हम सबको धो-माँज कर यह सिखा दिया है कि मनुष्य मात्र से प्यार करो और यथाशक्ति दूसरों की सहायता करो। इतना ही नहीं, आपने यह बता कर कि यदि हम अपने सद्‌कार्यों के बीज चारों ओर यों ही छिटका भर भी देंगे, तो भी वे प्रतिफलित होकर बहुगुणित हो जाएँगे, इस विचार को शाश्वत जीवनमूल्यों से भी जोड़ दिया है। दीदी! अब तो यह हाल है कि हम चाह कर भी इन संस्कारों को अपने अस्तित्व से अलग नहीं कर पाते हैं, और मेरे साथ तो यहाँ तक होता है कि यदि कभी लालच मेरे मन में झाँकता भी है, तो मुझे उसके बरअक्स आप खड़ी दिखने लगती हैं और मैं तुरन्त उस भटकन से स्वयं को मुक्त कर लेती हूँ।" यह सुन कर सभी उपस्थित लड़कियों ने एक स्वर में कहा, "दीदी! कमोबेश हमलोगों का भी यही हाल है।"

राधिका नीची गरदन किए सबकी बातें सुनती रही और थोड़ी देर के मौन के बाद बोली, "बहिनियो! यह आप लोगों का प्रेम और बड़प्पन है कि आप सब मुझे इतना मान देती हैं और इसी वजह से मुझे हर समय अपने उत्तरदायित्व और सघन ज़िम्मेदारियों का अहसास होता रहता है। हाल ही में 'दुर्बार समिति' ने अपने आँकड़ों में उल्लेख किया है कि पश्चिम बंगाल में पैंसठ हज़ार 'रजिस्टर्ड' यौन कर्मी हैं, जिनमें से सोनागाछी के एक सौ सत्तर मकानों में लगभग बारह हज़ार लड़कियाँ इसी पेशे से अपनी गुज़र बसर करती हैं। बहिनियो, आप लोगों से चर्चा करने के पहले जब मैंने इस विषय

पर थोड़ा सा आत्म-मंथन किया, तो मुझे लगा कि यदि हम इन किन्नर बहनों को अपना पाए तो कुछ ख़ास किए बिना ही एक पुण्य कर्म हो जाएगा। वैसे भी जीवन की आपा-धापी में हम इतने आत्मकेन्द्रित हो जाते हैं कि दूसरों के लिए कुछ भी नहीं कर पाते हैं, इसलिए मेरी हार्दिक इच्छा है कि हमें इस अनायास प्राप्त सुअवसर का लाभ लेना चाहिए। यदि आप सब तन-मन से सहमत होंगे तभी 'मैं' इन्हें 'हाँ' कहूँगी, क्योंकि किसी एक की भी हिक़ारत भरी नज़र इन्हें अथाह मानसिक पीड़ा देगी। इस गम्भीर भूमिका में हम सबकी भागीदारी संवेदना और करुणा से ओतप्रोत होनी चाहिए। अत: आप सबसे अनुरोध है कि कृपया आपलोग मेरे मोह में 'हामी' न भरें और यदि आपका मन इस बात से पूरी तरह सहमत हो तभी 'हाँ' कहें।''

शिंटू, पिंकी, झुमकी, शालू, मधु आदि सभी राधिका की बातचीत के तरीक़े से गद्‌गद हो रही थीं कि एम.ए.पास शालू ने धीरे से शिंटू से कहा, ''दीदी! ज़रा ध्यान दीजिए कि राधिका दी कितनी मिठास से हमारे पैरों के तले कालीन बिछा रही हैं। यह हमारा सौभाग्य है कि हमारा परिचय इन जैसी अनोखी महिला से हुआ।''

राधिका के प्रश्न से वहाँ कुछ देर तो चुप्पी छाई रही और फिर अचानक वह गली उत्साही लड़कियों के गुंजार से गूँजने लगी जिसके प्रमुख स्वर थे, ''दीदी! मुझे काम बताइए? दीदी, बताइए क्या करना है?''

राधिका अपनी लड़कियों में ईर्ष्या की जगह औदार्य की इस प्रबल भावना को देख कर आह्लादित हो गई और चहकते स्वर में बोली, ''बहिनियो, मैंने आज तक तुम सबको इस गली की बदगुमानियों की कहानियाँ ही सुनाई हैं, पर तुम्हारे इस व्यवहार के पुरस्कारस्वरूप इस बार मैं तुम्हें इस गली में घटित हुई 'एक अचम्भे प्रेम' की कहानी सुनाऊँगी। आज तक मैंने मर्दों को उनके नीच कर्मों के कारण केवल कोसा है, पर अपवादस्वरूप कभी कोई 'अजूबा पुरुष' यहाँ कुछ ऐसा घटा देता है कि अचानक इस अँधेरी गली में सूर्य उग जाता है। कहीं मैं भूल न जाऊँ इसलिए तुम लोग याद रखना कि इस कहानी के नायक डॉ. पांडा और नायिका अनन्या हैं।''

राधिका की कहन-शैली की क़ायल सारी उपस्थित लड़कियाँ ताली बजा कर उछल-कूद करती दिखीं और वे सारे अर्द्धनारीश्वर राधिका को विनीत मुद्रा में नमन करते नज़र आए।

अभी सुबह पूरी तरह से हुई भी नहीं थी कि रोज़ देर तक सोने वाली सोनागाछी गली न केवल उठ कर बैठ गई थी, बल्कि उसकी तीन-चौथाई आबादी शिवाले, चायवाले और 'श्रीसंगठन' के दफ्तर के पास इकट्ठा होकर चाय के कुल्हड़ पर कुल्हड़ पिए जा रही थी। चाँद को एकटक तकते चकोर की मानिन्द उनकी आँखें राधिका के रास्ते पर टकटकी बाँधे हुए स्थिर थीं कि अचानक वहाँ कुछ सरसराहट सी हुई, क्योंकि राधिका के आँचल की झलक दिखते ही वे सारी लड़कियाँ यथास्थान बैठने के प्रयास में लग गईं थीं। फुर्तीली राधिका रोज़ की तरह बड़े क़दम रखती हुई उनकी ओर आ रही थी, पर उन्हें लग रहा था जैसे आज राधिका बहुत ही धीरे चल रही है। दरअसल यदि किसी के कंटकाकीर्ण जीवन के रेगिस्तान में बारिश की सुखद फ़ुहार का आगमन होने वाला हो तो उसका बेसब्र होना लाज़िमी भी है।

अनुभवसिद्ध राधिका को उनके उतावलेपन का अन्दाज़ था, इसलिए तेज़ी से सबके नमस्कार आदि का जवाब देने के बाद क्षण मात्र गँवाए बिना उसने कहना शुरू कर दिया, ''बहिनियो, इन्हें देखो, ये हैं डॉक्टर पांडा! जो न केवल एम. डी. थे, बल्कि इनके वर्चस्व के कारण सरकार ने इन्हें सरकारी नौकरी के साथ अपनी निजी प्रैक्टिस करने की भी अनुमति दे रखी थी।'' कह कर राधिका ने डॉ. पांडा के बड़े से चित्र को अपने हाथ के 'फोलियो' से निकाल कर सबको दिखाया। डॉ. साहब का छहफुटिया सुदर्शन रूप और उनकी देहयष्टि देख कर सब उनके रूप पर रीझी जा रही थीं, पर वे इस हक़ीक़त से बेख़बर थीं कि उनके इस सौंदर्य-सौष्ठव के पीछे उनका करुणा और संवेदना से भरा हुआ हृदय था, जो उनके सम्पूर्ण व्यक्तित्व को एक विशिष्ट नमनीयता प्रदान कर रहा था।

''डॉ. पांडा कई संस्थाओं को निःशुल्क सेवाएँ देते थे और इसी सिलसिले में 'स्वयंसिद्धा' संस्था की प्रमुख शहाना दी उन्हें अनन्या नाम की एक नई लड़की को दिखाने के लिए यहाँ लाई थीं। कच्ची-कोमल कली-सी अनन्या भीषण ज्वर के कारण सन्निपात में न केवल अंट-शंट बक रही थी, बल्कि बार-बार खिड़की की ओर दौड़ कर नीचे कूदने का प्रयास भी कर रही थी। वहाँ की लड़कियों ने अनन्या के सिर पर पानी डालना, उसके पैरों के तलवों पर तेल मलना आदि कई घरेलू उपचार आजमा लिए थे, पर कोई फ़ायदा नहीं हुआ था, लेकिन जैसे ही डॉ. पांडा उस कमरे की चौखट पर आकर खड़े हुए,

अनन्या को लगा जैसे कोई प्रकाश से भरी मूर्ति वहाँ खड़ी है और वह उसी क्षण झटके से उठ कर उनसे चिपक गई। आँसुओं और बुख़ार से कंठ अवरुद्ध होने के कारण वह कुछ बोल नहीं पा रही थी, पर ऐसा लग रहा था मानो उसका रोम-रोम स्वयं को डॉ. पांडा के सुपुर्द कर चुका था।

''डॉ. पांडा ने अत्यन्त कोमलता से उसे स्वयं से अलग किया और उसकी शिथिल देह को मृदुलता से गोद में उठा कर बिस्तर पर लिटा दिया। लेटते ही उसके होंठ अस्फुट स्वर में कुछ-कुछ बोलने लगे। हालाँकि उसके सारे उलाहने किसी व्यक्ति विशेष को ही समर्पित थे, पर डॉ. पांडा ने यह कह कर उन्हें कोई तवज्जुह नहीं दी कि 'बेचारी ज्वर के ताप में प्रलाप कर रही है'।''

राधिका ने आगे कहा, ''बहिनियो, दूर खड़ी मैं उनकी सदाशयता पर मुग्ध थी और सोच रही थी कि शायद भगवान की करुण-वत्सलता इसे ही कहते होंगे। डॉ. पांडा ने अनन्या का न तो कोई इतिहास पूछा और न ही उसकी उम्र, सिर्फ़ नाम पूछा और एक प्रेस्क्रिप्शन बना कर सुजाता दी के हाथ में पकड़ा दिया। उसमें उन्होंने उस इंजेक्शन का नाम भी लिख दिया था, जो उन्होंने आते ही अनन्या को दिया था। अपना बैग बन्द करके जाते वक़्त उन्होंने एक माँ जैसे अपने सतमासिया कमज़ोर बच्चे को पपोलती है वैसे ही अनन्या के सिर पर हाथ फेरा और सबको नमस्कार करके चले गए।

शहाना दी उनका प्रेस्क्रिप्शन हाथ में पकड़े उसमें फल-दूध आदि देख कर सिर धुन ही रही थीं कि गली का फलवाला फलों से भरा एक टोकरा वहाँ लाया, जिसमें दूध और हॉर्लिक्स के दो बड़े डिब्बे भी रखे थे। शहाना दी जैसी उम्रदराज़ सामाजिक कार्यकर्ता तक के लिए भी यह एक अभूतपूर्व घटना थी! वे कभी उस टोकरे की ओर देखतीं तो कभी अनन्या की ओर। अन्त में उन्होंने इसे अनन्या का विशेष सौभाग्य मानते हुए डॉ. साहब की सारी हिदायतें अनन्या की देखभाल कर रही लड़की को दीं और वहाँ से चली गईं।

''बहिनियो, तुम लोग सोच रही होगी इसमें क्या ख़ास 'अचम्भा प्रेम' या 'अजूबापन' हुआ जो राधिका दी इस घटना को इतने अतिशयोक्तिपूर्ण ढंग से अलंकृत कर रही थीं, पर देवियो, यह तो उस कहानी की भूमिका मात्र है, असली कहानी नहीं।''

इस सांत्वना से लड़कियों के चेहरे पर थोड़ा संतोष झलका और वे सब वापस गाल पर हाथ धरे आगे की कहानी के लिए राधिका को देखने लगीं।

"हाँ, तो बहिनियो, अनन्या के सन्निपाती ज्वर को सँभालने डॉ. पांडा प्रतिदिन आते और दवा-दारू के साथ पथ्य आदि का भी प्रबंध कर देते। शहाना दी ने जब उन्हें एकाध बार टोका कि 'सर, आप अपनी हज़ारों की प्रैक्टिस छोड़ कर यहाँ अपना समय क्यों ज़ाया करते हैं, अब हमलोग इसे सँभाल लेंगे,' तो इसके उत्तर में वे एक ही बात कहते : 'शहाना दी, सेवा तो अनमोल होती है, सच कहूँ तो मुझे इन दुखियारी लड़कियों को थोड़ी-सी भी राहत पहुँचा कर अत्यन्त आनन्द आता है। मैं बहुत स्वार्थी हूँ, इसलिए वही काम करता हूँ जिसे करके मुझे अपने जीने में कोई सार्थकता महसूस होती है।'

"वैसे भी शहाना दी अनन्या की वजह से डॉ. पांडा के चारों ओर घूमती रहती थी, क्योंकि वह बन्दी तो डॉ. पांडा को छोड़ कर किसी के हाथ से खाना तो दूर, पानी तक नहीं पीती थी। डॉ. पांडा के अनुसार वह अभी भी 'मेंटल ट्रोमा' में थी, जिसके रोगी को हर नया आदमी राक्षस जैसा ख़ूँख़ार लगता है। शहाना दी अनन्या की ओर देखकर सोचती रहतीं, कहाँ तो इस नसीबफूटी को इसके घर वाले ऊँची पढ़ाई करने विलायत भेज रहे थे और कहाँ यह गली! जहाँ इसका प्रेमी इसे हवाई अड्डे पहुँचने से पहले ही उड़ा कर ऊँचे दामों में बेच गया था।

"अनन्या न केवल सौंदर्य में अप्रतिम थी, बल्कि उसकी देहयष्टि का गठन और लास्य उसे सहज ही इन्द्र की उर्वशी के समकक्ष प्रतिष्ठापित कर देता था। डॉ. पांडा के आते ही अनन्या उनसे ऐसी चिपक जाती कि दूर से देखने पर वे दोनों एक ही जिस्म प्रतीत होते। छरहरेपन की सारी सीमाएँ पार कर दुबलेपन की पराकाष्ठा पर पहुँचे उसके शरीर को पतले काँच के मर्तबान की तरह सँभालना पड़ता था, वरना उसके तड़कने का भय बना रहता था। अनन्या के कमरे में काल की गति इतनी धीमी थी कि ठहरी हुई-सी लगती थी। हालाँकि डॉ. पांडा और अनन्या का यह क़िस्सा दिनों से महीनों में तब्दील हो गया था, पर अनन्या का वह तथाकथित 'भय' ज्यों का त्यों वहीं बरकरार था।

"डॉ. पांडा कभी भी अनन्या के कमरे में अकेले नहीं जाते थे, गोया उन्होंने अपने और अनन्या के बीच एक अदृश्य पर्दा खींच रखा हो, पर समय की हवा में वह पर्दा कब तार-तार होकर उनके संकोच की दीवार को तोड़ गया इसका उन्हें भान तक नहीं हुआ और एक दिन अनन्या के प्रेम की बाढ़

में विश्वामित्र की तरह ही उनका तप, कमंडल, कुशासन आदि सब बह गए और वे मानसिक के साथ-साथ शारीरिक रूप से भी पूरी तरह अनन्या को समर्पित हो गए।

"इस बाढ़ का ज्वार कम होने पर जब उन्हें होश आया, तो वे ग्लानिबोध से अपना माथा पकड़े किंकर्तव्यविमूढ़-से कभी उस कमरे की चारों ओर की दीवारों को देखते तो कभी छत को, क्योंकि उनके जीवन में यह पहला अवसर था जब उन्होंने अपने घर की देहरी के बाहर का जल पिया था। कुछ स्वस्थ होकर जब उन्होंने अनन्या की ओर देखा तो उसके चेहरे से ऐसा नूर टपक रहा था जैसे वह एक ऐसी नई-नवेली दुल्हन हो जिसे उसके पति ने सिर से पैर तक तृप्त कर दिया हो। उसका रोम-रोम पुलकित होकर उसे सिहरा रहा था! उसने धीमे से उठ कर डॉ. पांडा के पैरों में प्रणाम किया और नवागता-सी उनसे चिपक गई। डॉ. पांडा ने उसके सिर पर हाथ रख कर उसे आश्वस्ति बोध प्रदान किया और वहाँ से चले गए।

"बहिनियो, डॉ. पांडा ने एक धर्मपति की तरह मृत्यु पर्यन्त उसकी रक्षा करते हुए उसे इस धरती के सारे अलभ्य सुख प्रदान किए और उसके लिए आजन्म एकनिष्ठ रहे।"

यह सुन कर पृथा ने जब 'तरस' से राधिका से पूछा, "दीदी, इस गली में कभी कोई 'एकनिष्ठ' भी होता है क्या?" तो राधिका ने तत्क्षण उत्तर दिया, "इसीलिए तो मैं इसे 'अजूबे' की संज्ञा देती हूँ, पर यदि तुम लोग 'हुँकारे' की जगह मुझे ऐसे ही टोकते रहे, तो मैं अभी ही आगे की कहानी सुनाना बन्द कर दूँगी, समझीं?" यह सुनते ही सबका समवेत स्वर गूँजा, "सॉरी दीदी, सॉरी! अब हम एकदम चुप रहेंगे," और सबने प्रतीक रूप में होंठों पर अँगुली रख ली। राधिका ने मुस्कुराते हुए आगे जो कथा कही वह संक्षेप में यों थी, "उदारमना डॉ. पांडा की सज्जनता और अपनी बालिका वधू से उनके बेतहाशा प्यार ने अनन्या के दिनों के पंख लगा दिए और उसे यह प्रतीति होने लगी मानो वह हर समय नन्दन कानन में डले फूलों के झूले में झूल रही है। यथासमय डॉ. पांडा और अनन्या के दो अत्यधिक सुन्दर और मेधावी बच्चे हुए जिनका नाम डॉ. पांडा ने सोच-समझ कर अन्विति और वेदान्त रखा।

"बहिनियो, सच कहा जाए तो डॉ. पांडा ने इस गली में एक स्वर्णिम इतिहास रच दिया था। न तो उनके पहले किसी ने यहाँ किसी यौनकर्मी

को धर्मपत्नी और माँ का दर्जा दिया था और न ही उनके बाद यहाँ कभी ऐसा घटा।''

''दीदी, इस 'बाद' का क्या मतलब? यह घटना कोई सदियों पुरानी तो है नहीं, इन्हीं दस-बीस वर्षों में घटी है, तो फिर डॉ. पांडा कहाँ गए? क्या उन्होंने अनन्या और बच्चे को छोड़ दिया?'' यह सुनते ही राधिका अतीत के अँधेरों में खोई-सी उदास स्वर में बोली, ''बहिनियो, कहते हैं 'इश्क़ और मुश्क़' की ख़ुशबू छिपाए नहीं छिपती, फिर डॉ. पांडा का प्रेम तो 'स्वत्व' को मिटा कर पर में एकाकार होना था; इसलिए जब इसकी सघनता और गम्भीरता का प्रकाश डॉ. पांडा के घर तक पहुँचा तो उन लोगों को यह प्रकाश आग की लपट-सा लगा और उनकी पत्नी कुछ गुंडों को लेकर यहाँ आई और उसने अनन्या को उन गुंडों से ख़ूब पिटवाया।

''अनन्या उससे जितनी बार माफ़ी माँगती वह उतनी ही बार उसे मारती हुई ज़मीन पर पटक देती। इतना ही नहीं मन भर कर मार-पिटाई करने के बाद उसने जाते वक़्त अनन्या को ज़ोरों से धमकी भी दी कि यदि उसने भविष्य में उसके पति को यहाँ आने से नहीं बरजा तो वह अनन्या और उसके बच्चों को जान से मार डालेगी।

''अत्यधिक शालीन और अनुशासनप्रिय डॉ. पांडा जब हमेशा की तरह अपने समय पर अनन्या के यहाँ आए, तो अपनी पत्नी की नीच हरक़तों को सुन कर अवाक रह गए। उन्होंने बताया कि उन्होंने पहले ही दिन अपनी पत्नी को इस सम्बन्ध के बारे में बता दिया था, तब तो उसने यह कह कर कि 'तुम मेरा हक़ तो मुझे पूरी तरह देते ही हो और फिर पुरुष का मन तो सदा से ही चलायमान माना गया है, इसलिए इसमें क्या ख़ास बात है' इस बात को हवा में उड़ा दिया था। हालाँकि वह इस बात की पूरी निगरानी रखती थी कि कहीं मैं हमारी पुश्तैनी जायदाद का वारा-न्यारा न कर दूँ। आज यह जान कर मैं अत्यन्त दुःखी हूँ कि हमारे इतने वर्षों के साथ में मेरी पत्नी ने मुझे ज़रा सा भी नहीं समझा। अत्यधिक संवेदनशील डॉ. पांडा यह सोच-सोच कर कि उनके कारण अनन्या को इतना कष्ट झेलना पड़ा, गहन अवसाद से घिर गए और उसी कुर्सी पर एक मूर्ति की तरह यथावत बैठे रहे। अनन्या ने जब उन्हें खाना खाने के लिए चिरौरी करते हुए उठाना चाहा, तो उनका शरीर बेजान पुतले की तरह ज़मीन पर गिर गया।

"बहिनियो, डॉक्टर ने उनके 'डेथ सर्टिफिकेट' में लिखा 'एक्स्ट्रीम कार्डिएक अरेस्ट'।

"डॉ. पांडा! अनन्या और बच्चों के नाम दो बढ़िया फ़्लैट और लाखों की 'फिक्स्ड डिपॉज़िट' की रसीदें रख गए थे। उन्होंने बच्चों के नाम से ट्रस्ट भी बना दिए थे, जिससे उनकी ऊँची पढ़ाई में कोई व्यवधान न आए। अनन्या ने डॉ. पांडा के निधन के बाद स्वयं को उनकी विधवा होने का ढिंढोरा तो नहीं पीटा, पर उसने न तो फिर कभी सामिष भोजन को हाथ लगाया और न ही कभी रंगीन कपड़े पहने और कुछेक दिन बाद वकील से काग़ज़ सहेजते हुए अचानक वह कुछ अन्यमनस्क-सी होकर अपनी बाईं ओर के वक्षस्थल पर हाथ रख कर एक ओर लुढ़क गई।"

कथा की दुःखद समाप्ति पर राधिका की मजलिस में गहन सन्नाटा छा गया। कुछ देर बाद वहाँ राधिका का स्वर गूँजा, "बहिनियो, क्या यह सच्चा प्रेम नहीं है?" सनाका खाई सारी लड़कियों में से कथा ने धीमे से उठ कर कहा, "दीदी! यदि यह घटना आपने नहीं सुनाई होती, तो हम इसे सच नहीं मानते।"

अभी लड़कियाँ उठ कर तितर-बितर हो ही रही थीं कि वहाँ पछाड़ खाकर ज़ोरों से रोते-पीटते हुए अर्द्धनारीश्वर आए और 'दीदी बचाइए, हमारी रक्षा कीजिए' की गुहार करते हुए राधिका के पैरों में लोटने लगे। भौंचक-सी राधिका ने जब उन्हें दोनों हाथों से उठा कर कहा, "बच्चो, लगता है तुम लोगों का साबिका किसी भयानक दुर्घटना से पड़ा है, ज़रा खोल कर बताओ कि आख़िर ऐसा क्या घट गया है जिसने तुम लोगों को इतना डरा दिया है?"

सुबकियाँ भरते हुए प्रीतम ने जो कुछ कहा, उसका सारांश यह था कि "हमेशा की तरह मधु, पिंकू और सोनू माता के जागरण में नाचने के लिए बंगाल-बिहार के 'बॉर्डर' पर गईं थीं। मधु ने अपनी सारी अदायगी टीवी में बड़ी-बड़ी नृत्यांगनाओं को देख कर परिमार्जित की है, इसलिए उसके नाच का लास्य और लोच अच्छे-अच्छे कला-पारखियों तक को दंग कर देता है। दीदी! उस दिन मधु के नाच में नेता जी के बेटे और उनके दोस्त न केवल मधु, पिंकू आदि पर ढेरों रुपए बरसा रहे थे, बल्कि उनसे 'वेश्याओं' जैसी छेड़खानी भी कर रहे थे।

"सारी रात नाच कर थकी हुई मधु जब अपने तंबू में निछावरी और मेहनताने के रुपए गिन रही थी, तभी चार-पाँच मुस्टंडों ने तम्बू में घुस कर

वहाँ की बिजली बुझा दी और मधु के चिल्लाने पर उसके मुँह में कपड़ा ठूँस कर उन वहशियों ने उसके लहँगे के चिथड़े-चिथड़े कर दिए। उसके वक्षस्थल, बाँहों आदि को दाँतों से नोचने-काटने के बाद जब उन्होंने देखा कि वह पूरी तरह विकसित औरत नहीं है, तो उन्होंने भयंकर उन्माद में अत्यन्त भद्दी-भद्दी गालियाँ देते हुए उसके उस स्थान को चाकू से चीर कर अपनी हवस मिटा ली। उन दरिंदों के चले जाने के बाद, भयंकर दर्द से आर्तनाद करती मधु को पिंकू और सोनू टैक्सी करके एक स्थानीय अस्पताल में ले गए, जहाँ उसके तेईस टाँके आए और पाँच बोतल ख़ून चढ़ा है, पर मधु को अभी तक होश नहीं आया है।''

इस घटना का वृत्तांत सुन कर राधिका का माथा सुन्न हो गया था। वह पत्थर-सी स्तब्ध होकर केवल यही सोचे जा रही थी कि क्या पुरुष अपनी नीचता, कामुकता और वहशीपन में इतना नीचे गिर सकता है कि उसके कर्म देख कर शैतान तक की रूह काँप उठे? उसका गहन मौन देख कर वे अर्द्धनारीश्वर भय से अधमरे हो रहे थे, पर शून्य में विचरण करती राधिका की आँखें उस अगोचर के चरणों में पूर्ण समर्पण भाव से मुँदी जा रही थीं।

अचानक वरदान स्वरूप गली के मोड़ से झंडियां लहरा कर ताशे-ढोल बजाते हुए अर्द्धनारीश्वरों का एक बड़ा झुंड 'जय हो, जय हो' का नारा लगाता हुआ आया। उनके कई तरह के नारों में एक नारा यह भी था, 'तीन सौ सतहत्तर ज़िंदाबाद'। जैसे ही 'तीन सौ सतहत्तर ज़िंदाबाद' राधिका के कानों में गया, वह धड़फड़ा कर उठी और जीवन में पहली बार अपनी दोनों मुट्ठियाँ आकाश की ओर उछाल कर नारे लगाने लगी : 'तीन सौ सतहत्तर जिंदाबाद, हम सब एक हैं'। राधिका की आवाज़ कानों में जाए और पूरी सोनागाछी का स्वर उसमें न जुड़े, क्या यह सम्भव है? देखते ही देखते उस गली में मुंड ही मुंड नज़र आने लगे, और यह जुलूस नारे लगाता हुआ बड़तल्ला थाने जा पहुँचा। उनके आने का पता लगते ही वहाँ के बड़े बाबू तुरन्त बाहर आए और दोनों हाथ उठा कर सबको शान्त करते हुए बोले, ''बहनो, भगवान ने हमारी सुन ली है, इस क़ानून ने हमारे हाथ मज़बूत कर दिए हैं। आप लोग सरकार से अपने अधिकार माँगिए, हम आपके साथ हैं।''

उनके इस आश्वासन से उस भीड़ का मनोबल बढ़ गया और वे सब आनंदित होकर कलकत्ता के सबसे बड़े थाने लालबाज़ार की ओर बढ़ गए।

तभी केया और पायल के स्मार्ट फ़ोनों पर उस दुर्घटना का विस्तृत वर्णन सिनेमा की रील की तरह आने लगा। उन 'वीडियो' में नेता के पुत्र-रत्न का दोस्तों के साथ हुमक-हुमक कर रुपये उछालना, भरी भीड़ में मधु के वक्षस्थल से खिलवाड़ करना, उसके लहँगे के ईज़ारबन्द को खोलना आदि दृश्यों के बाद रक्ताक्त अर्द्धनग्न और अचेत मधु को पिंकू और सोनू द्वारा उठा कर सरकारी अस्पताल में ले जाना, वहाँ के डॉक्टरों के 'ना' करने के बाद उसका निजी अस्पताल में दाख़िला और वहाँ किए गए उसके सारे उपचारों के सिलसिलेवार ब्यौरे के बाद, स्थानीय थाने का 'एफआईआर' दर्ज करने से 'ना' करते हुए उनका मखौल उड़ाना आदि सब कुछ दर्ज था।

जुलूस की लड़कियों ने जब पूरा वीडियो देखा तो वे और भी जोशो-खरोश से लालबाज़ार के बड़े बाबू के केबिन के सामने पहुँचकर धीमे स्वर में नारे लगाने लगीं। बड़े बाबू के पास बड़तल्ला थाने से ख़बर आ चुकी थी इसलिए उनके वहाँ पहुँचते ही उन्होंने तुरन्त उस घटनास्थल वाले थाने के प्रमुख को आदेश दिए कि "वह तुरन्त उनकी 'एफआईआर' दर्ज करके उसे लालबाज़ार थाने को फैक्स करे, साथ ही मधु और उसके साथियों को 'फुल पुलिस प्रोटेक्शन' देकर अपनी निगरानी में उनका संरक्षण करें।"

राधिका ने बड़े बाबू को धन्यवाद दिया और सारी लड़कियों को भी धन्यवाद देने का संकेत किया। राधिका के इशारे की देर थी कि 'न्यायप्रिय बड़े बाबू की जय' के नारों से वह पूरा थाना गूँजने लगा।

जुलूस वहाँ से निकल कर शोभाबाज़ार की ओर जा ही रहा था कि सबके स्मार्ट फ़ोनों पर सोनू का संदेश आया कि 'पूरी घटना का वीडियो'! 'इंस्टाग्राम,' 'फेसबुक,' 'व्हाट्सऐप' आदि-आदि प्रसार माध्यमों पर संचरित हो गया है, जिससे घबरा कर नेता जी बड़ा मुआवजा देकर उनसे वीडियो रद्द करने की विनती कर रहे हैं, पर हमने उन्हें कह दिया है कि पहले मधु को होश आने दीजिए, बाक़ी बातें बाद में राधिका दी तय करेंगी।

अन्याय पर न्याय की विजय का जश्न मनाता हुआ राधिका का जुलूस जब सोनागाछी के क़रीब पहुँचा तो यह देख कर सब दंग रह गए कि गली के अन्दर-बाहर ही नहीं, बल्कि मुख्य सड़क की ट्राम लाइन के पास भी गोल-गोल घूमती बत्तियों की गाड़ियाँ कतारबद्ध खड़ी थीं और फनाफन सफ़ेद कपड़े पहने उनके ड्राइवर कभी 'हैट-टोपी' लगाते तो कभी उतारते नज़र आ रहे थे। राधिका ने अपनी साथिनों को समझा दिया था कि हमें सीधे देखते हुए गली में प्रवेश कर अपने-अपने ठिकानों पर चले जाना है, क्योंकि यदि गली में भीड़-भाड़ रही तो गम्भीर बातें नहीं हो पाएँगी।

राधिका ने पृथा, कथा, केया, अपूर्वा और पायल को वहीं रोक लिया और फ़ोन करके कलकत्ता के प्रसिद्ध वक़ील सेन महाशय से अनुरोध किया कि वे यथाशीघ्र वहाँ आ जाएँ। सेन महाशय की प्रवृत्ति भी डॉ. पांडा की तरह ही इन महिलाओं के प्रति अत्यन्त सम्मानजनक थी। वे दीर्घ समय से इन वंचिताओं के प्रति राधिका के प्रेम और त्याग को देख रहे थे इसलिए वे इतनी जल्दी वहाँ आ गए कि राधिका ने उनकी प्रशंसा करते हुए कहा, "वकील साहब, लगता है आप 'फायर बिग्रेड' पर चढ़ कर आए हैं।"

वकील साहब ने रास्ते में अपने फ़ोन पर वह वीडियो भी देख लिया था और वे राधिका के साथ पूरी योजना तैयार करके उसे यथाशीघ्र पारित करवाना चाहते थे। उन्होंने राधिका से केवल एक सवाल पूछा, "आप नेता जी से क्या लेना चाहती हैं?" इस पर राधिका का उत्तर था, "सब कुछ! वकील साहब सब कुछ। आज पहली बार हमारा भाग्य चमका है और ऊँट पहाड़ के नीचे आया है, इसलिए हम इस सुनहरे अवसर का अधिक से अधिक लाभ उठाना चाहते हैं। वैसे तो हमने अपनी साधारण बुद्धि से एक सूची बनाई है जो अभी

प्रस्तुत की जाएगी, पर मेरी आप सबसे विनती है कि उसे सुन कर आप एवं हमारी ये किन्नर बहनें उसमें मुक्त हृदय से संशोधन करें।'' किन्नर शब्द कहते वक़्त राधिका कुछ अचकचाई तो पृथा ने आगे आकर कहा, ''दीदी, जब आप हम लोगों के जीवन में अनगिनत सुधार करती रहती हैं, तो इनके सम्बोधन को भी क्यों नहीं सुधार देतीं?'' कुछ क्षणों की चुप्पी के बाद राधिका ने वकील साहब की ओर देखते हुए कहा, ''सर, यदि ये लोग स्वयं को शिव और शक्ति का समन्वित रूप मानते हैं तो 'नरश्री' सम्बोधन कैसा रहेगा?'' वकील साहब माथे पर हाथ रखे सही नाम ढूँढ़े जा रहे थे कि यह सुझाव सुनते ही बोले, 'फर्स्ट क्लास' और यह नाम तालियों की गड़गड़ाहट में तुरन्त स्वीकृत हो गया, पर राधिका ने कहा, ''बहिनियो, यह शुरुआती नाम है, हो सकता है, हम समय के साथ इसे और भी सुन्दर रूप दे पाएँ?''

तभी 'हथमाइक' में अपूर्वा का स्वर उभरा, ''शर्त नम्बर एक : नेताजी को बतौर हरज़ाने हमें दो करोड़ रुपए नक़द, मधु के रहने के लिए एक फ्लैट और पाँच साल तक मासिक पचास हज़ार रुपए ख़र्च हेतु देने होंगे। शर्त नम्बर दो : यहाँ की सभी यौनकर्मियों को, जिनमें नरश्री भी सम्मिलित हैं, सरकार से 'वोटर आई.डी.' और 'बी.पी.एल.' (गरीबी रेखा के नीचे) का सर्टिफ़िकेट दिलवाना होगा। शर्त नम्बर तीन : इसी मुहल्ले में कई सरकारी स्कूलें बन्द पड़े हैं उनमें से दो स्कूलों को चालू करवा कर हमें सौंपना होगा, एवं उन्हें सरकारी स्कूल की सारी सुविधाएँ देनी होंगी। उनके संचालन का अर्थभार सरकार पर रहेगा, पर उन्हें सँभालने एवं सारे निर्णय लेने के अधिकार हमारे होंगे। शर्त नम्बर चार : नेताजी या तो हमें सर्व-विभाग सम्पन्न एक अस्पताल दे दें या कोई ऐसा कार्ड दिलवा दें कि कोई भी अस्पताल हमारा इलाज करने में हील-हुज्जत या कोताही न करे। शर्त नम्बर पाँच : नेता जी हमें यहाँ के किसी गाँव में साठ एकड़ ज़मीन मुहय्या करवा दें ताकि यहाँ की रिटायर्ड या ऐसी महिलाएँ जो पेशा नहीं करना चाहतीं वहाँ छोटा-सा घर बना कर जीवन-यापन कर सकें।''

उनकी फ़ेहरिस्त सुन कर वकील साहब ने कहा था कि ''कुबेर के ख़ज़ाने से बस! इतनी सी फरमाइश?'' कि चार-पाँच नरश्री दस-ग्यारह साल की बीस लड़कियों और चार हट्टे-कट्टे जवान पुरुषों को घेरे हुए वहाँ लाए। पुरुषों को उन्होंने रस्सियों में जकड़ रखा था और उनके साथ रस्सी के एक ढीले-से घेरे में लड़कियाँ चल रही थीं।

वहाँ उपस्थित प्रत्येक व्यक्ति के चेहरे पर बड़ा-सा प्रश्नवाचक चिह्न देख कर झुमकी ने आगे बढ़कर कहा, "दीदी! ये लोग सोनागाछी गली के अन्तिम छोर के कोने में छिप कर इन लड़कियों का सौदा कर रहे थे कि स्वीटी की नज़र इन पर पड़ गई। गहराई से खोज-ख़बर लेने पर पता चला कि ये बच्चियाँ छह-सात साल की उम्र में सीमा-पार से उड़ा ली जाती हैं और उन्हें सीमा के पास के भीतरी गाँवों में छिपा कर इनकी योनि में 'सोला' की 'बॉल' डाल कर उस पर रोज़ पानी डाला जाता है। पानी पड़ने से 'सोला' फूलता रहता है और वह कच्ची जगह चिर कर समय से पहले ही बड़ी हो जाती है। लड़कियाँ जब भयानक दर्द से चिल्लाती हैं, तो उनके मुँह में कपड़ा ठूँस दिया जाता है। इस प्रक्रिया में एकाध लड़की तो मर भी जाती है, पर ये ज़िस्म के सौदागर फिर भी बाज़ नहीं आते और अनवरत इस नीच कर्म में लगे रहते हैं।"

यह ख़बर राधिका सरीखी सीझी हुई महिला के अनुभव क्षेत्र में भी एकदम नई थी। यह घिनौनी ख़बर सुनते ही राधिका के रोंगटे खड़े हो गए और उसने आँसुओं से भरे फटे गले के साथ चीख़ते स्वर में बड़तल्ला थाने के बड़े थानेदार एवं लालबाज़ार के प्रमुख श्री तुषार तालुकदार को इस कांड की सूचना देते हुए उनसे अनुरोध किया कि वे सीमावर्ती इलाक़े पर आकस्मिक 'रेड' करवा कर इस पाप-कर्म को फलने-फूलने से रोकें, साथ ही इन लड़कियों को किसी बालसुधार केन्द्र में भर्ती करवाकर इनका जीवन सुधारने में मदद करें।

फ़ोन ख़त्म करते ही राधिका ने कहा, "वकील साहब, आपको हमारी फरमाइशें कम लग रही थीं, तो अब उसमें जोड़ लीजिए शर्त नम्बर छह : 'हमें बाल सुधार केन्द्र के लिए एक भवन और उसके खर्चे के लिए प्रत्येक महीने सत्तर हज़ार रुपए की राशि का भी प्रावधान चाहिए।"

वकील साहब के पुनः यह पूछने पर कि और कोई माँग? राधिका ने उत्तर दिया, "वकील साहब, हम कोई भिखमंगे तो हैं नहीं, यदि हम चाहते तो यह फ़ेहरिस्त आकाश की ऊँचाइयों जितनी लम्बी कर सकते थे, पर हम तो केवल अपने हक़ और न्यूनतम ज़रूरतों की माँग कर रहे हैं। इतना ही नहीं, इसके एवज़ में यदि नेता जी चाहें तो हमलोग टी.वी. चैनलों पर नेता जी के साथ खड़े होकर उनके इन उदार दानों का रीतिकालीन कवियों की तरह प्रशस्ति-पाठ भी कर देंगे, ताकि जनता जनार्दन के सामने उनकी छवि देवी-

देवताओं से भी बेहतर हो जाए और उनका अपने ख़ज़ाने से पैसे निकल जाने का ग़म भी कम हो जाए।''

विस्मयकारी था यह तथ्य कि नेता जी ने विद्युत-गति से सारी शर्तें मान लीं एवं उन्हें शीघ्रातिशीघ्र पारित करने पर आमादा हो गए। देखते ही देखते ऊपर घूमते एन्टेना वाली बड़ी-बड़ी गाड़ियों में पाँच-छह प्रमुख चैनलों के प्रतिनिधि वहाँ आ गए। राधिका की सिखाई-पढ़ाई लड़कियाँ, नेता जी के आते ही उनकी वन्दना के गीत गाने लगीं। नेता जी को गुलदस्ता भेंट करते वक़्त राधिका ने उनका ऐसा कीर्ति-पाठ किया कि वे 'अकबका' कर यह सोचने पर मजबूर हो गए कि क्या वे सचमुच इतने महान हैं? उनकी फूल-सी खिली मुखमुद्रा देख कर राधिका ने अपनी फ़ेहरिस्त पढ़ते वक़्त उसमें यह बात जोड़ दी कि ''नेता जी ठहरे कर्ण और दधीचि से महान दानी! इसलिए उन्होंने अपनी ओर से हमें यह विशेष आश्वासन दिया है कि वे नियमित रूप से अपने एक ख़ासमख़ास सेक्रेटरी को हमारी सार-सँभाल के लिए भेजेंगे।'' अपनी प्रशंसा से फूले नेता जी बेध्यानी में 'अवश्य, अवश्य' किए जा रहे थे और सारे रिपोर्टर और दर्शक नेता जी की सदाशयता देख कर अचंभित हो रहे थे। राधिका ने दो करोड़ के चेक़ की भूमिका बनाते हुए कहा कि ''नेता जी की संवेदनशीलता और करुणा का तो ओर-छोर ही नहीं है। जब इन्हें पता चला कि कानून बनने के बाद भी बेचारे इन अर्द्धनारीश्वरों का कोई ठिकाना नहीं है, तो इन्होंने इनकी सहायतार्थ दो करोड़ का चेक़ देने का निर्णय किया है।'' नेता जी ने चौंक कर जब एक अँगुली उठा कर राधिका की ओर देखा तो उन्हें राधिका दूसरी ओर देखती हुई नज़र आई। बेचारे नेता जी की गति 'साँप-छछुँदर'-सी हो रही थी, न तो उनसे 'ना' कहते बन रहा था न ही 'हाँ'। वैसे भी राधिका पहले ही उनके सेक्रेटरी को एक करोड़ नक़द रुपए लौटा कर उससे दो करोड़ के चेक़ की माँग कर चुकी थी। नेता जी ने खींसे निपोरते हुए जैसे ही दो करोड़ का चेक़ राधिका की ओर बढ़ाया, राधिका ने वह चेक़ नरश्रियों को दिलवा दिया। पंक्तिबद्ध खड़े वे नरश्री शालीनता और विनम्रता की सारी सीमाएँ पार कर देवत्व प्राप्त मनुष्यों की भाँति लग रहे थे। उनके चेहरे कृतार्थता से भरे थे, जिसे नेता जी ने अपने प्रति श्रद्धा के रूप में लिया और उनके हृदय में इतनी बड़ी धनराशि आने से व्याप्त क्षोभ कुछ कम हो गया।

नेता जी जब फूलों की वर्षा में भींगते हुए जाने लगे, तो राधिका ने उन्हें नमन करते हुए कहा, ''सर, आपने आज यहाँ पधार कर अपना 'पतित पावन' रूप सिद्ध कर दिया है। सर, यदि आप कृपा कर अपने सीधे सम्पर्क का फ़ोन नम्बर मुझे दे दें, तो बड़ी मेहरबानी होगी। यक़ीन कीजिए मैं उसका दुरुपयोग नहीं करूँगी।'' राधिका की साख देखते हुए बेचारे नेता जी 'ना' कैसे कहते? नम्बर लेने के बाद राधिका ने लगे हाथ यह भी कह दिया, ''सर, कृपया आप अपने उन ख़ासमख़ास सेक्रेटरी जी को भी यहाँ बुलाकर हम लोगों से मिलवा दीजिए वरना वे बेचारे इन गलियों में कहाँ भटकते फिरेंगे?'' मरता क्या नहीं करता, मन ही मन अपनी अतिशय वचनबद्धता को कोसते हुए उन्होंने 'सिंह जी' का परिचय राधिका से करवाते हुए कहा, ''सिंह जी, आपने तो सारी बातें सुन ही ली हैं। ये हैं हमारी राधिका बहन और राधिका जी, ये हैं सिंह जी।''

नेता जी के मुँह से बहन सम्बोधन सुन कर राधिका को ज़रा सा भी आश्चर्य नहीं हुआ, क्योंकि वह जानती थी कि ''ये बोल नेता जी के नहीं, उन कैमरों के हैं, जो उनके चारों ओर घूम रहे हैं। फिर भी उसने झुक कर उनका अभिवादन किया और उनके सहयोग के लिए उन्हें पुनः-पुनः धन्यवाद दिया।

चतुर सुजान राधिका से ठगे जाने के बावजूद नेता जी इस बात से आह्लादित थे कि उन्होंने सरकारी ख़र्चे पर इतनी वाहवाही लूट ली, और इस थोड़े-बहुत नक़द-नारायण के ख़र्च हो जाने से यदि उनके बेटे को जीवन-दान मिलता है, तो उनके लिए यह सौदा सस्ता है। वैसे भी यह पैसा तो वे यहाँ से निकलते ही किसी भी बड़ी कॉरपोरेट कम्पनी से मिनटों में मँगवा लेंगे। नेता जी को गली की मोड़ तक पहुँचाने के बाद राधिका ने सोनागाछी का भविष्य सुधारने के लिए 'श्रीसंगठन' की आपातकालीन मीटिंग बुलाई।

राधिका ने 'कोर-कमेटी' में पृथा, कथा, अपूर्वा, बेबी, सुजाता दी आदि के साथ नरश्री सुचित्रा, शिंटू, झुमकी और मधु को भी ले लिया था। जब सबने मधु की गहन अस्वस्थता का प्रश्न उठाया तो राधिका ने उसे यह कह कर ख़ारिज़ कर दिया, ''मेरा परम विश्वास है कि वह मानसिक एवं शारीरिक रूप से पूर्ण स्वस्थ होकर पहले से भी ज़्यादा कर्मठता से काम करेगी। बहिनियो! वैसे भी मैं यहाँ की हर लड़की को 'पुनर्नवा' मानती हूँ, क्योंकि वे भूमिसात होकर भी पुनः नव जीवन से ऊर्जस्वित हो जाती हैं, फिर मधु इसका अपवाद कैसे हो सकती है।''

सोनागाछी का कायाकल्प करने हेतु राधिका ने एक अनोखा कार्य किया। उसने उस गली में काम कर रहीं विभिन्न 'एन.जी.ओ.' यथा—'अपने आप,' 'दुर्बार समिति,' 'स्वयंसिद्धा,' 'फ्रांसीसी फ्रैंकों एलायंस,' 'मिसिंग' आदि से मिल कर जब उन्हें अपनी योजना समझाई, तो वे सभी अपना प्रतिस्पर्द्धात्मक रुख भूल कर अपनी पूरी टीम के साथ 'सोनागाछी सुधार ट्रस्ट' का अंग बनने को तैयार हो गईं। दरअसल राधिका का प्रस्ताव ही ऐसा था कि मंद से मंद बुद्धि आदमी भी उसे खुशी-खुशी स्वीकार कर लेता, फिर ये सारे तो मँजे हुए कार्यकर्ता थे।

राधिका ने सबके सामने योजना की एक सरसरी रूपरेखा यों रखी, "(1) आधार कार्ड, वोटर कार्ड, बी.पी.एल. कार्ड, मृतक को श्मशान में जलाने का अधिकार एवं अस्पताल के कार्ड बनवाने एवं जाँचने की ज़िम्मेदारी सब पर समान रूप से रहेगी। यदि किसी का काम कहीं अटके तो वह अपनी संस्था की प्रधान सचिव को बताए जो अविलम्ब कार्रवाई करने के लिए तत्काल नेता जी के सेक्रेटरी से सम्पर्क करे, फिर भी यदि काम न बने तो 'श्रीसंगठन' की कोर-कमेटी को सूचित करे। (2) स्कूलों के संचालन का कार्यभार 'डबल एम.ए.' नरश्री सुचित्रा पर रहेगा। चूँकि अब सारी संस्थाएँ एक साथ हो गई हैं, इसलिए अन्य संस्थाएँ भी अपने कार्यकर्ताओं को उनकी उपयुक्तता के अनुसार काम देकर कार्यों को गतिमान करेंगी।

"प्रत्येक संस्था को अधिकार है कि वह हमारे सारे प्रकल्पों में से किसी भी प्रकल्प को चुन कर उसकी पूरी ज़िम्मेदारी ले सकती है।

"'दुर्बार' की भारती जी, 'अपनेआप' की रुचिरा जी, 'एलायंस' की जस्टीन, 'मिसिंग' की लीना जी और 'श्रीसंगठन' की ओर से मैं अर्थात 'राधिका' सारे उपक्रमों की शीर्ष कमेटी में ट्रस्ट के प्रतिनिधि के रूप में रहेंगी, और ख़र्च सम्बन्धी सारे निर्णय हम पाँचों द्वारा ही लिए जाएँगे।" यह सुनते ही वे चारों एक साथ बोलीं, "ना, ना, जब यह रुपया, यह योजना आदि सब कुछ ही आपके द्वारा आयोजित है, तो इसके निर्णय भी केवल आपके ही होंगे।" यह सुनते ही राधिका ने कहा, "बहिनियो, अब हम सब एक हैं। रुपया कोई भी लाए, पर वह केवल 'सुधार ट्रस्ट' का ही माना जाएगा।" राधिका आगे बोली, "दीदी लोग! अपन सब तो 'संगच्छध्वं संवदध्वं सं वो मनांसि...' को मानते हैं, फिर यह तेरा-मेरा क्यों? भारती दी! इन बच्चियों

के लिए जो सुधार केन्द्र बनेगा उसका पूरा ज़िम्मा रुचिरा जी और आप पर रहेगा, क्योंकि आप दोनों ने अतीत में ऐसे केन्द्र चलाए हैं। आपके यहाँ के नरश्री 'शिंटू' की प्रबंधन क्षमता अद्वितीय है। वह यहाँ रह कर आगरा से बम्बई तक नरश्रियों के एक से एक कार्यक्रम आयोजित करती रहती हैं। वैसे ही श्रीसंगठन की 'मधु' भी केन्द्र की लड़कियों को मूर्तिशिल्प, नृत्य, गायन एवं पाक-विद्या आदि सिखा सकती है। ज़रूरत हो तो आप लोग तनख़्वाह देकर बाहर से भी शिक्षिकाएँ ला सकती हैं, पर यथासम्भव पहल यहाँ के लोगों की हो, इसका ध्यान रखें।

"बहिनियो, कल से मेरे मन में एक और योजना की कल्पना आकार ले रही है। हो सकता है आप लोगों को वह 'शेखचिल्ली का सपना' लगे, पर मुझे लगता है कि हमारी कर्मठ बहनें उसे कार्यान्वित कर सकती हैं। मेरी इच्छा है कि हम यहाँ सहकारी रसोईघर चलाएँ। जैसा कि आप सबको मालूम है यहाँ की सारी लड़कियाँ अपने छोटे से कमरे में ही खाना पकाने का सारा सामान रखती हैं, जिसके चलते हाल ही में हमारी एक यौन कर्मी पर उसके एक ग्राहक ने किरासिन तेल डालकर आग लगा दी थी और हज़ारों कोशिशों के बावजूद हम उसे बचा नहीं पाए थे। बहिनियो, आँकड़ों के अनुसार यहाँ के एक सौ सत्तर मकानों में बारह हज़ार यौनकर्मियाँ हैं। हमारी पाँच संस्थाओं में से यदि प्रत्येक संस्था हज़ार लड़कियों के भी ख़ाने की ज़िम्मेदारी ले तो पाँच हज़ार लड़कियों का कल्याण हो सकता है।"

राधिका की यह इच्छा सुनते ही अन्य संस्थाओं की प्रमुख ही नहीं राधिका की सारी 'भक्तिनें' भी अवाक् रह गईं। अन्त में पृथा से रहा नहीं गया, उसने हाथ उठाकर कहा, "दीदी! हमसे एक अकेली जान का खाना तो बनता नहीं है और आप हमसे हज़ार लोगों का खाना बनवाने की आशा कर रही हैं?"

राधिका ने निर्द्वंद्व भाव से कहा, "हाँ! प्रथमतः तो मुझे अपनी कार्यकर्ताओं पर विश्वास है, दूसरे तुम लोगों ने गुरुद्वारों के 'लंगर' का नाम तो सुना ही होगा? हक़ीक़त यह है कि ये गुरुद्वारे लगभग एक करोड़ लोगों को रोज़ भोजन करवाते हैं। इसके अलावा यदि कहीं कोई आपत्ति आ जाती है तो ये लोग पलक झपकते ही वहाँ पहुँचकर चाय-पानी और खाने से सबकी सेवा करने में जुट जाते हैं।

"हे मेरी प्यारी बहनो! तुम लोग ख़ामख़्वाह ही घबरा रही हो, क्योंकि मैंने दो-तीन गुरुद्वारों से बात कर ली है और उनलोगों ने आश्वासन दिया है कि आरंभिक दिनों में वे यहाँ आकर हमें काम करने का 'ढब' सिखा देंगे।" विराट कल्पना से घबराई कथा ने बीच में ही उठ कर कहा, "दीदी! खाना पकाने के लिए बड़ी जगह, बड़े-बड़े बर्तन, कई चूल्हे, खाना बनाने वाले लोग और ढेरों किराने का सामान कहाँ से आएगा? दीदी! मैं तो आपकी योजना सुनकर ही इतनी 'नर्वस' हो रही हूँ कि मेरे हाथ-पैर काँप रहे हैं।"

कथा की बात ख़त्म होते ही राधिका ने कहा, "बहिनियो! तुम लोगों का डरना स्वाभाविक है, क्योंकि छह फुट बाई पाँच फुट की कोठरी में रहते-रहते हमलोग ब़ड़ा आकाश देखना भूल गए हैं, इसलिए मैं तुम लोगों की सारी शंकाओं का क्रम से निवारण करती हूँ। ध्यान से सुनना : 'नेता जी की कृपा से हमें जो दो सरकारी स्कूल मिले हैं उनमें न केवल बड़े-बड़े रसोईघर हैं बल्कि उन पर बड़ी-बड़ी छतें और चारों ओर काफ़ी ख़ाली ज़मीन भी है। बर्तनों के बारे में सिक्ख भाइयों ने कहा है कि शुरू के दिनों में वे हमें बर्तन उधार दे देंगे और यदि हम अपने इस अभियान में सफल हो गए तो 'सुधार ट्रस्ट' सारे ज़रूरी बर्तन खरीद लेगा।

"रोज़मर्रा के खाने के बर्तन लड़कियाँ अपने पास रखेंगी और कूपन से खाना खाने के बाद उन्हें साफ़ कर वापस रख लेंगी। हमारे यहाँ जो भी मेरी सरीखी रिटायर्ड और ज़रूरतमंद महिलाएँ हैं वे खाना बनाने और सँभालने की ज़िम्मेदारी ले सकती हैं, जिन्हें 'सुधार ट्रस्ट' पैसा देगा। इसके अलावा भी यदि कोई लड़की रसोई के काम में सहायता करेगी तो उसे भी घंटे के हिसाब से मेहनताना मिलेगा। हमने जो बी.पी.एल. के कार्ड बनवाए हैं, उनसे हमें खाने-पीने का प्रचुर सामान न्यूनतम दर पर मिल जाएगा, जिसे हम इकट्ठा लाकर रसोईघरों में रख देंगे, सब्ज़ी और कभी-कभार सामिष भोजन बनाने का तरीक़ा एवं 'जुगाड़' हमें हमारे लंगर वाले गुरु लोग बता देंगे।"

इतने विस्तार से घरेलू बातें समझाते-समझाते राधिका कुछ भावुक होकर बोली, "बच्चो, तुम लोग सोच भी नहीं सकते कि खाना बनाने की ज़हमत से छुटकारा पाने से कितना समय और श्रम बचेगा? साथ ही तुम सब यह भी ध्यान रख सकोगी कि खाना स्वास्थ्यप्रद बन रहा है या नहीं। विश्वास करो कि यदि हम ऐसा कर पाए तो इस गली में तो यह मील का पत्थर साबित

होगा ही, शायद यह योजना एक मिसाल बन कर इस गली ही नहीं, शहर की सरहद को भी पार कर दूर-दूर तक जाए।''

वहाँ उपस्थित प्रत्येक लड़की और समितियों के प्रमुखों के चेहरों पर कभी ख़ुशी के तो कभी चिन्ता के रंग आ-जा रहे थे। उनके गहन असमंजस को भाँप कर राधिका बोली, ''मैं आप लोगों की दुविधा समझ रही हूँ, आपको ऐसा लग रहा है जैसे बिना पैर के व्यक्ति को ओलम्पिक दौड़ में हिस्सा लेने को कहा जा रहा हो ? बहिनियो, मैं आपको आश्वस्त करती हूँ कि आपका यह डर वैसा ही है जैसा पहला क़दम उठाते वक़्त बच्चे को लगता है, पर चलना सीख जाने पर उसे रोकना मुश्किल हो जाता है, फिर भी जब आपको इस योजना पर पूर्ण विश्वास हो जाए तभी आप इसकी भागीदार बनिएगा, वरना जैसे अभी काम चला रही हैं, चलाती रहिए। नमस्कार।''

तीन-चार दिन बाद सुबह के समय चाय की दुकान पर बैठी लड़कियों ने देखा कि बड़े-बड़े बर्तनों से भरा एक 'टेम्पो' वहाँ आया, और उसमें से तीन-चार सिक्ख नवयुवक प्रफुल्लित मुद्रा में उतर कर उन बर्तनों को उतारने में कुलियों की मदद करने लगे। तभी उन्हें धन्यवाद मुद्रा में झुकी हुई राधिका भी उनका हाथ बँटाती हुई नज़र आई। कुछ ही देर बाद सबने विस्फारित नेत्रों से देखा कि 'चींटियों की नाल' की तरह एक-दूसरे से सटी हुईं उस गली की लड़कियाँ, अपने खाना बनाने के बर्तन-भाँडे और बी.पी.एल.के कार्ड लिए वहाँ आईं और उन लोगों ने धीरे से यह सामान सिक्खों के बर्तनों के पास रख दिया। नवयुवकों ने 'सतसिरी अकाल' कह कर राधिका और वहाँ की लड़कियों का अभिवादन किया। पृथा, कथा, अपूर्वा, शिंटू, शान्ति, सुशीला, झुमकी आदि लड़कियों ने वे सारे कार्ड्स उठाए और नुक्कड़ के चक्की वाले शर्मा जी को, जो राधिका के आगे हाथ जोड़े खड़े थे, पकड़ा दिए। शर्मा जी ने गिन कर कार्ड ले लिए और सहमति में अपनी गर्दन हिलाते हुए वहाँ से चले गए। उन्हें गए अभी घंटा भर भी नहीं हुआ था कि आटा, चावल, दाल, कपड़े धोने का साबुन, बर्तन माँजने की बट्टी आदि से भरा एक टेम्पो वहाँ आया और सारा सामान अपूर्वा और शान्ति को सम्हला कर काग़ज़ पर उनके दस्तख़त लेकर वहाँ से चला गया।

गली की लड़कियाँ आज सबकी शराफ़त देख कर अचरज में थीं कि उनकी नज़र गली के मुहाने पर खड़े दो कॉन्स्टेबलों पर पड़ी, जो राधिका की

आकस्मिक अड़चनों से निपटने के लिए वहाँ सन्नद्ध खड़े थे। 'श्रीसंगठन' की सारी लड़कियाँ अपनी गुरु की चतुर्दिक क़ाबिलीयत देख कर अभिभूत हो ही रही थीं कि उन्हें गली में वे तीन-चार धोबिनें आती दिखीं जिनसे गली की लड़कियाँ गाहे-बगाहे अपने कपड़ों की धुलाई या इस्त्री करवा लिया करती थीं। लड़कियों ने जब उत्सुकतावश उनसे पूछा तो उन्हें पता चला कि शायद राधिका ने उन्हें कपड़े धोकर सुखाने और इस्त्री करने के लिए स्कूल के नीचे की ख़ाली जगह दी है। देखते ही राधिका ने उनसे कहा : बहिनियों आइए और ध्यान से सुनिए आपको जगह के साथ बी.पी.एल. कार्ड का साबुन और कॉरपोरेशन की नल का पानी ही 'फ्री' नहीं मिलेगा, बल्कि सुबह का खाना भी 'फ्री' मिलेगा। फलस्वरूप वे कपड़ा धुलाई और इस्त्री के दाम कम से कम लेंगी। वे सबके धोए हुए कपड़े रोज़ सुबह चाय वाले को सम्हला देंगी और वहाँ रखे हुए लड़कियों के 'मार्केदार' गन्दे कपड़े ले जाएँगी। भोक्ता हर पन्द्रहवें दिन पैसे चुका देंगी और यदि उनके बीच कोई अड़ंगा पड़ेगा, तो 'श्रीसंगठन' इसकी ज़िम्मेदारी लेगी। इतना ही नहीं, वे धोबनें चाहें तो चार पैसे कमाने के लिए वहाँ बाहर का काम भी कर सकती हैं।

यह सुनते ही वे धोबनें, अपने छींट के घाघरे लहरातीं और चाँदी की 'छड़ें' छनकाती हुई राधिका को साष्टांग दंडवत करती हुई बोलीं, "अरे हो दिदिया! तुम तो हमरे पिछले जनम की माँ हो। आज तक हमर अपन माँ भी कोनो दिन हमार ऐसन चिन्ता ना करलै, आप तो हम लोगन का आगा-पीछा सबै सुधार दी हैं। एक बिनती है कि आप हम दलित लोगन का भी 'श्रीसंगठन' मा ले लेओ, आपका बड़ा धरम होई।"

"अरे भई! यह तो हमारा सौभाग्य है, पर एक शर्त है, आज से तुम अपने को दलित नहीं मानोगी, क्योंकि यहाँ हम सब बराबर हैं। बहिनियो, आज मुझे अत्यधिक ख़ुशी हो रही है कि 'श्रीसंगठन' का परिवार विस्तृत होता जा रहा है। सर्वप्रथम इसमें नरश्री जुड़े, फिर सिक्ख भाई और अब ये बहनें, जो हमारी गन्दगी को धो-पछाड़ कर साफ़-सुथरा करती हैं।"

अभी यह चर्चा चल ही रही थी कि तकरीबन पन्द्रह-बीस नरश्री वहाँ आईं और उनमें से झुमकी ने कहा, "दीदी! हमारी इच्छा है कि आप रसोई-घर की ज़िम्मेदारी हमें दे दें। हम कहीं अटकेंगी तो आपकी शरण में आ जाएँगी, अन्यथा हमें पूरा भरोसा है कि हम यह काम अच्छी तरह कर लेंगी।

यदि आप हम पर इस काम की पूरी ज़िम्मेदारी दे देंगी तो इससे हमारा आत्मविश्वास तो बढ़ेगा ही साथ ही हम यहाँ की प्रत्येक लड़की से अच्छे सम्बन्ध भी बना पाएँगी। दीदी, प्लीज़ यह काम हमें करने दीजिए।''

उनका आग्रह देख कर राधिका ने 'कोर-कमेटी' की सदस्याओं की ओर देखा तो उसे सबकी गरदन हामी में हिलती दिखी। सच तो यह है कि भीतर ही भीतर वे सभी इस ज़हमत से छुटकारा पाना चाहती थीं, पर राधिका के डर से चुप थीं। झुमकी का सुझाव राधिका को जँचा। उसे लगा कि इससे एक ओर तो नरश्रियों की हीन भावना कम होगी, दूसरी ओर 'कोर कमेटी' की सदस्याओं को अन्य ज़िम्मेदारियाँ दी जा सकेंगी। सोच-विचार कर राधिका ने झुमकी को पास बुला कर कहा, ''बिटिया, मैं इस मेहनतकश काम के लिए तुम लोगों की इतनी उत्कट इच्छा देख कर अत्यन्त आनंदित हूँ। मैं ज़्यादा आह्लादित इसलिए हूँ कि तुम लोग दूसरों के लिए कुछ करना चाहती हो। आओ, आगे बढ़ो,'' कह कर राधिका ने उसका हाथ गुरुद्वारे से आए मेजर नरेन्द्र सिंह जी के हाथ में देते हुए कहा, ''भाई! आज से ये सब आपकी शिष्याएँ हैं। आप लोग अपनी ही तरह इन्हें भी दाता भाव से जीना सिखाइए।''

उनकी यह बातचीत चल ही रही थी कि पिंकी ने उल्लसित स्वर में आकर कहा, ''दीदी! अभी शिया का फ़ोन आया था। डॉक्टरों ने मधु को इस हिदायत के साथ छुट्टी दे दी है कि वह अभी कम से कम तीन महीने आराम करे। हालाँकि मधु की 'प्लास्टिक सर्जरी' सफल रही है, फिर भी इतने ज़्यादा घायल शरीर को ठीक होने में समय लगेगा, और तीन महीने बाद उसे यहाँ के डॉक्टरों से सलाह कर उनकी अनुमति से ही अपना पेशा शुरू करना होगा।''

राधिका ने जब सबको यह ख़ुशख़बरी सुनाई तो वहाँ के नरश्री ही नहीं, बाक़ी की लड़कियाँ भी 'उलू-ध्वनि' और तालियाँ बजाकर अपनी ख़ुशी को अभिव्यक्त करने लगीं।

नरेन्द्र जी को जब इस घटना का पता चला तो उन्होंने राधिका से कहा, ''दीदी! हमलोग लड़कियों को आत्मरक्षा के लिए 'मार्शल-आर्ट' सिखाते हैं। यदि आप चाहें तो हमारी नारी मंच की सुनीता कौर अपने दल के साथ यहाँ आकर आपकी लड़कियों को उसमें प्रशिक्षित कर देगी। यह सीख लेने के बाद आपकी लड़कियों को इसकी ऐसी लौ लग जाएगी कि वे अभ्यास करने के लिए आपके यहाँ एक के बाद एक दल तैयार कर देंगी।''

नरेन्द्र सिंह का विनम्रता से भरा सकारात्मक सुझाव सुनते ही राधिका ऐसी ख़ुश हुई कि उसने आह्लाद से भर कर एक बच्चे की तरह नरेन्द्र सिंह जी को चिपका लिया और बार-बार प्रभु को धन्यवाद देती हुई कहने लगी, ''वाह! आज तो हम पर प्रभु-कृपा की ऐसी बारिश हुई है कि हम और हमारा सारा परिवेश उससे सराबोर हो गया है और इस बारिश को लाने वाले इन्द्र हैं श्री नरेन्द्र जी! आइए, हम तालियों की गड़गड़ाहट से इनका स्वागत करें।'' बेचारे नरेन्द्र सिंह जी उनके प्रेम और आदर से इतने अधिक झुक गए मानो ज़मीन में ही गड़ जाएँगे। उन्होंने हाथ जोड़ कर किसी तरह तालियाँ थमवाईं और सिर्फ़ इतना ही कहा, ''दीदी, ये दोनों ही काम हमारे लिए एकदम साधारण हैं, इसलिए आप इनका बिलकुल भी वजन न लें। दीदी, भविष्य में जब कभी आपको कोई भी काम पड़े, तो वादा आपके इन भाइयों का कि हम आपको अपने पास खड़े नज़र आएँगे।''

राधिका ने आनन्दाश्रुओं से भरे चेहरे से उन्हें गाड़ी में बैठाया और गली के भीतर चली गई।

किसी दार्शनिक का यह कथन सत्य है कि यदि आप सच्चे मन से कोई काम करें तो पूरी क़ायनात आपके साथ आ खड़ी होगी। राधिका के सारे उपक्रम न केवल सही-सलामत शुरू हो गए, बल्कि उनका अकल्पनीय विस्तार हो गया, और एक के साथ एक जुड़ते हुए अनगिनत हाथ राधिका के कामों को सँवारने लगे।

एक दिन अपूर्वा ने चौंककर कहा, ''अरे दीदी! आपके तो सारे बाल सफ़ेद हो गए?'' इस पर राधिका का उत्तर था, ''अरे पागल! यही तो वह चाँदी है, जो मैंने इस गली में बैठकर कमाई है।''

पृथा बोली, ''दीदी, अब आप इस गली से बाहर निकल कर थोड़ा घूम-फिर आइए। सीमा पर आपके पुलिसवाले पहरेदार चौकस हैं और घुसपैठियों को पकड़ने में आपके नरश्री माहिर हैं, इसलिए आप बेफ़िक्र होकर एक बार आगरा जा आइए।'' 'आगरा' नाम सुन कर राधिका ऐसी चौंकी मानो वह किसी अजनबी शहर का नाम है। उसने आकाश की ओर देखकर कहा, ''मेरे बच्चो! अब तो आगरा ही नहीं, चारों तीर्थ धाम, मानसरोवर, अमरनाथ, जगततारिणी काशी आदि जितने भी नाम भारत के नक़्शे पर हैं। वे सब इस गली के पूर्व से शुरू होकर पश्चिम तक जाकर ख़त्म हो जाते हैं। 'उम्र सारी

कटी इश्क-ए-बुताँ में मोमिन/आख़िरी वक़्त में क्या ख़ाक मुसलमाँ होंगे।' बच्चो, इसलिए तुम सब जान लो कि मैं यह गली छोड़कर कहीं नहीं जाऊँगी और अन्त समय तक यहीं काम करूँगी। अब यह गली ही मेरा आदि और अन्त है।"

राधिका को भावों में डूबे देखकर कथा बोली, "दीदी, अब यहाँ ख़रीद-फ़रोख़्त तो नाममात्र की ही बची है, और सब स्थितियाँ भी ठीक ही हैं, पर दीदी! आप जो इन बड़ी लड़कियों को यह छूट देती हैं कि यदि वे धंधा करना चाहती हैं, तो स्वयं को बचा कर करें, यह तो ठीक नहीं है, क्योंकि इससे तो वेश्यावृत्ति का कभी भी उन्मूलन नहीं होगा।"

इस पर राधिका ने धीर-गम्भीर स्वर में कहा, "बच्चो! तुम सब ध्यान से गुन-समझ लो। सोनागाछी की यह गली 'हरि अनंत-हरि कथा अनंता' की तरह ही अनंत काल तक गुलज़ार रहेगी, क्योंकि सतयुग, त्रेतायुग, द्वापर युग और अब कलियुग तक जो प्रथा जीवित है, क्या हम साधारण लोग उसे जड़ से मिटा सकते हैं? हम मात्र इतना कर सकते हैं कि यदि किसी के साथ ज़ोर-ज़बर्दस्ती की जाए तो उसका विरोध करें और प्राणपण से उसे रोकने की चेष्टा करें।

"बहिनियो, आप सब ध्यान से सुन लें कि मैं, राधिका वल्द शान्ति देवी यह सरेआम एलान करती हूँ कि मैं तन-मन से स्त्रियों की मानसिक एवं शारीरिक स्वतंत्रता की हामीदार हूँ। मेरी प्राणपण से इच्छा है कि स्त्री अपने शरीर से सम्बन्धित किसी भी प्रकार का निर्णय लेने की पूर्ण अधिकारी है। सदियों से जिन रूढ़ियों ने स्त्री को जकड़ रखा है उनसे उसे तभी निज़ात मिलेगी जब वह अपने शरीर को पिंजरा नहीं बल्कि आकाश में उड़ने के पंख समझेगी, और यह तभी सम्भव है जब वह अपने शरीर की मालकिन होगी। वह चाहे तो स्त्रीत्व, सतीत्व, मातृत्व आदि शब्दों की बहुकालिक परिभाषा को अमान्य कर दे। उसकी इच्छा हो तो अपने शरीर को बेचे, और अनिच्छा हो तो उसे पुरुष को छूने तक न दे।"

अपूर्वा, कथा, पायल, केया, पूर्णा आदि नवयुवतियाँ राधिका के ऐसे बेबाक विचारों को सुनकर अवाक थीं। अन्त में पृथा से रहा नहीं गया और वह बोल पड़ी, "दिदिया, आपकी विचारणा तो 'मॉडर्न' से 'मॉडर्न' लड़की से भी आगे है, जबकि अपने जीवन-मूल्यों और पहरावे से तो आप काफ़ी दक़ियानूसी लगती हैं?"

"बच्चो, तुम लोग आज एक बात और समझ लो कि आधुनिकता बाल कटवा कर छोटे-छोटे कपड़े पहनना नहीं है। आधुनिकता का सही अर्थ है दूसरे व्यक्ति को भी अपने समान ही समझना और उसे वही इज़्ज़त देना जो हम स्वयं के लिए औरों से चाहते हैं।

"पृथा, दरअसल होता क्या है कि हम किसी भी विचारधारा की गहराई में तो जाते नहीं, सिर्फ़ सतह पर तैरते हुए अपनी बग़ावत छेड़ देते हैं। स्त्रीवादी, घनघोर पर्दे और बुर्क़े का विरोध इसलिए करते थे क्योंकि वह स्त्रियों को जंज़ीरों में जकड़ने की साजिश थी, लेकिन यदि इसे इस अर्थ में यह समझ लिया जाए कि हम सड़कों पर नग्न घूमेंगे तो मेरे अनुसार तो यह अक़्ल की बलिहारी है।"

राधिका के भाषण को बीच में ही रोक कर कथा बोली, "दीदी, आज आपसे आपका एक राज़ समझना है। आपको यहाँ आए बीसियों वर्ष हो गए हैं फिर आपको देशी और विदेशी साहित्यों का अच्छा खासा ज्ञान और आधुनिकतम वादों की इतनी जानकारी कैसे है?"

कथा की बात ख़त्म होते ही पृथा बोली, "दीदी! उस दिन बात-बात में आपने 'वर्ज़ीनिया वुल्फ' और 'सीमोन द बुवा' का भी ज़िक्र किया था। मैं हैरान हूँ कि मुझ जैसी इंग्लिश ऑनर्स की छात्रा तक को उनके उद्धरण याद नहीं हैं जबकि आप फटाफट उनका हिन्दी अनुवाद सबको सुना रही थीं?"

उनकी बातें सुनकर राधिका के चेहरे पर एक रहस्यमयी मुस्कान आई। इसके पहले कि राधिका कोई जवाब देती अपूर्वा ने पूछा, "दीदी! मैं बताऊँ?" राधिका की गर्दन हाँ में हिलते ही अपूर्वा ने कहा, "बहिनियो, जब मैंने प्रत्येक रविवार और बुधवार को राधिका दी को 'नीले पाड़' की सफ़ेद साड़ी पहन कर सुबह सकारे बाहर जाते और शाम को लौटते देखा तो एक दिन मैं छिपकर इनके पीछे-पीछे गई। गली की दूसरी ओर से राधिका दी मोड़ वाली 'गिरीश घोष लाइब्रेरी' में गईं और वहाँ से किताबों का एक बंडल बग़ल में दबाकर निकलीं, बाद में वे कुछ दूर चल कर मन्दिर वाले बड़े पुस्तकालय में गईं। सब मिलाकर तीन-चार घंटों तक किताबें बटोर कर वे दूसरी तरफ़ से ही गली में आईं और अपनी कोठरी में बंडल रख कर नीचे चायवाले के पास आकर चाय पीने लगीं।"

पृथा और कथा एक साथ बोलीं, "दीदी! क्या अपूर्वा सही कह रही है?"

इस प्रश्न का उत्तर राधिका ने यों दिया, ''बहिनियों, मेरे विचार से आदमी का सबसे बड़ा साथी किताबें होती हैं। ये जीवन के अंधेरों में आपका हाथ पकड़कर आपको रास्ता दिखाती हैं। हमारे चरित्र का विस्तार कर हमें दूसरों के बारे में समझने की शक्ति देती हैं, जिससे हमारी संवेदनशीलता बढ़ती है। मैंने अपने अनुभव से जाना है कि पुस्तकों की आलोक आपके चारों ओर एक सुरक्षा-कवच बुन देती है जिससे आप निर्भीक और निर्द्वंद्व हो जाते हैं।''

इतना कह कर राधिका ने सबको नमस्कार करने के बाद चारों दिशाओं को, आकाश को, और धरती को प्रणाम किया एवं धीमे क़दमों से अपनी कोठरी की ओर चली गई!